우리를 절대 떠나지 않고
우리가 절대 잃지 않을 단 한 사람은
우리 자신이다.

벨 훅스(Bell Hooks)

21세기 청춘의 사랑법

21세기 청춘의 사랑법

추민지 지음

어텀브리즈

프롤로그

나는 초음파 화면을 뚫어지게 쳐다봤다. 진단은 간단하고도 명확했다. 내 몸속엔 혹이 자라고 있었다. 혹인지 난소인지 그 정체를 알 수 없을 만큼 크게. 의사가 초음파 화면상에 점을 두 개 찍자, 혹의 길이가 숫자로 나왔다.

'8cm'

이제 막 서른이 되던 해였다. 152cm에 40kg. 작고 마른 난 열여덟 살부터 수술을 이미 두 번이나 했다. 어릴 적부터 생각했다. 커서 결혼하지 않겠다고. 아이도 낳지 않겠다고. 그 생각에 걸맞게 신은 내게 이런 병을 주었다.

"이번에 수술하게 되면 앞으로 출산은 어려울 것 같습니다… 혹시라도 생각하신다면, 수술 전에 난자 채취를 해 놓는 게 어떨까요? 몇 개 안 나올 것 같긴 하지만요."

의사의 이 말 한마디에 나는 선택할 수 있는 입장에 놓인 듯했다. 스물과 마흔 사이의 '서른'은 고대 이집트어로는 완성으로 가는 문턱을 의미한다는 글을 읽은 적이 있다. 완성? 나는 아직 내 직업에 확신도 없이 다른 길은 없는지 계속 문을 두드리고 있는데 완성은 무슨. 그런 내 상황과는 상관없이 내 몸은 이제 아이를 낳을 때가 됐다고, 지금 뭔가 조치를 하지 않으면 그 가능성은 사라질 거라고 신호를 보냈다. 오랜 고민 끝에 300만 원이라는 거금을 들여 고작 '난자 2개'를 채취했다. 남들은 스무 개씩 뽑힌다던데.

며칠 뒤, 생일 날 이마트 트레이더스 커익 코너에서 냉장고 앞을 서성이는 나를 보며 엄마는 말했다.

"내가 올해 네 나이에 널 낳았지."

그렇다. 난 엄마와 딱 30년 차이가 난다. 30년 전 오늘, 엄마는 20시간의 긴 진통 끝에 나를 낳았다. 그렇게 큰일을 하고 있던 엄마와는 달리, 나는 아직 사회에서 완벽하게 자리 잡지 않았고, 매달 프리랜서 월급은 요동치며 남자친구와는 헤어진 지 세 달 됐고, 냉동고 앞에서 케이크를 살까 말까 고민하며 그 하나도 완벽하게 선택하지 못한 채 서 있었다.

"엄마, 케익 살까 말까."

"사지 마. 새 모이만큼 먹고 냉장고에 처박아 놓을 거면."

엄마는 언제부터 저렇게 똑 부러졌을까. 그렇게 망설이며 서 있는데 병원에서 전화가 왔다.

"의사 선생님이 수술할지 아니면 난자 채취 한 번 더 시도해 볼지 여쭤보시네요. 어떻게 생각하세요?"

'됐어, 어차피 아이 원하지도 않았잖아. 그냥 결혼하지 말고 살지 뭐.'

"아니요. 안 할게요."

그 말이 무색하게도 그해 여름, 내가 가진 생각을 완전히 뒤엎어 버릴 만큼 절대 놓치고 싶지 않은 사람이 나타났다. 그 후의 사건들도 나는 아마 영원히 이해하지 못할 것이다. 그저 일이 그렇게 일어나버렸다고 설명할 수밖에.

사랑은 운명이라고 생각해,

선택이라고 생각해?

21세기 청춘의 사랑법

★★★ 1부 ★★★

시간이 지나도 잊히지 않는 기억이 있다	16
그때 우리는 서로에게 호감이라도 있었을까?	25
누군가에게 빠지는 시간은 1초면 충분한걸	36
21세기 여자의 연애는 다르다	46
그날 그는 나에게 우산을 왜 줬을까	57
쿨하게 떠나는 거야	71
우윳빛깔 이가을	81

21세기 청춘의 사랑법

★ ★ ★ 2부 ★ ★ ★

갑자기 왜 이러는 거야 이 남자?	94
큐피드가 화살을 쏜 게 분명해	108
사랑은 타이밍이라던데	117
한 번의 데이트로 모든 게 바뀔 수 있을까	124
우리는 어디로 향하고 있는 걸까	137
마음이 시키는 대로	148
만약에 말이야 진짜 만약에	157
꿈이 아닌 사람을 선택해 보자	168

21세기 청춘의 사랑법

* * * **3부** * * *

우리의 행복한 날을 위하여	184
어느 동네에서 살고 싶어?	194
민감한 이야기의 시작	200
울분에 찬 여자가 되지 않기 위해서	210
나쁜 의도가 아니었다는 말	222
내가 점점 망가져 갔다	231
꿈이 아닌 사람을 선택한 결과	244

21세기 청춘의 사랑법

★★★ 4부 ★★★

신이시여, 이 전개가 맞는 건가요?	262
어머니들, 저한테 왜 그러시는 거예요?	281
슬픔의 5단계 중간 어디쯤	288
사내연애가 끝난 후 일어나는 일들	296
한여름 밤의 환상이었다	302
시간이 지나야 알게 되는 것	313
내 선택으로 만들어가는 삶	322

1부

시간이 지나도
잊히지 않는 기억이 있다

날씨는 모든 기억을 품고 있다. 시간이 아무리 흘러도, 그날의 바람과 온도, 내리던 비는 잊힌 줄 알았던 기억을 불현듯 불러낸다. 대학교 기숙사 앞에 차를 주차하고, 창문을 조금 열어보니 밖은 바람이 많이 불고 쌀쌀했다. 날씨도 점점 흐려지는 걸 보니 좀 있으면 비가 내릴 듯했다. 시간이 남아 의자 등받이에 기대 눈을 잠시 감았다.

저녁 7시가 되기 오 분 전을 알리는 휴대폰 진동이 울렸다. 이제는 들어가야 할 시간이었다. 운전용 운동화를 벗고 9cm 굽이 있는 구두로 갈아신은 뒤, 운전석 문을 열었다. 늦가을 바람이 훅하고 차 안으로 들어왔다. 나는 보조석에 놔둔 우산을 집어 들고 기숙사 옆 건물로 들어갔다. 강의실 문 앞에서 학생들의 왁자지껄 떠드는 소리가 들렸다. 심호흡을 한 번 하고 강의실 문을 열었다. 끼익하는 문소리와 함께 왜 이 시간까지 강의를 들어야 하냐는 학생들의 불만 가득한 표정이 일제히 나를 향했다. 학생들의 위아래로 훑는 시선에서 알 수 있었다. 지금 나는 그들에게 평가받고 있다.

문득 이 년 전, 나이 든 눈 두 쌍이 나를 훑던 시선이 떠올랐다. 그들은 나의 고등학생 때부터 스물아홉 살까지의 인생 중 큼직한 조각들이 쓰여있는 종이 한 장과 나를 번갈아 봤다. 덩치가 크고 파마머리를 한 학과장이 입을 열었다.

"아직 만으로 서른이 안 되고, 학사 졸업이고, 사업체로 내세울 수 있는 것도 없고. 그냥 회사 다니다가 강사로 일한 3년이 다네요?

마음에 빠직, 금이 갔다. '그냥 회사'가 아니라 이 업계에서는 굉장히 유명한 광고회사였는데. 학원 부원장의 추천을 받고 대학교 수업은 어떨까 싶어 면접까지 왔지만, 그들 앞에 앉아 있으니 내가 한없이 작아지는 기분이었다. 나와 그들 사이의 시간은 삼십 년쯤 차이 날까. 거무튀튀한 정장 차림의 학과장이라고 소개한, 신사를 가장한 두 꼰대의 시선이 부담스러웠다. 내가 끔찍이 싫어하는 이 엄숙한 분위기. 투는 파란색 코트를 입고 있는 내 모습을 떠올리자 순간 얼굴이 붉어졌다. 하지만 반박할 말이 없었다. 그의 말은 다 사실이었으니까.

"학원에서 부원장님이 여기 영상제작과에 저를 추천해 주셨고, 일단 가보라고 하셔서요. 분명 학사 학위밖에 없다고 말씀드렸고요."

곱슬머리 학과장 옆에 앉은, 빼빼 마르고 테가 굵은 안경을 낀 다른 과 학과장이 안경 너머로 눈을 치켜뜨며 말했다.

"교수에 뜻이 있다면 지금부터라도 석사 학위 시작해야 하지 않을까요?"

내가 교수에 뜻이 있었던가. 내가 대학 교단에 설 만큼 인성이 된 사람이었던가. 뛰어난 학식에 점잖은 옷차림과 성격을 갖춘 사람들을 떠올렸다. 그에 비해 나는 스스로 생각해도 세상에 불만 많은 어린아이었다.

상해를 떠나온 지 삼 년쯤 될 때까지 나는 투정을 부렸다. 내가 사는 지방에는 놀거리도, 흥미를 느낄만한 볼거리도 없다며. 그렇다고 다시 미지의 세상을 개척해 볼 용기도 없었다. 몇 년간 성공해 보겠다고 여기저기 쑤시고 다녔으니 이제는 정착해 보자고 마음먹었다. 고향에서 제대로 먹고 살 만한 걸 찾아봐야 하지 않을까 하는 생각이 나를 이 자리, 이 사람들 앞에 앉게 만들었다.

"학위는 차치하고서라도 일단 실무를 할 줄 알아야 하는데, 영상 만들 줄 알죠?" 학과장이 의심의 눈초리로 말했다.

"그럼요."

내 전문 분야인 3D 영상은 일반 대학의 학문과 결이 달랐다. 학력이 높은 사람은 실무를 안 해봐서 기술력이 부족하고, 반면에 기술력이 있는 사람은 대학교 혹은 고등학교를 졸업하자마자 바로 실무에 투입되어 석사 학력이 없다. 물론, 학교는 이론 중심이어야 한다는 것을 알기에 그들이 나에게 학력 부족을 이유로 들 때, 나는 일찌감치 마음에서 포기해 버렸다. 학원에서 취업할 학생들이나 열심히 가르쳐야겠다고 생각했다.

그런데 아이러니하게도 학과장은 학사 학위밖에 없는, 약봉투에 서른도 안 적힌 나를 뽑았다. 그의 말에 따르면, 학교 교무처와의 실랑이 끝에 나를 데려올 수 있었다고. 나이 차고 석사 딴 사람은 다른 데 가고 없다며 나를 키우고 싶다고 말이다.

"그… 수업에는 청바지 말고 정장 차림으로 오세요."

학과장이 내 파란색 코트 밑으로 보이는 긴 나팔 청바지를 쓱 훑고는 뒤이어 말했다.

"안 그래도 작은데 애처럼 보이면 안 되니까."

그 말에 나는 얼굴이 붉어졌다.

'지금 내가 무슨 말을 들은 거지? 초면에 외모 지적이라니.'

기분이 상했지만 나는 어떤 대꾸도 하지 못한 채 꾸벅 인사하고 그 방을 나왔다.

나는 학과장의 말대로 세상에 아니, 학교에 좀 더 맞는 사람이 되기 위해 석사 학위를 딸 수 있는 학교를 찾기 시작했다. 어차피 일하며 다녀야 한다면, 선택지는 지방의 사이버대학이나 야간 대학원뿐일 터였다. 그렇다면 외국의 온라인 대학 수업은 어떨까? 오래전부터 유학 가는 게 꿈이었던지라 인터넷으로 알아본 끝에, 영국의 바닷가에 있는 한 대학교의 석사 과정에 입학했다.

강의실 문을 연 채로 서 있는 순간, 그 기억들이 주마등처럼 스쳐 지나갔다. 정신을 차린 뒤 태연하게 강사석으로 가 컴퓨터와 빔프로젝트를 하나씩 켰다. 나의 분주한 움직임에 학생들이 웅성댔다.

아랑곳하지 않고 마우스를 딸깍 거리던 그때, 창문 너머에서 무언가 '톡' 떨어지는 소리가 들렸다. 마우스를 멈추고 고개를 돌려 창밖을 보니, 비가 '우두두' 내리기 시작했다. 오늘 저녁부터 비가 온다더니. 우산을 챙겨온 게 다행이었다. 강의실 탁자 옆에 세워둔 남색 바탕에 주황색 캐릭터가 그려진 우산을 힐끗 쳐다봤다. 너무 많은 기억이 깃든 이 우산을 들고 오는 건 죽기보다 싫었지만, 집에 하나 남은 우산이라 어쩔 수 없었다. 빗소리와 함께 강의실 분위기가 차분해지자, 나는 자리에서 일어나 학생들이 있는 탁자 앞으로 몇 걸음 걸어갔다.

"안녕하세요. 저는 오늘 수업을 맡게 된 강사 '이가을'이라고 합니다. 오늘 두 시간에 걸쳐서 영상 문법에 관해 이야기하겠습니다. 잘 듣고 여러분이 일상생활에서 활용할 수 있었으면 좋겠습니다."

내 힘찬 목소리와는 달리 학생들 눈은 흐리멍덩했고, 기숙사에서 입는 듯한 티셔츠와 반바지 차림 그리고 쓱쓱 대는 슬리퍼 소리가 내 시선을 사로잡았다. 두 시간 강의하고 나가면 끝이야, 생각하며 마음을 다잡고 준비해 온 PPT를 한 장씩 넘기며 설명을 계속 이어갔다.

"카메라 구도에 따라 감독이 전달하고자 하는 의도가 증폭될 수 있어요. 먼저 대상의 크기에 따라 각 장면이 관객에게 어떤 느낌을 전달하는지 살펴보겠습니다."

그런데 구석에서 학생들이 벌써 키득댔다. 몇몇 학생들이 벌써 딴 짓을 했다. 내 입은 이론을 설명하고 있었지만, 내 눈은 각각의 학생들을 한눈에 훑었다. 이제 겨우 딱 두 문장 이야기했는데 옆 친구와 소곤거리는 학생들, 맨 뒤에 앉아서 휴대폰을 보면서 낄낄거리는 학생들, 그리고 심지어 이어폰을 끼고 휴대폰만 쳐다보는 학생도 있었다. 다들 한 대씩 머리를 쥐어

박고 싶었지만, 나는 애써 고상한 척 수업을 이어갔다. 그러나 이내 한숨이 푹 나왔다.

'너희 내 강의가 듣고 싶지 않구나. 그럼 나오지 말지 그랬어. 사람 앞에 두고 뭐 하는 짓들이냐.'

그들을 꾸짖는 말들이 뇌에서 맴돌았지만, 내 입은 천천히 계속해서 수업 내용을 읊조렸다. 그리고 나는 고등학교 때 열심히 수업하는 일본어 선생님 앞에서 생물책을 펼치고 있던 내가 생각났다. 그 선생님께 미안한 마음이 들면서 나는 전의를 상실했다.

"오늘 수업 듣고 싶은 사람이 없는 것 같은데?"

바로 반말이 튀어나왔다. 대학교에서 소수 학생과 워낙 편하게 수업했던 터라 나도 모르게 그렇게 나와버렸다. 그래도 맨 앞에 앉아 있는 더벅머리를 한 남학생은 고개를 좌우로 흔들었다. 흔히들 수업할 때는 열심히 집중하는 한 학생을 보고 끝까지 하는 거라지만 나는 이 늦은 저녁까지 화를 참고 싶지 않았다. 나는 학생들을 향해 말했다.

"수업 듣고 싶은 사람 손?"

한두 명이 엉거주춤 손을 들었다. 그런데 그들조차 손드는 사람이 아무도 없으면 안 될 것 같아 눈치 보는 느낌이었다. 그때, 한 여학생의 목소리가 싸늘한 공기를 뚫고 들렸다.

"교수님! 첫사랑 이야기해 주시면 안 돼요?"

안경을 쓴 눈이 초롱초롱한 여학생 한 명이 손을 번쩍 들고 말했다. 이 상황에서 첫사랑 이야기라니. 대단한 학생이었다.

"수업은 안 듣고 첫사랑 이야기?"

나는 팔짱을 끼고 짝다리를 짚으며 곤란한 표정으로 말했다.

"근데 첫사랑은 너무 옛날이야기야. 10년도 더 됐고. 내 첫사랑은 별로 아름답지 않아서 할 이야기가 없네."

"그럼 최근 이야기해 주세요."

나이만 이십 대 초반이지 아직 고등학생 티를 벗지 못한 앳된 얼굴의 학생들이 수두룩했다. 이 학생들한테 내 연애 이야기가 무슨 공감이 될까.

"최근에 사귀었던 사람?" 나는 곤란하다는 듯 입을 쭉 내밀었다.

"네!"

"흠…"

두구두구두구두구두구두구.

학생들이 책상을 두드리기 시작했다. 그 둔탁한 소리가 빗소리와 함께 어우러지면서 나는 난데없이 비 오는 날 우산을 들고 있는 한 남자의 얼굴이 보였다. 그 비가 한 방울씩 우산에 부딪히면서 '토도독' 하는 소리를 냈었다. 모든 사물은 각각 고유의 소리를 가지고 있다. 내가 오늘 가져온 우산에서 그런 소리가 났다. 그리고 묵직한 우드향이 코를 스쳤다.

"줄까요?"

무심하게 우산을 건네던 그 남자와 그날의 추위를 느끼며 나는 몸을 부르르 떨었다. 나는 그 떨림을 멈추려 입에 힘을 주고 약한 숨을 내뱉으며 말했다.

"그 사람을 처음 봤을 때가 2년 전쯤이었어."

"와. 시작이다, 시작!" 어느 한 학생이 외쳤다.

"나는 처음으로 한 대학교에서 수업을 맡게 됐어." 나는 검지손가락으로 바닥을 가리키며 말했다.

"이 학교예요?" 한 학생이 말했다.

나는 고개를 끄덕였다. 그 반응에 학생들의 눈에 불이 하나씩 켜졌다. 휴대폰으로 가 있던 시선도 나를 향했다. 바깥에는 자동차의 불빛들이 빗속에 묻혀 흐려진 채로 쌩하고 지나갔고, 검푸른 하늘이 도로 위를 무겁게 누르고 있었다. 그 우중충한 날씨가 나를 다시 그날로 데려갔다. 어떤 일이 일어날 줄도 모르고 마냥 풋풋하고 설레던 내가 생각났다. 긴 생머리에 볼이 발그레했던 3월의 여느 신입생과 다름없는 나의 서른 살의 싱그러움이 묻어있던 날이었다.

그때 우리는 서로에게
호감이라도 있었을까?

수업 첫날이 되었다. 아침에 눈을 뜨자마자 전화벨이 울렸다. 발신자에는 고등학교 때부터 친구인 수영이의 이름이 떠 있었다. 나는 전화를 받자마자 학과장과 있었던 일을 폭포처럼 쏟아냈다. 내 이야기에 수영이는 까무러칠 듯 놀라며 말했다.

"아니, 요즘 세상에 옷차림을 가지고 지적한다고? 네가 배꼽 티를 입은 것도 난해한 옷을 입을 것도 아닌데?"

"그러게 말이야. 요즘 대학교는 이래?" 나는 고개를 저으며 말했다.

"우리 대학교 다닐 때 청바지 입은 교수님 있지 않았어? 에이. 근데 좋은 기회니까 들어줘야지 뭐."

"참, 그 남자랑은 아직도 연락해?" 내가 말했다.

"안 그래도 그 이야기하고 싶어서 아침 일찍 전화했잖아! 나 그 사람이랑 사귀어!" 수영이가 잔뜩 상기된 목소리로 말했다.

"뭐? 절대 안 사귈 거라며!" 내가 놀라서 소리쳤다.

"그렇게 됐어."

"일단 축하해. 그럼 삼 년 만의 솔로 탈출이네?! 오늘 축하 파티해야지!"

"안 돼. 좀 있다가 남자친구 만나기로 했거든. 히히." 수영이가 미안한 듯 배시시 웃었다.

"못된 가시나! 십년지기 친구보다 남자친구가 먼저지?"

"미안미안. 다음에 우리 샵에 머리하러 와. 이번엔 특별히 돈 안 받고 공주로 만들어 줄게." 수영이가 애교 섞인 목소리로 말했다.

"못 말려, 정말." 내가 피식 웃었다.

"그 학교에는 솔로인 남자 교수님 없어?"

수영의 말을 듣고, 문득 학과장이 했던 말이 떠올랐다.

"가을 교수 온다니까 눈 빠지게 기다리는 사람 있어."

그 사람이 누군지 궁금해서 학교 전공 홈페이지에 들어가 교수진 명단을 살펴봤다. 화면을 내리자, 옆으로 긴 눈과 포동포동한 볼살을 가진 한 남자가 보였다. 그는 전혀 내 스타일이 아니었다. 나는 고개를 저으며 말했다.

"있는데… 잘 될 사이는 아닐 것 같아. 다른 교수님들은 다 결혼하셨고. 그냥 일이나 열심히 하려고."

"그래도 실제로 보면 다를 수도 있지." 수영이가 말했다.

"나 일단 지금 수업 갈 준비해야 해. 나중에 샵에 놀러 갈게."

나는 전화를 끊고 씻고 나와 옷장 앞에 섰다. 검은색 슬랙스를 만지작거리다가 결국 옆에 걸린 청바지를 집어 들었다.

'뭐 어때. 요즘 교수 복장 트렌드는 캐주얼이라고. 나는 젊은 교수니까 그래도 돼.'

그리고 발목까지 오는 긴 파란 코트를 걸쳤다. 파란색은 내가 가장 좋아하는 색이었다. 매번 쇼핑갈 때마다 파란색 옷을 집게 돼서 옷장을 열면 푸른 세상이 나를 반겼다. 날이 아직 완전히 풀리진 않은 약간의 쌀쌀한 공기가 짙은 파란 코트와 제법 잘 어울렸다.

나는 수업 시작 전, 학과장실에 들러 얼굴을 비췄다.

"교수님 안녕하세요." 내가 큰 목소리로 인사했다.

그곳에는 처음 보는 남자가 서 있었다. 넓은 어깨에 듬직한 체격을 가진 남자 한 명이 뒷짐 진 채로 등을 보이며 서 있었다. 회색 스웨이드 재킷에 검은색 슬랙스를 입은 그는 두꺼운 상체에 길지도 짧지도 않은 단단한 다리로 서 있었다. 내 인사 소리에 그가 고개를 돌렸다. 나를 발견하고는 씨익 미소지었다. 쌍꺼풀 없는 눈에 요정이 살포시 앉은 듯 내려간 눈꼬리는 관자놀이로 이어졌고, 크고 높은 코가 얼굴 중심을 단단히 지키고 있었다. 그에게서 그랜드 캐니언의 암석과 같은 강인한 기운이 느껴졌다.

"아, 여기는 우리 학과 김현재 교수님. 재작년부터 우리 학교에서 강의하고 있어. 내가 이야기한 적 있지?"

학과장이 그를 가리키며 소개했다. 이 사람이 학과장이 말한 사람이라니. 내가 홈페이지에서 본 사진과 그는 완전히 다른 사람이었다. 사진 속 뚱뚱한 사람은 온데간데없고, 삼십 대 중반을 넘은 사람이 맞나 싶을 정도로 젊고, 위엄있는 사람이 내 앞에 서 있었다.

"안녕하세요. 근데 정말 젊으신데요?" 나도 모르게 그 말이 불쑥 튀어나왔다.

"하하. 감사합니다. 교수님도 복도에서 마주쳤으면 그냥 학생인 줄 알았겠는데요?" 그도 나를 보며 너스레를 떨었다.

"현재 교수가 가을 교수 오기를 손꼽아 기다렸어. 솔로야 솔로. 잘해봐."

학과장이 우리 둘을 엮으려는 듯 장난기 가득한 표정으로 말했다. 그 말에 나는 무심코 그의 얼굴을 한번 더 쳐다봤다. 서로 눈이 마주치자, 그가 완전히 생뚱맞은 질문을 했다.

"근데 키가 몇이예요?"

그러더니 내 옆에서 무릎을 살짝 접으며 나와 키를 맞추는 듯한 행동을 했다.

'뭐야, 초면에. 이상한 사람이네. 작다고 놀리는 거야 뭐야.'

이게 무슨 의도인가 싶어 어리둥절하게 서 있으니 그는 장난이라는 듯 또 씨익 웃으며 몸을 돌렸다. 교수님끼리 점심 식사 자리가 잡혀 있었지만, 그는 바쁜 듯 물건을 챙기며 말했다.

"저희 누나가 오늘 아기를 낳아서요. 바로 가봐야겠습니다. 다음에 뵙겠습니다."

그는 서둘러 학과장실을 떠났다. 내가 그에 대해 아는 건 오직 '누나와 친한 남동생' 정도였다. 근데 왠지 뭐랄까. 첫 만남에 기분이 묘하게 이상했다.

현재와 나는 그 이후로 마주칠 일이 거의 없었다. 같은 강의실을 사용해야 해서 수업이 겹치면 안 됐기 때문에 볼 일이 아예 없다고 하는 게 맞았다. 교수님끼리 모여서 술 한잔하는 날이 아니면 우리가 마주칠 일은 천지개벽해도 없을 터였다.

1학기 수업이 3분의 1정도 진행됐을 무렵, 서진 교수님에게서 전화가 왔다. 촬영 수업을 맡고 있는 교수님이었다. 나는 그때 뜨거운 물을 컵라면에 붓고, 김이 모락모락 피어오르는 면을 한 젓가락 들어 올릴 참이었다.

"교수님, 어디십니까?" 경상도 억양이 잔뜩 섞인 서진 교수님의 힘찬 목소리에 나는 "집이요!"라며 큰 목소리로 답했다.

"제가 너무 도움을 많이 받아서 밥 한 끼 사드리려고요. 지금 현재 교수님이랑 같이 있는데 나오세요. 막창 먹으러 가요."

그 말에 나는 뜨거운 컵라면을 남동생한테 부리나케 건네고 밖으로 뛰쳐나갔다. 집 앞에 주차된 차로 걸어가 보니 앞 좌석에는 구부렁한 파마머리를 한 현재가 처음 만난 날과 같은 표정으로 앉아 있었다. 심드렁해 보이면서도 가끔 사회생활을 위한 웃음을 보이는 표정이었다. 그는 오랜만이에요, 라며 말하고, 딱히 나에게 말을 걸지 않았다. 현재만의 단단한 벽과 분명한 선이 있는 듯 보여 더 친해지는 건 아마 불가능하지 않을까, 하는 생각이 들었다.

우리 셋은 별말 없이 사람들로 북적거리는 오래된 막창 가게에 도착했다. 음식 몇 개 없는 메뉴판과 낡은 벽지에 포스터가 덕지덕지 붙어있는 걸 보고는 맛집이라는 걸 단번에 알 수 있었다. 불판 위에 막창과 미나리가 지글지글 익고 있었고, 두 교수님은 이미 맥주 한잔을 걸쳤다. 덩치 큰 남자 두 명이 허겁지겁 먹고 있는 틈에서 나는 고기를 하나씩 천천히 입에 넣었다.

"교수님, 원래 이렇게 적게 먹어요?"

내가 먹는 모습을 보고는 현재가 흠칫 놀라며 말했다.

"아 네. 저 살 뺄 때 적게 먹는 게 습관이 돼서 위가 많이 줄었어요. 많이 먹으려 해도 이제 못 먹겠어요."

"예? 뺄 살이 어딨다고요." 현재가 내 자그마한 팔뚝을 보며 말했다.

"저 고등학교 때 공부만 해서 살이 엄청나게 쪘거든요."

"그때 몇 키로였는데요?"

"저… 음…"

내가 뜸 들이자, 그가 말해도 괜찮다는 듯 눈썹을 들었다.

"50킬로요."

그는 막창을 씹다 말고 눈을 흘기며 말했다.

"장난해요? 50킬로… 그냥 여기서 조금 더 통통한 정도 아니에요?"

"아녜요. 제가 좀 작잖아요."

"교수님 허벅지가 제 팔뚝보다 얇겠는데요?"

"에이. 그 정도는 아니에요."

나는 손사래를 쳤다. 그렇게 말하면서 슬쩍 본 그의 팔뚝은 제법 굵었다.

"저는 한때 120킬로였는데?" 그가 막창을 뒤집으며 말했다.

"네? 진짜요?"

내가 깜짝 놀라며 말했다. 그는 내 말에 키득 웃었다.

"사진 보여줄까요?"

이번엔 그가 내 쪽으로 몸을 기울이며 휴대폰을 꺼냈다. 눈앞에서 120킬로인 사람을 본 적이 없어서 그 몸무게가 어떤 상태인지 나는 전혀 가늠할 수 없었다. 그런데 휴대폰을 만지던 그가 잠시 멈칫하더니 뜬금없이 말했다.

"근데 이런 모습 보여줘도 될라나."

'뭐지? 이런 말을 왜 하지?'

그의 말에 우리는 둘 다 고개를 갸우뚱하며 서로를 바라봤다. 이내 그가 사진 앱을 열었고, 한 장의 사진을 보여줬다. 누군가 석사 졸업식 날 그를 멀리서 찍은 뒤 확대한 듯한, 화질이 구린 사진이었다. 진짜 뚱뚱했다.

"헉! 얼굴이랑 목에 경계가 없는데요? 근데 지금 이만큼 뺀 거면 진짜 대단한데요?"

나는 무의식적으로 터져 나오는 반응을 숨길 수가 없었다. 그도 내 반응을 보고는 예상했다는 듯 같이 웃음을 터뜨렸다. 담배를 피우고 온 서진 교수님이 앉더니 다짜고짜 우리에게 이상형을 물었다.

"가을 교수님, 이상형이 어떻게 돼요?"

"저요? 다정한 사람?"

그 전 연애 상대가 너무 거칠고, 말을 함부로 내뱉어서 그런 성격에 진절머리가 나 있던 차였다.

"현재 교수님은?" 서진 교수님은 현재를 보며 말했다.

"저는 배려하는 사람."

그의 대답을 듣고 생각했다. 그 전 연애에서 배려받지 못했구나. 그렇게 그 자리에서 우리는 서로 전 연인을 떠올렸다.

"현재 교수님, MBTI가 뭐예요?" 내가 물었다.

"저 ESTJ요."

"아 T예요? 남자가 T면 냉혈한이라던데?" 이번엔 내가 눈을 흘기며 장난치듯 말했다. 그러니 그가 손을 저으며 반박했다.

"에이. 저도 F할 수 있어요."

밥을 다 먹고 서진 교수님이 계산하는 동안 가게 앞에 서 있던 내게 현재가 옆으로 다가왔다. 그는 무릎을 살짝 구부리고 자신의 눈과 내 눈높이를 맞추며 말했다.

"키가 몇이예요?"

'또 키 이야기네. 그래. 나 쪼꼬미다. 너는 나이가 몇 살인데 키로 놀리냐. 초딩이야?'

"저 이래 봬도 비율이 좋아서 그렇게 안 작아 보일 텐데요?" 내가 그를 째려보며 말했다.

"농담농담."

그가 피식 웃으며 말했다.

우린 딱 그 정도 사이었다. 선을 아슬하게 넘나들며 장난치고 겉도는 이야기만 하는 정도.

...

"교수님, 근데 그거 플러팅 아니에요?"

한 학생이 이야기 중간에 끼어들며 말했다.

"응?"

"아니, 뚱뚱한 사진 안 보여주려고 하고, T인데 F할 수 있다고 어필하는 건 플러팅 같은데요?"

그러자 다른 학생이 맞장구를 쳤다.

"맞아. 장난도 치잖아요."

학생들이 웅성거리며 자신들의 의견을 이야기하기 시작했다. 여자 앞에서는 부끄러울 수 있지 않냐는 둥, T들은 냉혈한으로 보이기 싫어한다는 둥 여러 의견이 오갔다. 강의실이 시끄러워지자 나는 학생들을 진정시키려 말했다.

"근데 그 뒤로 딱히 연락 같은 건 없었어. 그렇게 아무 일 없이 시간이 흘러서 한 학기가 끝났거든. 그래서 나도 그냥 밥 먹을 때 할 수 있는 가벼운 이야기 정도로 흘려들었어."

    무섭도록 생생하게 그때의 일을 기억하는 나 자신에게 흠칫 놀랐다. 어제 일처럼 또렷했다. 이제껏 내가 가진 신념과 다짐을 한꺼번에 부숴버린 그 사람이 여전히 내 안에 살아있었다. 그는 까마득히 잊었을지도 모를 이야기를 나는 그의 머리카락 한 올의 움직임까지 세세하게 기억하고 있는 걸 보면.

누군가에게 빠지는 시간은
1초면 충분한걸

- 이번 주 금요일 저녁에 교수 단체 회식 한 번 하겠습니다.

방학이 끝나고 새 학기가 시작되자 학과장이 단체방에 회식 공지를 올렸다. 검붉은 얼굴과 불룩 튀어나온 배만 봐도 학과장이 술고래라는 건 누구나 쉽게 알 수 있었다. 그리고 그런 학과장의 성향에 맞게 이 학과 교수님들은 모두 '술'이라는 종목에서 한 가닥 하는 사람들이었다. 물론 나 빼고.

다들 편하게 여러 부위의 고기들을 가져와 불판에 올렸고, 나도 다른 교수님이 구워주는 고기를 열심히 먹었다. 그렇게 다들 배가 찼을 때쯤, 현재가 자신 앞의 불판에 올려져 있던 고기를 내 접시 위에 올렸다. 그 모습을 포착한 학과장은 그 틈을 잠시도 가만두지 않았고, 호들갑을 떨며 도 우리 둘을 엮으려고 시동을 걸었다.

"뭐야뭐야. 챙겨주는 거야?"

이미 술이 몇 잔 들어가 신이 난 학과장이 팔을 신나게 돌리며 말했다. 그 말에 현재는 무표정으로 불판 위의 고기를 뒤집으며 말했다.

"고기 다 타요."

그러면서 맞은편의 다른 교수님의 접시에도 고기를 얹었다. 그의 행동에 그저 사려 깊은 사람이라고 생각했다. 어쩌면 아무 생각 없이 빨리 불판 위의 고기를 비워야 한다고 생각했을지도.

현재의 반응에 재미가 없어진 학과장은 일어서며 소리쳤다.

"자, 2차 갑시다!"

대략 여섯 명이 노가리 가게에 들어가 테이블을 둘러싸고 앉았다. 하필 내 옆 의자가 비었고, 마지막에 통화를 마치고 들어온 현재가 바로 옆에 앉았다. 음식이 나오기까지 잠깐 뜸이 돌자, 학과장은 심심한지 나와 현재에게로 시선을 돌렸다.

"둘 지금 무슨 사이야?" 학과장이 눈을 얇게 뜨면서 말했다. 나는 손사래 치며 말했다.

"지금 아무……"

그때 또 현재가 전혀 예상치 못한 대답을 했다.

"썸 타는 중이에요."

나는 당황한 표정을 감추지 못했다. 우리는 단 한 번도 연락한 적 없는 사이였으니까. 순간 왜 저래, 라는 말이 튀어나올 뻔했다.

"썸도 아닌 것 같은데?"

다른 교수님이 고개를 절레절레 저으면서 말했다. 그러자 학과장이 갑자기 소리쳤다.

"만약에 현재 교수님이랑 가을 교수님이 만나서 결혼하면 천만 원 준다!"

평소에 백 원도 아끼던 사람이 왜 이런 허풍을 떠는지 나는 당최 이해할 수 없었다. 그런데 현재도 술이 들어가서 신났는지 한술 더 떴다.

"어? 녹음! 녹음할게요! 다시 한번!" 현재가 외쳤다.

현재가 나의 팔을 툭툭 치며 휴대폰을 꺼내라는 신호를 보냈고, 나는 서둘러 녹음 앱을 켜서 학과장의 입 앞에 바짝 갖다 댔다. 당황한 학과장이 뜸 들이는 듯하더니 다시 한번 "둘이 결혼하면 천만 원 주겠습니다!"를 외쳤고, 녹음은 성공했다. 써먹을 일이 있을지 모르지만 말이다. 그 말이 끝나자, 찬물을 끼얹은 듯 분위기는 가라앉았다. 그리그 각자 옆자리에 앉은 교수님끼리 지역방송이 시작됐고, 현재가 내 맥주잔을 가리키며 말했다.

"이 맥주 제가 마셔도 괜찮아요?"

"제가 입 댔던 건데. 다른 데 덜어드릴까요?"

"아니, 그냥 컵 통째로 주세요."

나는 컵에서 내 입이 닿지 않은 쪽을 가리키며 "이쪽으로 드시면 될 거예요"라고 말하며 싱긋 웃었다. 그는 기어코 내 컵으로 남은 맥주를 다 삼켰다. 그 모습을 보고 불현듯 상해에서 일할 때 내가 관심 가졌던 대리님의 얼굴이 스쳐 지나갔다. 내 음료가 담긴 컵을 그대로 마시던 사람. 그 사람처럼 현재도 남이 마시던 맥주잔 따위에 굳이 의미 부여 하지 않는 사람인가 보다 했다.

'그래도 그렇지! 남이 마시던 걸 어떻게 그대로 마셔? 이해할 수 없는 부류의 사람들이야.'

그렇게 상해에서 지냈던 날의 기억을 떠올리고 있는 와중에 대화는 이미 학과 이야기로 흘러가고 있었다. 평소 학과장이 정교수가 아닌 강사들에게 시간 외 업무를 많이 맡겼던 터라 다른 교수님들의 불만이 가득 차 있던 상황이었다. 제일 막내였던 나는 그냥 묵묵히 시키는 일은 다 하고 있었다. 그런데 잠자코 있던 현재의 목소리가 커졌다.

"학과장님, 교수님들한테 일 외에 다른 업무 너무 많이 주시면 안 됩니다. 엄연히 돈을 받고 작업해야 하는 것들이잖아요. 그 전 학과장님이랑 이 문제로 그렇게 싸우시더니 그분이랑 똑같아지고 계세요."

그는 학과장에게 미움을 받든 말든 상관없는 사람 같았다. 내가 못 하는 말을 똑 부러지게 하는 그의 모습이 잠깐 멋있어 보였다.

'안돼! 정신 차려. 이가을. 그는 나한테 별 관심 없고, 나도 관심 없어. 내 스타일 아니잖아? 근데 내 스타일 아닌가? 몰라. 그냥 왠지 위험할 것 같아.'

자상하지만 왠지 모를 벽이 느껴지는 사람. 그리고 자신의 개인적인 이야기를 절대 하지 않아 누구도 그에 대해 자세히 아는 교수님이 없다는 공통점까지. 상해의 그 대리님과 특징과 닮아 있었다.

'오, 안 돼. 위험해.'

그 당시 회사를 같이 다니던 언니가 내 마음을 알고는 진지한 표정으로 이런 말을 했었다.

"가을! 자기 이야기 잘 안 하는 남자 만나면 안 돼. 그 대리님 집은 어딘지, 끝나면 뭐 하는지, 누구랑 어울리는지 아는 사람이 거의 없어. 그런 비밀스러운 남자 좋아하면 고생해."

그런데 이놈의 호기심. 남들이 모르는 그의 모습을 내가 알고 싶었다. 장난꾸러기 같지만 자상한, 자신의 이야기를 잘 하지 않는 남자와 나는 이미 머릿속에서 엮이고 있었다.

'제길. 사람은 진짜 안 변해.'

다른 교수님들과 학과장 사이에서 설왕설래가 이어지던 와중, 옆에서 무언가가 꼼지락대는 느낌이 들었다. 고개를 오른쪽 아래로 살짝 돌려 확인해 보니 현재가 내 무릎 위에 놓인 가방의 끈 끝부분을 잡고 빙빙 돌리고 있었다. 그 행동이 엄청, 매우 신경이 쓰였다. 마치 그 끈이 내 신체 일부에서 길게 뻗어 나온 것 마냥, 그가 나를 만지는 듯한 이상한 기분이 들었다.

'이 교수님은 왜 이러는 걸까. 우리가 이 정도로 친했었나?'

술 취해서 그런가 싶었지만 멀쩡해 보이는 얼굴과 몸짓에 그건 아닌 듯했다. 그와 눈이 마주치자, 내가 싱긋 웃었다. 그런데 그가 내 눈을 빤히 보더니 말했다.

"눈이 왜 이렇게 튀어나왔어요?"

"네? 눈 크다는 말은 들어봤어도 튀어나왔다니요…."

'이 자식이 진짜! 너무 무례한 거 아니야? 나랑 친해? 미친 거 아니야?'

내가 기분 나쁜 표정을 짓는데도 장난인 듯 웃어 보이는 이 남자. 오늘 내 예상을 몇 번이나 깼다. 그런데 내 예상이 완벽히 깨진 일이 오늘 한 번 더 일어났다.

"이제 대리 부를까?"

술에 잔뜩 취한 학과장이 자리에서 먼저 일어났다. 다들 밖에서 학과장을 배웅하려고 서 있었다. 그런데 대리기사를 기다리던 학과장이 멀찍이 서 있는 나를 불렀다.

"이가을!"

학과장은 팔을 벌리고 비틀거리며 다가왔다. 평소에도 다혈질이고 야한 농담 던지는 사람이라 이상행동을 하겠다는 느낌은 들었다. 그런데 이상하게 몸이 안 움직였다. 피해야 하는데! 지금 발을 옮겨야 하는데! 저 사람은 왜 나에게 저런 포즈로 다가오는 걸까, 생각하며 얼음처럼 그 자리에 붙었다. 그렇게 학과장이 내 앞으로 점점 다가와 그의 팔이 내 몸에 거의 닿을 때였다. 투박하고 큰 손이 내 눈앞을 스치듯 지나가며 학과장을 막았다. 그 짧은 순간에 내 코끝에 우드 향이 살짝 스몄다.

"에헤이. 학과장님, 왜 이러십니까."

현재였다. 그는 학과장의 팔을 움켜잡고 그의 몸을 자신에게로 돌렸다. 그러면서 그의 손이 내 어깨를 스쳤고, 나는 도로 옆으로 엉거주춤 밀려났다.

그때였다. 세상이 천천히 흐르는 것처럼 보이기 시작한 게.

도로에 다이아몬드가 박힌 듯 세상이 반짝였고, 부는 바람에 먼지들은 꽃이 흩날리는 것처럼 느껴졌다. 내 머리카락이 천천히 찰랑대며 내 얼굴을 스쳤고, 학과장의 팔을 잡고 있는 그의 행동도 120프레임 레이트로 찍은 영상처럼 슬로우모션으로 천천히 움직였다. 거리는 조용해졌고, 다른 사람들의 말소리는 묵음이 되어 내 귀까지 닿지 않았다. 주변이 아웃포커싱 된 듯 "괜찮아요?"라며 입을 뻥긋대는 그의 얼굴에만 초점이 맞춰졌다.

이상했다. 이번엔 내가.

택시를 타고 집으로 가는 길에 이 느낌이 뭘까 생각했다. 혹시? 하는 마음이 있었지만, '아냐. 나는 그 사람을 좋아하는 게 아니야. 그냥 고마운 거야.'라며 속으로 몇 번이나 되뇌었다. 침대에 누웠지만 좀 전의 기억들이 머릿속에 계속 맴돌았다. 나는 그렇게 눈뜬 채로 오만가지 상상과 예측으로 밤을 꼴딱 새우고 나서 다음 날 수업해야 할 고등학교로 향했다.

"애들아 내 눈이 튀어나왔어?"

각자 과제를 만들고 있는 고등학생 몇 명을 향해 뜬금없이 물었다. 아직도 어젯밤 일 때문에 머리가 지끈거렸다. 그가 나에게 했던 모든 행동이 자꾸만 떠올랐다. 가방끈을 돌리던 그때를 생각하면 정말이지 아직도 머리카락이 곤두섰다. 나도 모르게 얼굴이 달아올랐다. 머릿속에서 그 생각을 몰아내려 할수록 더 선명하게 떠올랐다.

"아니요? 누가 그래요?"

학생들은 재밌는 이야깃거리를 찾은 듯 행동을 멈추고 나를 쳐다봤다.

"어떤 아는 사람이… 내 맥주 아니, 음료수를 가져다 입 대고 마셨어."

나는 휴대폰을 슬쩍 봤지만, 어떤 연락도 없이 텅 빈 화면뿐이었다. 보통 남자가 이 정도의 호의를 보이면 다음 날 연락이 왔었는데 감감무소식이었다. 호의를 보이고 연락 없는 남자라. 내 평소의 데이터와 일치하지 않았다. 그 생각에 나는 더 안달이 났다. 그리고 다시 생각에 빠졌다. 어젯밤 11시로 다시 돌아가 그 기억에 머물렀다.

"그냥 생각 없이 행동했을 수도 있죠."

머리를 질끈 묶고 입술을 빨갛게 칠 한 여학생이 말했다.

"그런가." 나는 멍한 채로 입만 뻥긋거렸다.

그런데 옆에 앉은 다른 여학생이 골똘히 생각에 빠진 나를 보고는 싱글싱글 웃으며 한마디 했다.

"쌤, 그 정도로 다른 사람의 행동이 신경 쓰인다는 건 쌤이 좋아하는 거 아니에요?"

그 말에 얼굴이 화끈댔다. 똑똑한 것들. 그의 행동을 유추

하는 내 의도를 정확히 짚어내다니. 그때까지만 해도 내가 누군가를 먼저 좋아하고 있다는 사실을 인정하기 싫었다. 하지만 그의 이야기를 온 데다가 다 하고 다니는 나를 보고는 인정해야 했다.

"쌤! 그 분 잘생겼어요?"

여학생은 그게 가장 중요한 듯 물었다. 그 순수함에 웃음이 피식 나왔다.

"너희가 생각하는 잘생김이랑은 기준이 다를 것 같은데. 근데 멋있어."

그러자 여학생이 울상을 지으며 말했다.

"안 돼요! 쌤은 저한테 완벽한 여성상이란 말이에요. 아무 남자 좋아하지 마요."

그런데 어쩌지, 맑은 영혼아. 이미 한여름이 끝나고 불어오는 첫 가을바람이 내게 사랑을 불어넣은걸. 내가 거부하고 싶어도 이젠 그럴 수가 없는걸. 내가 너무 빠지지 않게 네가 이렇게 계속 말려주면 안 될까?

21세기 여자의 연애는 다르다

좋아하는 사람한테는 어떻게 다가가야 할까.

나는 며칠 내내 이 고민에 빠졌다. 이십 대 때는 대학교와 회사를 열심히 다니면 남자친구가 생겼다. 내가 노력하지 않아도 누군가 항상 먼저 다가왔다. 그래서 그들이 했던 고백이 얼마나 큰 용기가 필요했는지, 그들이 내 호감을 사기 위해 얼마나 노력했는지 그 일련의 과정을 나는 알지 못했다.

새로운 일은 어떻게 도전하는 건지, 원하는 일은 어떻게 얻어내는지, 살은 어떻게 빼는지는 잘 알고 있었지만, 좋아하는 사람에게 어떻게 다가가야 하는지는 전혀 익히지 못했다. 나이가 서른인데. 새삼 그들이 존경스러웠다.

나는 아직 현재에 대해 아는 게 거의 없었지만 그는 분명 전 남자친구들과는 다를 수도 있다며 나 혼자 그에 대한 환상을 키워갔다. 하지만 그는 단 한 번도 내게 먼저 연락한 적이 없었다. 다른 건 몰라도 이거 하나는 확실히 알고 있었다.

'먼저 연락하지 않는 남자는 나에게 관심이 없다.'

수줍어서가 아니라 진짜 그는 내게 관심이 없었다. 그렇다고 이렇게 가만히 있을 수만은 없는 노릇이었다.

'나는 21세기의 당당한 현대 여성이야. 내가 먼저 다가가면 되지!'

나는 몸을 일으켜 침대 끝에 걸터앉았다. 이불을 뒤적여 휴대폰을 찾았다. '내일이면 추석이니까 명절 인사부터 시작하자. 추석 명절 행복하세요, 라고 할까? 너므 사무적인가?'

엄지손가락의 거스러미를 벗겨내며 골똘히 생각에 잠겼다. "앗 따가워!" 너무 벗겨냈는지 피가 살갗 사이로 새어 나왔다. 휴지로 피가 울컥 나오는 곳을 막았다.

'에라이 모르겠다. 그냥 보내자!'

- **교수님 추석 잘 보내세요!** 라는 인사와 함께 팔짝 뛰는 귀여운 고양이 이모티콘 하나를 덧붙였다. 현재가 나에게 조금이라도 관심이 있다면 말을 이어가겠지, 라고 생각하면서.

메시지를 보낸 뒤 나는 수줍음에 방을 방방 뛰어다니며 머리를 세차게 양옆으로 흔들었다. 내가 문자를 보냈다는 사실을 잊어버리고 싶었다. 에어팟을 귀에 꽂고 노래에 맞춰 몇 분간 머리를 마구 흔들었다. 그때, 메시지 알람 소리가 '띵!' 하고 들렸다. 막 뛰던 심장이 규칙적으로, 더 빠르게 쿵쾅댔다. 그러나 바로 확인하지 않았다. 평소 중요한 순간을 미루는 습관이 있었는데 그 이유는 빨리 실망하기 싫어서였다. 결과를 모르면 기분 좋은 순간을 더 만끽할 수 있으니까. 그렇게 몇 분을 더 춤을 추다 바닥에 멈춰 섰다.

'뭐라고 보냈을까? 몇 개나 보냈지? 뭐라고 답해야 할까? 아 부끄러워! 같이 밥 먹을 때 무슨 이야기 해야 하지?'

내 상상은 꼬리에 꼬리를 물고 저 멀리 뻗어 나가 우리가 레스토랑에 앉아 데이트하는 모습까지 펼쳐졌다. 나는 드디어 휴대폰을 켜 메시지를 확인했다. - **교수님도 명절 잘 보내세요!** 라는 답과 함께 양손으로 춤추며 한 바퀴 도는 곰탱이 이모티콘 하나가 끝이었다. 그렇게 끝. 우리의 대화가 끝났다. 내가 한 번 더 안부의 문자를 보낼까 싶었지만 내 자존심이 용납하지 않았다. 처음으로 누군가에게 관심을 가지고 보낸 문자가 이렇게 허무하게 끝나자 나는 좌절했다. 이런 일에 쉽게 좌절을 맛보는 쿠크다스 같은 연애 멘탈을 가진 나였다.

'누군가를 좋아하는 건 왜 이렇게 어려운 거야!'

고작 명절 문자 하나 보내놓고 나는 드라마의 여주인공이 된 듯 코요테의 <실연> 노래를 크게 틀고 다시 침대에 풀썩 누웠다. 그리고 몸부림쳤다.

"아아아아아악!!!"

그러나 여기서 멈출 내가 아니었다. 여러 일을 해보면서 알게 된 나의 장점 중 하나는 어떤 안 좋은 일이 있더라도 다음 날 아침에 눈을 뜨면 마음이 리셋된다는 것이었다. 사랑할 때도 비슷했다. 추석이 지나고 그 일 따윈 잊었다. 이번엔 또 어떻게 연락을 해볼까 궁리하던 와중, 학과장이 나를 불렀다.

"현재 교수랑 강의실에 책상 배치 어떻게 할지 같이 상의하고 알려주세요."

"넵! 알겠습니다. 학과장님!" 그에게 연락할 구실이 생겼다는 기쁨에 나는 어느 때보다 힘찬 목소리르 답했다.

- 교수님, 혹시 통화 괜찮으세요?

현재에게 문자를 보내고 얌전히 기다렸… 아니다. 사실 기다리는 내내 너무 긴장해 또 온 방을 뛰어다녔다. 그때, 명랑한 벨소리와 함께 휴대폰이 울렸다. 근데 이 벨소리는 내 전화가 아니었다!

'뭐지? 이 벨소리 익숙한데?' 휴대폰을 확인하니 보이스톡이었다. '뭐야. 내 번호도 없다는 말이야? 알고 지낸 지 반년이 넘었는데.'

또 한 번 실망했지만 나는 마음을 다잡으려고 노력했다. 그런 나의 노력이 무색하게 "여보세요?"라는 그의 다정한 목소리에 나는 후라이팬 위에서 녹아내리는 버터처럼 스르르 무너졌다. 마치 꿀벌이 한참을 날아다니다가 마침내 꽃을 발견하고는 꽃잎 침대 위에 몸을 맡기고 달콤한 꿀을 빨며 영원히 있고 싶게 만드는 그런 목소리였다. 사투리가 섞이지 않은 중저음에 나는 한 번 더 마음을 뺏겼다.

"교수님, 목소리가 왜 이렇게 스윗해요?"

나는 뇌에서 떠오른 말을 그대로 뱉어버렸다. 칭찬을 들으니 기분이 좋았는지 그가 "하하하"하고 호탕하게 웃었다. 그 웃음소리마저 좋았다. 궁금하지도 않은 학과에 관한 질문을 쏟아내고 나서 나는 진짜 하고 싶었던 말을 마지막에 꺼냈다.

"교수님! 다음에 커피 한잔해요."

"에이, 커피보단 술이죠." 그가 피식 웃으며 말했다.

나랑 술 한 잔 진하게 마시고 싶다는 건가, 라는 생각이 끝나기도 전에 그는 나의 의지를 꺾는 한마디를 덧붙였다.

"서진 교수님이랑 셋이서 막창 먹으러 가요."

'아니, 진짜 눈치가 없는 거야? 아니면 단둘이 보기 싫다는 거야?'

"아 네. 그러죠." 내가 힘 빠진 목소리로 답했다.

그렇게 의미 없는 한국인의 밥 인사로 대화가 마무리됐고, 나는 한동안 어떤 노력도 할 기운이 안 났다. 매일 학교와 집, 학원을 오갔고, 간간이 학과 단톡방에 올라오는 학과장의 공지와 함께 그의 형식적인 답변만 볼 뿐이었다. 그리고 그의 프로필 사진을 눌러 보는 게 내가 할 수 있는 전부였다. 여름에 누군가와 부산 바닷가에 놀러 간 듯한 풍경 사진이었다. 옆으로 한 장씩 넘기니 누군가 그를 가까이서 찍어준 사진도 여러 장 있었다. 분명 여자 솜씬데. 전 여자친구인지 현 여자친구인지 알 턱이 있나. 그리고 좀 더 옆으로 넘기니 아기 사진이 나왔다. 첫 만남에서 급히 나갔을 때 말한 조카인 듯했다. 이렇게 프로필 사진에 올릴 정도면 아기를 좋아하는 남자인 게 확실했다. 아, 이러면 곤란한데. 아기 사진에 나는 한동안 잊고 있었던 의사 말이 불현듯 떠올랐다.

"호르몬 검사 수치가 낮아서 예상했던 대로 난자는 2개 채취됐어요. 더 시도해 보실래요, 바로 수술 들어가실래요?"

좋아하면 고민 없이 사귀던 이십 대 때와는 달리 이제는 상대가 아이를 좋아하는지, 아이를 낳고 싶은지, 혹시 그게 어렵다면 교제를 시작하지 않는 게 좋은지 등 고려할 것들이 너무 많아졌다. 깊어지는 고민에 한숨을 푹 내쉬며 침대에 누웠다. 유튜브를 켜니 타로 영상이 마구 쏟아졌다. 내 마음을 어떻게 알았는지 알고리즘이 열심히 나를 영상에 끌어들였다.

'지금 내 생각하는 사람', '그 사람, 언제쯤 연락올까' 등의 문구들이 내 궁금증을 마구 자극했다. 그중 영상 하나를 클릭했다. 묘한 음악이 흘러나오면서 어두컴컴한 배경 위로 카드 네 장이 번호와 함께 보였다.

"카드 네 개 중 눈에 들어오는 한 장을 고르세요."

왠지 다른 사람들이 많이 고르지 않았을 것 같은 느낌. 그리고 자꾸만 끌리는 마음. 그 두 감정이 합쳐진 한 장의 카드를 선택했다. 번호를 확인한 뒤, 나는 내 마음과 미래를 영상 속 설명에 의지했다.

"카드를 새로 한 장씩 뽑으면서 설명해드릴게요. 음… 상대는 같은 직장 동료 사이이고, 여러분보다 연상이라고 합니다."

'오오! 맞는 것 같아! 연상이잖아. 직장 동료이기도 하고!'

"매력있고, 덩치가 좀 큰 스타일인 것 같아요."

'어머! 어떻게 이렇게 잘 맞지?'
그렇게 10여 분쯤 들었을까.

"연락 올 타이밍에 대한 카드를 한 번 뽑아볼게요. 음… 하루 아니면 한 달 이내라고 하네요."

'거짓말! 하루라니! 그럴 리 없어. 그럼 혹시… 한 달 뒤?'

그렇게 몇 주 동안 상대의 마음을 분석하는 유튜브 영상을 보며 그 사람의 행동을 혼자 추측하고, 상상하고, 장밋빛 미래를 그렸다가 다시 현실로 돌아오기를 반복하며 혼자 많은 에너지를 소모했다. 그 짓도 하다 보니 점점 재미없어졌다. 그런데 요즘 학생들은 나와는 달랐다.

하루는 학교에 가니 쉬는 시간에 여학생과 잘생긴 남학생이 강의실 안에서 꽁냥대고 있었다. 나는 조심스럽게 다른 한 학생에게 물었다.

"쟤들 사귀어?"
"네. 교수님 이제 아셨어요?"

"응. 근데 언제부터?"

"학기 초에 여자애가 남자애한테 들이댔어요. 고백도 여자가 한걸요."

잘 생기고, 예의도 너무 발라서 평소에 눈여겨보던 남학생이었다. 역시나 이런 학생을 가만둘 리가 없었다. 용기 있는 여자가 미남을 얻는다는 걸 내 눈으로 목격한 게 이번이 처음이 아니었다. 서울에서 회사 다닐 때도 그랬다. 같은 또래의 여사원이 회사에 입사했는데 2년 정도의 경력이 있는 상태였다. 그 친구는 경력자 특유의 허세 없이 같은 나이라는 이유 하나로 나에게 친근하게 다가왔다. 그러고 나서 얼마 후, 회식자리에서 그 친구는 같은 부서 대리님이 몸이 좋다는 이유로 옆에서 그의 팔을 만지며 스킨십했다.

'뭐야. 이래도 되는 거야?' 지방에서 공부만 하다가 서울로 올라온 나는 그 모습에 충격을 받았다.

"아… 이렇게 너무 들이대는 거 별로 안 좋아하는데…"

그렇게 말하는 대리님의 입가에 웃음이 가득했다. 일주일 채 안 돼 둘은 사귀기로 했고, 2년 동안 만났다. 이 여학생을 보니 그 친구가 문득 떠올랐다.

'나도 좀 더 적극적이어야 할 필요가 있겠어.'

그리고 수업을 시작하려고 컴퓨터를 켰는데 바탕화면에 현재의 증명사진이 보였다. 예전에 그가 보여줬던 뚱뚱했던 시절의 사진이었다. 그때 기막힌 생각이 번뜩 떠올랐다. 나는 그 사진을 휴대폰으로 찍어 현재에게 보낸 뒤 장난기를 한가득 넣었다.

- 누구세요?ㅋㅋ

그리고 얼마 지나지 않아 바로 답장이 왔다.

- 이게 왜 여깄지? 하하. 귀엽죠?
- 컴퓨터에 있길래. 크크. 귀엽네요.

놀라지 마시라. 이 문자는 읽음 표시로 바뀌고 나서도 한 시간 동안 답이 없었고, 며칠이 지나도록 감감무소식이었다. 이번엔 그냥 문자가 씹힌 거였다. 친해진 줄 알았는데 내가 만만한 거였다. 이번에도 나의 노력은 이렇게 허무하게 끝이 났다.

...

"교수님, 이 정도면 진짜 관심 없는 것 같은데요?" 한 학생이 인상을 구기며 말했다.

"아픈 곳 그만 찔러." 나는 쓸쓸한 표정을 지으며 말했다.

"계속 저렇게 연락 성의 없이 하면 저 같으면 정떨어졌을 것 같아요." 학생은 마치 자신 일인 양 눈살을 찌푸렸다.

"그렇지? 그래서 나도 마음 접으려고 노력했지. 그런데 사람이 자기 마음먹은 대로 되는 게 몇 개나 있을까." 나는 어깨를 으쓱했다.

"그 뒤로는 어떻게 됐어요?"

"음… 그날은 오늘처럼 비가 내렸어. 딱 이맘때쯤이었겠다. 12월이라 날이 추워서 외투를 입고 있었던 게 기억나거든."

그날 그는 나에게
우산을 왜 줬을까

 어떤 사람인 줄도 모르면서 좋아하게 되는 사람이 있다. 몇 달 동안 현재를 거의 보지 못했는데도 나는 그를 여전히 좋아하고 있었다. 얼마 뒤, 그해의 마지막 회식이 잡혔을 때가 돼서야 나는 드디어 그를 만날 수 있게 됐다. 현재가 식당으로 들어오자, 내 손이 파르르 떨렸다. 오랜만에 보는 그의 모습에 떨린 나는 그를 제대로 쳐다보지도 못했다.
 '이십 대도 아니고 왜 이래. 이가을.'
 나는 긴장한 탓인지 화장실에 가려고 일어서자마자 가방을 바닥에 떨궜다. 내가 당황스러운 표정을 지으며 가방에 손을 뻗으려는데 현재가 먼저 상체를 숙였다. 그는 바닥에 떨어져 있는 가방을 집어 들었다. 그리고 의자에 조심스레 걸어놓으며 미소 지었다. 나는 "감사합니다." 말하고 얼른 화장실로 뛰어갔다. 화장실 거울 속에는 얼굴이 발개져 있는 소녀가 한 명 서 있었다. 나는 볼을 살짝 치며 고개를 흔들었다.

"정신차려! 긴장하지 마. 그냥 사람이야."

몇 번이나 스스로에게 최면을 걸고 나서야, 다시 자리로 돌아가 앉았다. 횟집에서 맛있는 음식들이 나왔지만, 나의 관심은 온통 내 대각선에 앉아 있는 현재에게 쏠려 있었다. 맛도 제대로 못 느낀 채 나는 배 불릴 용으로 회를 질겅질겅 씹어 먹었다. 현재를 슬쩍 보니 그의 왼쪽 네 번째 손가락에 금반지가 끼워져 있었다. 여자친구가 생긴 걸까. 그 생각에 회는 돌을 씹는 듯 맛이 없었다. 더 이상 추측해봤자 부질없다는 걸 깨닫고는 정면돌파하기로 했다.

"교수님, 반지 예뻐요." 내가 말했다.

"아, 이거요? 이번에 하나 장만했어요. 끼고 싶어서." 그가 반지를 만지작거리며 말했다.

"근데 어디서 본 모양 같은데요, 샤넬인가?"

"아 맞아요. 샤넬 모양이긴 한데. 금방에서 만든 거." 그가 멋쩍은 듯 말했다.

'다행히 커플링은 아닌 듯했다. 오케이. 십년감수.'

"그렇구나. 반지 끼니까 교수님 더 빛나 보이네요." 내가 싱긋 웃으며 말했다.

"근데 생선구이 왜 안 먹어요?"

현재가 오늘 드디어 나에게 질문이란 걸 했다. 오늘도 음식을 가리키며. 예전에 먹는 걸 좋아한다며 사진 앱에 음식 사진만 따로 분류해 놓은 걸 보여주기도 했었다. 그런 성향답게 그가 이제껏 내게 한 질문은 대부분 음식에 대한 것이었다. 왜 그 음식을 안 먹는지, 왜 적게 먹는지, 어떤 음식을 먹어봤는지.

"생선 바르는 게 귀찮아서요." 내가 이마를 찌푸리며 귀찮음을 얼굴로 표현했다. 그가 빙긋 웃더니 새 젓가락을 집어 들었다. 그리고 생선 살을 조심스레 발라내기 시작했다. 가시에서 떼어낸 살을 큼직큼직하게 퍼트려 놓고 가장 부드러운 부위를 내게 건네며 말했다.

"이 부위가 제일 맛있어요. 먹어봐요."

나는 한 치의 망설임도 없이 그가 준 생선을 받아 오물오물 씹어먹으며 생각했다.

'아무 사이도 아닌데 생선을 발라줄 수 있나? 일단 진정해. 매너가 몸에 배어 있는 사람이잖아. 착각하면 안 돼.'

그런데 그는 또다시 내 고개를 갸우뚱하게 만드는 질문을 던졌다.

"교수님 몇 년생이죠?"

"저 93년생이요." 그의 질문에 내가 명랑하게 대답했다.

"생각보다 어리네요."

이건 또 무슨 소리지? 나이 들어 보인다는 건가, 하는 생각에 갑자기 또 기분이 팍 상했다. 말에 심술의 날개가 달린 걸까. 아니면 내가 괜히 꼬아서 생각하는 걸까. 온탕과 냉탕을 오가는 아리송한 감정 속에서 오늘도 별 소득없이 회식은 끝났다. 밖으로 나오니 비가 추적추적 내리고 있었다.

"어? 우산 없는데 어쩌지."

우산을 챙기지 못한 나는 그날 비를 쫄딱 맞을 처지였다. 밖을 두리번거리니 현재는 이미 우산을 쓴 채 다른 교수님들과 서 있었다. 내가 발을 동동 구르자, 그가 나를 발견하고는 손짓하며 우산을 살짝 기울였다. 나는 고개를 갸웃했다. 그러자 그는 한 번 더 우산을 뒤로 기울였다. 그의 신호에 나는 방긋 웃으며 살포시 뛰어 우산 속으로 쏙 들어갔다. 가까이 선 그는 내가 생각했던 것보다 조금 더 컸다. 민망함에 고개를 들어 올려다보니, 남색 우산에는 주황색의 귀여운 캐릭터가 그려져 있었다.

"우산 진짜 예뻐요!" 내가 미소 지으며 말했다.

"줄까요?" 그가 눈썹을 치켜들면서 말했다.

"진심이에요?" 나는 놀라서 목소리 톤이 잔뜩 올라갔다.

"네. 여기요."

그는 이 우산이 자신에게 중요치 않다는 듯 가볍게 나한테 건넸다. 자기 물건을 이렇게 막 준다는 게 이상했다. 나는 수상한 표정으로 말했다.

"혹시 누구한테 공짜로 받은 거예요?"

"에이. 아니에요. 이거 제가 돈 주고 산 건데. 비싼 거예요." 그가 억울하다는 듯 말했다.

그 말이 더 이상했다. 비싼 우산을 남에게 덥석 그냥 주다니.

'혹시 이 사람이 날 좋아하나? 좀 더 세게 나가 봐?'

"이 우산 쓸 때마다 교수님 생각날 것 같아요." 내가 말했다.

"예?"

예상치 못한 말을 들었는지 그가 토끼눈을 하며 나를 쳐다봤다. 비가 우산을 때려 '토도독' 소리를 냈다. 바로 옆에 있는 그에게서 숲 향이 났다. 가을비가 내리는 나무가 우거진 숲 한가운데 단둘이 서 있는 기분이었다. 발 아래 젖은 낙엽들이 딱풀로 붙인 듯 서로에게 달라붙어 있었다. 바람이 불어도 서로의 손끝만 살짝 들썩일 뿐, 낙엽은 떨어지지 않았다. 그 낙엽들의 끈질긴 모습에 용기를 얻어, 나는 불쑥 말했다.

"교수님, 크리스마스 때 뭐하세요?"

"크리스마스? 그냥 집에 있겠죠?"

그는 이번에도 별생각이 없어 보였다. 그날 영화 보자고 말할까 말까. 할까 말까. 내가 크리스마스 이야기까지 꺼냈으니 다음을 이어가 주길 원했다. 하지만 이번에도 그는 말없이 왜 묻느냐는 듯 나를 말똥말똥 쳐다보고만 있었다. 나도 안다. 이제는 그의 행동을 기다리지 말아야 한다는 것을. 나는 용기 내어 입을 뗐다.

"혹시 그날…"

그 순간 화장실에 갔던 서진 교수님이 현재가 들고 있는 우산 속으로 뛰어들었다.

"무슨 얘기하고 있었어요?" 교수님이 추운 듯 어깨를 떨며 말했다.

"아녜요. 그냥 이것저것." 나는 대충 얼버무렸다. 현재가 무슨 이야기를 하려 했냐는 듯한 표정으로 나를 바라봤지만 나는 그냥 미소지으며 고개를 저었다. 한숨이 푹 나왔다. 두 달 뒤면 수술인데 내가 뭘 기대하고 있는 건지 모르겠다.

'이 사람 행동에 의미를 두지 마. 더 이상 동요하지 마.'

모두가 집으로 돌아가려 할 때, 현재가 나를 보며 말했다.

"방학 잘 보내세요."

그 인사가 슬프게 들렸다. 나에게는 영원한 안녕을 말하는 것 같아서. 우리는 또 몇 달이나 만날 일이 없을 테니까. 그렇게 나의 서른한 살의 마지막 달이 싱겁게 지나가 버렸다.

"왜 한동안 안 오셨어요?"
의사가 초음파를 보면서 말했다.
"마음의 준비가 필요해서요."
"그랬구나."
검사가 끝나고 내가 책상 앞에 앉자, 의사가 수술 계획을 설명했다.
"이번이 세 번째 수술이라 안을 봐야 알겠지만, 장 유착이 심하면 시야가 제대로 확보가 안 될 수 있어요. 그러면 중간에 개복수술 할 가능성도 있어요."
"얼마만큼요?" 나는 눈을 동그랗게 뜨그 말했다. 같이 병원 따라온 엄마도 놀란 표정이었다.
"환자분 몸집이 작아서 아마 배 아래 끝까지 될 거예요." 의사는 내 눈앞에서 양손을 들어 길이를 표현했다.
'잠깐, 안 돼. 배를 가른다고?'
이 소식은 이번 수술 후에는 아기를 가지는 게 힘들 수도 있다는 이야기만큼 충격이었다. 매번 살짝 흉터만 남았는데 이제는 배에 길게 흉터가 생긴다니. 차라리 임신해서 제왕절개를 했다면 아이라도 남을 건데. 내 몸에는 나를 아프게 하는 혹만 잉

태됐다. 이제껏 잘 버텨온 수술이지만 이건 상상만 해도 끔찍했다. 병원을 나와 엄마에게 말했다.

"엄마, 나 배 가르기 싫은데." 내가 울상을 지었다.

"가시나! 사는 게 중요하지, 배에 흉터 생기는 게 어때서!" 엄마는 내게 호통쳤다.

"그래도! 비키니도 못 입고, 배꼽티도 못 입고!"

"그런 옷 입은 적도 없으면서 갑자기 뭔 배꼽티야."

"이제껏 못 입었으니까 억울해서 그렇지. 아 몰라! 매일 옷 벗을 때마다 배에 큰 흉터를 봐야 하잖아."

난 일곱 살 어린애처럼 엄마 앞에서 징징댔다. 이런 상황에서도 난 왜 출산에 대한 걱정보다 배에 생길 큰 상처에 더 예민하게 구는 걸까. 잘 버티던 암 환자들이 어느 날 베개 위에 빠진 머리카락 한 움큼을 보고 나서야 깊은 상실감을 느낀다는 기사를 본 적이 있다. 외적으로 드러나는 변화가 중요한 건 어쩔 수 없나 보다.

나의 칭얼거림과는 상관없이 수술은 2월 말로 잡혔고, 수술하기 전에 나는 각 학교와 학원에 학기 초에는 수업을 연기해야겠다는 소식을 전했다.

"그럼 수술 전에 졸업식이랑 입학식 영상 다 만들어 놓도록 하세요."

학과장은 정말 자신이 맡은 일밖에 모르는 듯했다. 누구는 아파서 수술한다는데 그전까지 할 일이나 마쳐놓으라니. 학원도 다를 바가 없었다. 오히려 수술 전에 새로운 강의를 두 개나 더 개설했다. 죽어라 일하다가 수술대 위에 누워야 할 판이었다.

'그래. 세상이 이렇게 각박한 곳이었지. 수술 전까지 쉬긴커녕 일을 더 해야 하는구나.' 나는 삐뚤어지지 않으려 노력했지만 잘 안 됐다.

그래도 그 덕분일까. 새해 첫 두 달을 눈썹 날리도록 바쁘게 보냈다. 간간이 현재가 생각났지만, 생각하지 않으려 애썼다. 그리고 수술 당일, 세 번째 수술이라 무서움도 두려움도 없이 수술대 위에 누워있었다. 마취를 기다리는 나의 무미건조한 표정을 보더니 의사가 말했다.

"이런 거에 익숙해지면 안 되는데."

'나도 이 수술이 처음이었으면 좋겠어요. 차라리 처음 겪는 일에 어쩔 줄 몰라 하는 소녀였으면 얼마나 좋았을까요.'

나는 의사에게 그저 희미하게 미소를 보이고는 깊은 잠에 빠져들었다. 잠들었다 깨어나면 다 잊고 새로운 내가 되어있길 바라며.

"이가을씨! 이가을씨. 정신이 좀 드세요?"

'왜 깨우지? 방금 잠든 것 같은데?'

그런데 배가 슬슬 아파왔다. 그 통증은 내가 정신이 점점 멀쩡해지자 점점 더 심해졌다. 배가 불타는 듯 아팠다. 수술이 끝났다는 걸 알 수 있었다. 더 아플까 봐 나는 꿈틀대지도 못한 채 소리만 약하게 몇 번 지르고 나서야 진통제로 배의 통증이 사그라들었다. 나는 이제 살 만 하자 움직이기 힘든 입을 뻥긋하며 배에 최대한 힘이 안 들어가도록 엄마에게 속삭였다.

"엄마, 내 배는?"

배는 아픈데 개복수술을 해서인지 장기가 상처를 입어서인지 구분이 안 됐다.

"배 멀쩡해. 수술 잘 됐단다."

엄마는 내 머리를 쓰다듬으며 말했다. 나는 안도의 미소를 희미하게 지었다. 한 시간도 안 돼서 의사가 병실로 찾아왔다.

"다행히 혹이 생긴 게 아니라 예전에 수술했던 부위에 진액이랑 여러 가지가 섞여서 혹처럼 보였더라고요. 생각보다 깨끗했어요. 그렇지만 미리 말씀드렸던 대로 난소 한쪽은 제거했습니다. 더 이상 혹 생길 걱정은 안 하셔도 될 것 같아요."

의사는 그렇게 희소식을 전하고 바로 퇴근했다.

"엄마, 수술하기 전에 난자 채취 더 해 놓을 걸 그랬나?"

수술이 잘 되고 나니 또 이런 생각이 들었다. 그 말을 듣던 엄마가 갑자기 진지한 표정으로 말했다.

"나는 태어나지도 않은 아기보다 네가 더 소중해. 내 앞에서 안 죽으면 엄마는 그걸로 족해."

그 말에 울긋불긋한 무언가가 솟아오르는 것처럼 마음이 찡하게 아팠다. 엄마는 이런 사람인가 보다. 어떤 순간에도 딸이 소중한 사람. 내가 만약에 딸이 있다면, 그 딸이 이미 수술을 여러 번 해서 출산의 위기까지 찾아왔다면 나는 과연 뭐라고 말했을까. 아이러니하게도 나도 엄마와 똑같은 말을 했을 것이다. 그냥 꿈 펼치며 행복하고 편하게 살라고. 아이는 있으면 좋겠지만, 없다고 해서 그렇게 슬픈 일 아니라고. 그 시간을 다른 것들로 채우면 된다고.

수술이 끝나고 잠깐 잠이 들었다가 눈을 뜨니 그사이 밤이 되었다. 병실은 어두웠지만 창문 사이로 보이는 달빛에 비가 내리는 게 보였다. 유리창에 비가 주르륵 흐르는 모습을 한참이고 봤다. 문득 현재와 학교 앞에서 이야기 나누던 날이 떠올랐다. 그와 함께 있던 날은 대개 비가 왔다. 학생들 성적표를 제출해야 해서 잠깐 학교에 들른 날, 그와 정문에서 마주쳤다. 그날 집에서 나서기 전 나는 그가 준 우산을 들고 갈까 망설이다가 낡은 검은색 우산을 꺼내 들었다. 학교 앞에서 우산을 펴는 나를 보며 그가 말했다.

"왜 제가 준 우산 안 가져왔어요?"

나는 우산을 쓰며 그에게 말했다.

"빨리 닳을까 봐요."

그는 알 수 없는 표정을 지었다. 그런 말에도 내 마음을 눈치 못 채던 남자. 아니, 눈치채고 싶지 않았던 걸지도 모르겠다. 나는 그깟 우산이 뭐가 그렇게 아까워서 집에 고이 모셔놓았을까.

'괜찮아, 이가을. 어차피 이루어질 수 없는 사람이었어. 사랑으로든, 내 수술로 인한 결과로든. 어차피 안 될 거였어. 슬퍼하지 마. 독하게 마음 먹는거야. 아이를 낳을 수 있다는 생각은 이제 버리고. 결혼할 생각도 말자. 어차피 마지막엔 다들 혼자라잖아.'

핏줄이 서서히 도드라지는 내 손을 내려다보았다. 주름 많고, 파란 핏줄이 불룩 튀어나온 엄마의 손과 겹쳐 보였다. 나이가 들어가고 있다는 증거였다.

'이제 서른두 살인데. 어쩌지? 뭘 해야 하지?'

여자로 태어나면 아이를 낳는 건 당연히 할 수 있다고 생각한다. 누구나 할 수 있는 일을 내가 못 한다고 생각하니 남들이 쉽게 하지 못하는 일이 필요했다. 그러면 남들이 결혼하고 아이를 낳는 동안 나도 할 일이 있었다고 스스로 위안 삼을 수 있을 테니까.

'돌파구가 필요해. 이 모든 상황에서 벗어날 방법이. 누가 가장 빠르게 변화를 만드는 방법은 환경을 바꾸는 거라고 했는데…'

그때, 한 가지 방법이 번뜩 떠올랐다.

'이왕 이렇게 된 거… 내가 가고 싶었던 유학을 가볼까?'

...

"갑자기요?"

한 학생이 물을 마시다 콜록거리며 말했다.

"너희한테는 갑자기 일수도 있겠다. 그만큼 내가 한국에 안 어울리는 사람이라는 생각이 들었거든. 한국에서는 흠 투성이인 내가 외국으로 가면 안 그럴 수도 있지 않을까? 사람들도 조금 더 오픈마인드이기도 하고."

그렇게 말하는 자신도 당시 정확히 어떤 마음인지 알 수 없었다. 모든 게 불확실하고, 되는 일이 없어서 도망칠 곳이 필요했을지도 모르겠다. 그냥 갈 수는 없으니까 온갖 핑계들을 가지고 왔는지도.

"어딘가로 떠난다는 게 멋있긴 하지만…" 학생이 끝을 흐리며 얼버무렸다.

"인생 또 모르잖아? 그렇게 떠났는데 새로운 세상이 펼쳐질지 어떨지는. 불확실해서 불안을 느끼기도 하지만 그래서 희망을 가지기도 하니까."

어쩌면 이번이 내가 떠날 용기를 낼 수 있는 마지막 기회라고 생각했던 걸지도 모르겠다.

쿨하게 떠나는 거야

"콜록. 아악!!!"

나는 몸을 배배 꼬고 난리가 났다. 수술의 여파로 기침할 때마다 안에서 누군가 배를 송곳으로 찌르는 듯 아팠다. 재채기가 나오려 할 때면 고통을 겪을 만반의 준비를 해야 했다. 그렇다고 해서 덜 아픈 것도 아니었지만.

헤집어 놓은 장기와 실밥 때문에 속까지 완전히 낫기에는 두 달이 걸린다는 의사의 말에 나는 집에 거의 누워있었다. 밥 먹고 소화하는 게 매일 내가 해내야 하는 일의 전부였다. 서른 두 살의 2월을 내 안의 고통과 친구가 되어 흘려보내고 있었다.

힘없이 침대에 누워 자다 깨기를 반복하고 있는데 휴대폰이 울렸다. 아직 방학이라 전화 올 일이 없는데, 라고 생각하며 아무렇게나 던져놓은 휴대폰을 손을 뻗어 찾았다. 화면을 보니 현재였다.

'현재 교수님? 갑자기 웬 전화? 일단 태연하게 전화 받자.'

없는 힘을 짜내 일어나 앉은 뒤 목소리를 큼큼 가다듬었다.

"여보세요."

"여보세요."하는 그의 목소리가 전파를 타고 나에게 닿았다. 오랜만에 듣는 목소리에 몸이 부르르 떨렸다.

"교수님! 어쩐 일이세요?" 나는 멀쩡한 사람인 척 보이려고 최대한 밝은 목소리로 말했다. 그가 여전히 부드러운 목소리로 내 안부를 묻는데…….

"수술하셨다면서요."

잠깐. 그가 알고 있다. 어떻게 안 걸까?

"아… 소식이 거기까지 갔나요? 누구한테 들으셨어요?"

나는 허탈한 마음에 "하하" 너털웃음을 지었다. 이런 것까지 알리고 싶진 않았는데 입이 가벼운 학과장이 세세히 말한 모양이었다. 그런데 현재가 이런 일로 전화까지 하는 사람이었나? 그냥 동료 사이일 뿐인데? 내가 그를 너무 무정한 사람으로 봤던 걸까.

"괜찮으세요?" 그가 말했다.

"네. 점점 나아가는 중이에요."

그 뒤로 나는 대화의 의미를 잃었다. 잘 보일 필요도 없었다. 이제 나는 그 사람에게 여자가 아닐 것이다. 한 마디로 망했다. 그래서 몇 분간의 통화를 서둘러 마무리했다. 전화를 끊자마자 온몸의 기운이 쫙 빠졌다. 나는 다시 노인처럼 침대에 엉거주춤 누웠다. 현재는 내가 어떤 일로 수술한 건지도 다 알고 있는 듯했다. 나쁜 학과장! 남의 개인적인 이야기를 이렇게 쉽게 남발하다니. 현재가 안다면 이 세상 사람들이 내가 수술했다는 사실을 다 안 다는 이야기였다. 나는 더욱더 도망치고 싶어졌다. 이불을 머리끝까지 덮어쓰고 소리를 질러댔다.

"이제 다 끝났어!! 아련함이라도 남기고 가고 싶었는데 다 소용없어졌어!"

그마저 나에게 주어지지 않는구나, 하는 괴로움에 아픈 몸을 비틀었다. 차라리 그 고통으로 마음의 고통을 잊고 싶었다.

며칠이 지나자 너덜너덜해진 내 마음과는 달리 몸은 너무나도 잘 회복되고 있었다. 하루하루 움직임이 가벼워졌다. 몸이 괜찮아지자 누가 내 방에 카메라라도 단 듯 저번 학기에 수업했던 고등학교에서 연락이 왔다. 영상제작 수업을 담당하는 선생님이었다.

"교수님, 2주 뒤부터는 수업 시작하실 수 있을까요?"

"당연하죠." 나는 경쾌한 목소리로 답했다.

"근데 수업 전에 교장 선생님께서 이번에 새로 오신 외부 강사님이랑 같이 얼굴을 한 번 봤으면 한다고 하시는데요. 언제가 괜찮으세요?"

"다음 주 월요일로 할까요?"

시간은 빠르게 흘러 어느덧 월요일이 되었고, 나는 대학교 수업을 마치자마자 고등학교로 향했다. 약속 시간보다 조금 일찍 도착한 나는 익히 알고 지내던 부장 선생님과 교무실에서 간단히 차 한잔을 했다. 뜨거운 김이 서로 요동치듯 감싸며 공기 속으로 스며드는 모습을 멍하니 바라보다가 컵을 들었다.

"김현재 교수님 아시죠?" 부장 선생님이 말했다.

"앗, 뜨거!"

그 말에 나는 뜨거워서 후 불고 있던 차를 놓칠 뻔했다. 뜨거운 물이 내 손등에 조금 튀었다. 나는 재빨리 휴지로 닦으며 놀란 목소리로 말했다.

"그분을 아세요?"

"같은 대학교에서 근무하고 계시던데요?"

선생님은 자신의 책상에 놓인 현재의 이력서를 가리켰다. 저 뚱뚱이 시절 사진. 이제는 멀리서 형체만 봐도 알아볼 수 있을 정도였다. 나는 마치 누가 쫓아오기라도 한 듯 주위를 두리번거리며 낮은 목소리로 속삭였다.

"혹시 김현재 교수님이 여기 새로 온 외부 강사님이세요?"

"네. 거의 다 오셨다고 하네요."

선생님의 말이 끝나기가 무섭게, 넓은 어깨에 큰 덩치를 가진 익숙한 얼굴의 남자가 교무실로 성큼성큼 들어섰다. 그는 나를 발견하고는 놀란 듯 흠칫하며 몸을 뒤로 뺐다. 그리고는 이내 활짝 웃으며 손을 흔들었다. 나도 막상 그의 얼굴을 보니 반가워서 손을 살짝 흔들었다.

'진짜 이상해. 어떻게 여기서 이렇게 만나? 며칠 전엔 전화도 오고. 그냥 우연인 거겠지?'

교무실 중앙 큰 탁자에서 만나게 되자 현재는 내 팔뚝을 손으로 살짝 치며 반가운 표시를 했다.

"뭐예요. 이런 데서 다 만나네." 그가 아직 안 믿긴다는 표정으로 말했다.

오늘 기분이 좋은가보다. 나는 그의 모습이 귀여워 피식 웃음이 나왔다. 우리는 교장 선생님과 교감 선생님 앞에 앉아 인사했다.

"이렇게 한 대학교에서 교수님이 두 분이나 오시고. 저희 학생들 잘 부탁드립니다."

교장 선생님이 한마디 하자 현재도 적절한 유머와 진지한 대화를 섞어가며 분위기를 잘 이끌어갔다. 그러더니 명함을 꺼내 그들에게 건넸다. 나는 아직 명함이 없어서 그런 그를 바라만 봤다. 그런 모습도 좋은 걸 보면 나는 아직 그를 내 마음에서 완전히 배제하지 못한 듯했다. 십 분간의 짧은 대화를 마친 뒤 함께 학교 정문을 나왔다. 우리는 드디어 얼굴을 마주 봤다.

"몸은 좀 괜찮으세요?" 그가 말했다.

벤츠 차 키를 허리 밑에서 무의식적으로 뱅뱅 돌리던 그는 바닥을 쳐다보며 내 대답을 기다렸다.

"네. 많이 나았어요. 교수님, 이번에 대학생 MT 가시죠?"

"네. 가기 싫은데… 가야겠죠?" 그가 찡그리며 말했다.

"저는 아직 회복 중이라 안 가려고요."

"그렇구나."

학교 이야기가 끝나니 정적이 흘렀다. 이제 그만 인사하고 가야 하나 어쩌나 머리를 굴리고 있는데 현재가 말했다.

"근처에서 커피라도 한잔하면 좋은데…"

드디어 이 사람이? 라고 생각하던 차, 현재가 다시 말했다.

"근데 제가 곧 수업이 있어서요."

그럼 그렇지. 그는 나에게 그런 사람이었다. 항상 일이 있고, 일찍 가야 하고, 시간이 없는 사람. 이렇게 우연히 만나도 커피 한잔할 여유가 없다고 했다.

"아, 그럼 얼른 가셔야죠." 내가 말했다.

'잘했어. 굉장히 쿨해 보이고, 별 미련 없어 보여.'

"MT 가서 뵙겠네요. 그때 봐요." 그가 빙긋 웃으며 마지막 인사를 건넸다.

MT 안 간다고 몇 초 전에 말했는데 그새 기억 못 하고 MT에서 보자고 했다. 이 남자는 내 말에 전혀 집중하지 않았다. 나는 굳이 그 말을 정정하고 싶은 생각도 들지 않았다. 아니, 그럴 필요도 없었다.

"네. 다음에 봐요."

나는 인사를 한 뒤 달팽이가 땅을 기어가듯 천천히 차로 향했다. 내가 자동차 문을 열기도 전에 현재는 이미 운동장을 가로질러 모래바람을 일으키며 쌩하고 사라졌다. 그는 그새 가고 없었다. 그 모습도 매정하게 느껴졌다. 이제는 배가 아니라 심장이 아팠다.

집으로 돌아와 소파에 아무렇게나 가방을 던져놓고, 조심스레 배를 붙잡으며 그 옆에 앉았다. 나는 소파에 등을 기대고 SNS를 켰다. 때마침 유학원 광고가 피드에 떴다. 행복한 얼굴을 한 외국인 여자 뒤로 푸릇푸릇한 잔디가 펼쳐져 있는 대학교가 보였다. 나는 그 광고를 유심히 봤다.

'진짜 떠날까? 더 잃을 것도 없잖아.'

남자친구도 없어서 마음에 걸릴 것도 없었고, 지금 내가 가진 직업은 언제든 다시 와도 할 수 있는 것들이었다. 생활비는 틈틈이 받는 외주로 어떻게든 마련할 수 있을 것 같았다.

'이번 학기만 강의하고, 다음 학기엔 떠나자. 거기서 다른 인생을 살아보는 거야.'

이렇게 생각하자, 생채기 난 가슴에 다시 희망이 차올랐다.

'어떤 과를 선택할까? 내가 안 해본 것들이 뭐지? 안 해본 거. 그런데 잘해보고 싶었던 거.'

그러다 머리에서 두 글자가 두둥실 떠올랐다. 그림! 이제 머리 아픈 공부 말고, 나의 창조성을 풀어낼 수 있는 그림을 선택해 보자, 생각했다. 학교에서 외국인 친구들과 함께 여행을 다니며 그림을 그리는 모습을 상상하니 너무 신났다. 미래에 펼쳐질 일을 상상하니 끝없이 이어졌다. 도화지의 크기 따위는 내 머릿속에 없었다. 무한대였다. 오래 질질 끄는 건 못하는 성격인 나는 바로 유학원에 연락했다.

"저 미술 유학 알아보려고요."

"어느 나라 생각해 보셨어요?" 유학 상담원이 밝은 목소리로 물었다.

"캐나다요."

마음 같아서는 미국 뉴욕의 유명한 미술대학에 가고 싶었지만, 그렇다 할 실력도 돈도 부족한 나는 학비와 치안을 고려해 캐나다 온타리오주 오크빌(Oakville)에 있는 한 학교를 선택했다. 캐나다에서 가장 살기 좋은 도시로 선정된 지역이기도 하고, 차로 한 시간이면 나이아가라 폭포나 토론토 시내에도 갈 수도 있다. 국립공원과 온타리오 호수로 둘러싸인 캐나다 전경은 정말이지 나를 꿈의 세계로 이끄는 듯했다.

'그래. 이런 곳에서 한 번 살아보자.'

2년 학비와 집 렌트비, 생활비까지 고려해 8천만 원 정도로 예산을 잡았다. 경치 좋은 곳에서 그림 공부하고, 포트폴리오 만들어서 캐나다 회사에 취업도 해보면 참 좋겠다는 생각에 심장이 두근댔다. 9월 입학을 목표로 바로 떠날 수 있도록 나와 유학원은 속전속결로 움직였다. 두 달 동안 밥 먹고, 자고, 강의가는 시간을 제외하고는 영어 시험 공부에 몰두했다. 가뿐히 목표 점수를 넘긴 후에는 입학 과정에 필요한 각종 서류를 준비하느라 하루하루가 분주했다.

방에서 학교에 보낼 서류를 살펴보던 중, 엄마가 문을 열고 들어왔다. 엄마의 손에는 따듯한 차 두 잔이 들려 있었다. 엄마는 침대에 걸터앉으며 한 잔을 내게 건넸다.

"준비 잘 돼가?"

"응. 이제 비자 서류만 준비하면 돼. 비자 받으려면 등록금

납부하고 나서 서류를 제출해야 학생비자가 나온대. 그리고 건강검진도 받으러 가야 하고. 준비할 게 아직 산더미야. 유학 두 번은 못 가겠어."

신나서 조잘대는 내 이야기를 엄마는 끝까지 들으며 중간중간 고개를 끄덕였다. 그러다 엄마가 조용히 물었다.

"진짜 가고 싶어서 가는 거 맞지?"

그 말에 나는 잠시 멈칫했다. 솔직히 말하면 불안하기도 했다. 다녀온다고 해서 뭐가 대단한 걸 이뤄온 건 아니기 때문이다. 서른다섯 살이 된 나는 다시 일이 끊긴 상태로 한국에 덩그러니 와야 할지도 몰랐다. 그렇지만 거지로 돌아와도 배운 게 있을 테니 괜찮을 거라며 스스로를 다독였다.

"응. 갈 거야. 2년 아니, 3년만 있다가 올게. 그동안 엄마도 건강하게 지내고 있어야 해."

아빠라도 있으면 덜 걱정되련만, 3년 전에 아빠를 하늘에 보내고 나서 지금은 엄마가 그나마 괜찮아 보여 나도 떠날 결심을 할 수 있었다.

그리고 다음 날, 나는 학교에 송금할 등록금과 입학금을 합쳐 천만 원을 들고 은행으로 향했다. 은행원의 도움으로 캐나다 대학교에 큰돈을 송금하고 나니 떠나는 게 진짜 실감이 났다.

우윳빛깔 이가을

학과장실 앞에서 똑똑 노크한 뒤 문을 열고 들어갔다. 현재를 볼 일 없이 두 달이 흘렀고, 그동안 나는 캐나다로 떠날 준비를 거의 마친 상태였다. 이제는 학과장에게 이 사실을 말해야 했다. 그래야 다음 학기에 수업할 강사를 미리 구할 테니까.

"무슨 일이에요?" 학과장이 웬일로 나에게 존댓말을 했다. 순 자기 마음대로였다.

"저…" 입이 잘 안 떨어졌다. 어떻게 말할지 수십 번은 생각했지만, 그만둔다는 말은 언제나 어려웠다.

"학기 시작한 지 좀 됐는데 회식 한 번 합시다." 학과장이 내 말을 가로챘다.

"네? 언제요?"

"다음 주 목요일. 일단 가을 교수가 총무니까 교수님들한테 5만 원씩 거두세요."

내 돈으로 내가 먹는 회식이었다. 마음에 안 들었다. 나는 빠질 궁리부터 했다.

"제가 혹시 그날 안 되면…"

"유일한 여자가 빠지면 섭섭하지."

그렇지. 학과장은 이런 사람이었다.

"네. 알겠습니다."

"근데 뭐 할 말 있지 않았어요?" 학과장이 키보드 두드리는 일을 멈추고 그제야 날 바라보며 말했다. 다 같이 있을 때 이야기하는 게 좋겠다 싶었다.

"아닙니다. 수고하세요."

나는 학과장실을 나와 내 계좌번호를 단체방에 올렸다. 아파트 엘리베이터 안에서 캐나다 대학에 돈이 잘 송금되었다는 메일을 확인하고는 방으로 가 의자에 털썩 앉았다. 오늘 말하지 못한 게 찝찝했지만 좀 더 말을 정리해서 한 번에 확실히 그만두겠다고 다짐했다. 그리고는 은행 앱을 열어 명세를 확인하는데, 누군가 그새 회식비를 보냈다. 그런데 보낸 사람의 이름에, 나는 내 눈을 의심했다.

| **우웃빛깔이가을** | +50,000원 |

'뭐지 이건? 또 누가 장난친 거지?'

그때 머릿속에 세 사람의 얼굴이 스쳤다. 서진 교수님, 키 큰 동우 교수님, 그리고 현재.

'아직 누군지 모르잖아. 기다리면서 확인해 보자. 이름 없는 사람이 보낸 거겠지.'

나는 계속 새로 고침 하면서 입금자 명단을 확인하고 또 했다. 그렇게 15분이 지났고, 메신저가 울렸다. - **사진을 보냈습니다.** 라는 메시지였다. 보낸 이는 현재였다!

'사진? 뭐지 갑자기? 웬 사진이야 궁금하게!'

당장 열어보고 싶은 마음이 굴뚝같았지만 바로 읽지 않았다. 딱 3분만 있다가 보자, 생각하며 오른쪽 다리를 덜덜 떨면서 손톱을 물어뜯었다. 이내 벌떡 일어나 거실을 지나 방문을 한 곳씩 열어보면서 집을 한 바퀴 돌았다. 그리고 다시 방으로 돌아가 시간을 확인하니 겨우 2분 40초 지나 있었다.

'됐어. 이 정도면 충분히 기다렸어.'

나는 냉큼 휴대폰 화면 잠금을 풀고 사진을 확인했다. 그가 보낸 건, 자신이 입금한 내역을 캡처한 사진이었다.

입금내역

우윳빛깔이가을   +50,000원

'우윳빛깔이가을은 현재가 맞았어! 어! 메! 이! 징! 이거 플러팅이야 뭐야? 미치고 팔짝 뛰겠네. 자신이라는 걸 말해주고 싶었나 본데? 귀엽네!'

- 뭐예요ㅋㅋ 설렐 뻔 했잖아요.

나는 그때 마음 그대로를 보냈다. 바로 답장이 왔다.

- 설렐 것 까지야…

맥 빠지는 반응이었다.
'이럴 거면 이런 장난을 왜 치는 거야 정말. 내가 만만해?'

- 아… 그런가요.
- 저번에 고등학교에서 보니까 너무 하얗게 떴더라. 몸보신 좀 해요. 삼계탕 해드려야겠다.

'삼계탕 사준다는 것 아니고 해준다는 건 뭐지? 이 남자 모든 말을 자꾸 추측하게 만드네.'

- 삼계탕 사주신다고요?
- 당연히 사드려야죠.

우문현답 같은 이 대화 속에서 밥 먹자는 말만 뱉고는 우리 중 아무도 만날 날짜를 잡지 않았다. 그냥 인사치레였던 거다. 그는 그저 사회생활 중이라는 걸 깨달았다. 그리고 다음 날 알았다. 내가 어떤 소식을 들을지도 모른 채, 그의 장난 문자에 기뻐했다는 사실을.

수업을 마치고 학과장과 점심을 먹으러 중국집에 갔다. 평소에도 이 사람 저 사람 이야기 다 하는 사람이라 내가 별말 안 해도 식사 자리는 이야기로 넘쳐났다. 모든 사람 이야기를 노력 하나 들이지 않고도 알 수 있는 자리였다. 이렇게 현재도 내 수술 소식을 들었겠지, 생각하며 한 귀로 듣고 한 귀로 흘렸다. 짜장면을 열심히 비비고 있는데 현재 이야기가 내 귀를 때렸다.

"현재 교수 내가 얼마 전에 소개팅 시켜줬는데 어떻게 됐나 모르겠네."

나는 그 말에 짜장면을 든 젓가락을 툭 내려놓으며 학과장을 바라봤다.

"네? 진짜요?"

"어. 다른 과에 새로 온 여자 교수랑."

심장이 쿵 하고 내려앉았다. 현재가 소개팅을 했다. 나는 그와 커피 한 잔 마시는 일조차 그렇게 애써도 못했는데 그 여자는 새로 온 교수라는 이유로, 학과장이 주선했다는 이유로 너무도 쉽게 그와 밥을 먹고, 단둘이 이야기할 기회를 가졌다는 사실에 화가 났다.

'그 여자 몇 살이에요? 키는 커요? 날씬해요? 성격은요? 성격은 유쾌해요? 아님 성숙한 스타일인가? 저보다 예뻐요?'

수많은 질문이 떠올랐지만 꾹 참고 나는 "그렇구나." 하고 말했다. 그가 얼굴 모를 여자와 단둘이 카페에서 마주 보고 있을 장면을 떠올렸다. 레스토랑일까? 그러나 그가 여자와 단둘이 있을 때는 어떤 표정인지 어떤 옷을 입는지 눈빛은 어떤지 아무것도 떠올릴 수가 없었다. 그런 모습을 본 적이 없었기에 나의 추측은 거기서 끝났다.

몇 달 전, 동우 교수님과 나눴던 대화가 생각났다. 10년 사귄 여자친구와 결혼해 떡두꺼비 같은 아들을 둔 동우 교수님은 자신을 '연애 전문가'라며 자부했다. 교수님은 내 상황을 듣고는 말했다.

"더 들이대 봐요."

"연락해 봤는데 씹던데요. 남자가 연락 무시하면 게임 끝 아니에요? 별로 관심 없다는 거죠, 뭐. 저도 그 정도는 알아요."

"남자들은 사소한 연락 같은 걸로는 눈치 하나도 못 채요. 벽치기 하는 거 아닌 이상!"

"네? 벽치기까지 해야 안다고요? 연애 전문가 맞으신 거죠?" 나는 어이없다는 듯 피식 웃으며 말했다.

"진짜라니까요. 그렇게 미적거리다가 어느 날 청첩장 날아오는 수가 있어요."

"청첩장까지야 설마…"

하지만 나보다 다섯 살 많은 현재가 영원히 솔로로 남을 거라는 보장은 없었다.

"가을 교수님이 좋다고 하면 절대 싫어할 양반이 아닐 텐데?"

"그건 모르죠. 각자 취향이 다르니까."

학과장과 식사를 마칠 때까지 씁쓸한 기분이 가시질 않았다. 나는 집으로 가는 길에 수영이에게 전화를 걸었다.

"나 머리해야겠어." 내가 다짜고짜 말했다.

"나도 나도. 할 얘기 있어. 우리 미용실로 와."

나는 수영이에게 구불구불하고 풍성한 머리를 한 여자 연예인 사진을 보여줬다.

"이 머리 할래."

"히피펌? 갑자기 스타일을 확 바꾸는 이유가 뭐야?"

"좀 생기 있어 보이고 싶어서."

긴 생머리가 왠지 답답하게 느껴졌다. 어쩌면 좀 더 자유롭고 대담한 내가 되고 싶었는지도 모르겠다. 수영이는 내 머리카락을 이리저리 살펴보더니 말했다.

"근데 네 머리가 이미 곱슬이라 굵은 히피펌으로 하는 게 좋을걸."

"그럼 굵은 히피펌 그걸로 해줘."

수영이는 내 말이 끝나자, 고개를 끄덕이고는 용품들을 준비하러 갔다. 나는 그 사이 새로 바뀐 현재의 프로필 사진을 확인했다. 벚꽃이 만개한 거리에서 누군가가 찍어준 사진이었다. 하얀 꽃잎이 흩날리는 도로 한가운데, 청재킷을 입고 짝다리로 서 있는 그는 마치 모나리자처럼 미소를 짓는 듯, 아닌 듯한 미묘한 표정을 하고 있었다. 이 사진을 찍어준 사람은 누굴까. 그는 누구를 보고 있길래 이런 표정을 짓고 있는 걸까. 나는 그 사진에 눈을 떼지 못한 채 내 머리를 말고 있는 수영이에게 "현재 교수님 소개팅했대." 라며 그의 소식을 전했다.

"캐나다 갈 거면서 왜 그런 일에 연연하고 그래. 네 인연이 아닌데 더 에너지 쏟지 마. 신경 꺼." 수영이가 답답한 듯 말했다. 그 순간 머리를 마는 손길이 억셌다.

"알아 나도."

"알긴 뭘 알아. 모르는 것 같구먼!" 수영이가 소리치자, 내 머리가 뒤로 당겼다.

"귀신같은 가시나. 머리 제대로 말아. 화내지 말고."

"이렇게 생각해. 막상 그 남자 만나면 별로일 수도 있다고. 그 사람의 너무 좋은 모습만 봐서 너 혼자 상상의 나래를 펼친 걸 수도 있어."

"그건 그래."

수영이는 핸드폰으로 캐나다를 검색해서 나에게 들이밀었다. 너무 멋진 나라라면서 꼭 한 번 놀러 갈 거니까 무조건 캐나다로 떠나라며 으름장을 놓았다. 나는 고개를 끄덕였다.

"혹시 알아? 캐나다 가서 멋있는 남자 만날지?" 수영이는 벌써 캐나다와 사랑에 빠진 듯했다.

"그치? 큰 키에 움푹 들어간 눈. 섹시한 영어 발음까지. 학교에서 CC 할지도?"

"CC라니. 크크. 진짜 오랜만에 듣는 단어다."

우리는 각자 대학 시절 연애했던 남자를 떠올리며 한바탕 웃었다. 내가 웃을 때마다, 머리에 감긴 파마 롯드가 출렁였다.

"너는 남자친구랑 별일 없어?" 내가 말했다.

"나 얼마 전에 또 싸웠잖아." 수영이가 한숨을 푹 내쉬며 말했다.

"또? 이번엔 얼마나 사소한 일로 싸웠는지 한 번 들어보자." 내가 지겹다는 듯 고개를 저으며 말했다.

"처음엔 싸울 일이 거의 없었는데 일 년쯤 지나니까 사소한 문제로 계속 부딪히더라고. 너무 사소해서 지금은 뭐 때문에 싸웠는지 기억도 안 나."

자잘한 일로 다투면서도 결국 화해하는 그들을 보며, 나는 그게 바로 운명이라 생각했다. 싸워도 누구 하나 손 놓지 않고 계속 관계를 이어갈 수 있는 힘을 가진 서로를 만나는 게 운명이 아니고 뭔가.

"그래도 남자친구가 매번 잘못했다고 너한테 먼저 연락하잖아." 내가 그 마음을 달래려 말했다.

"그렇긴 해." 수영이는 어깨를 으쓱했다. 거울에 보이는 수영의 표정을 보니 남자친구가 다시 애틋하게 느껴진 듯했다. 나는 그런 수영이를 못 말린다는 듯 쳐다보며 말했다.

"그럼 됐어."

"잠깐 이 상태로 앉아있어."

수영이가 잠시 자리를 비운 사이, 여전히 내 손에 들린 수영이의 휴대폰 속 나이아가라 폭포를 다시 봤다. 그러고는 고개를 들어 거울 속 내 표정을 봤다. 내 표정도 프로필 사진 속 현재의 표정과 같았다. 기분이 좋은지 안 좋은지 나도 잘 모르겠다. 그러다 생각을 고쳐먹고는 소개팅을 한 현재에게 오히려 고마워해야지, 생각했다. 이렇게 내 마음을 정리할 수 있도록 도와줬으니까. 떠나면 지금 이런 감정들도 다 잊겠지, 생각하며 휴대폰 화면을 껐다. 그때 갑자기 내 휴대폰에서 SNS 알람이 울렸다. 메시지를 확인한 순간, 나는 다시 한 번 내 눈을 의심했다.

김현재님이 이가을님을 팔로우했습니다.

★★★ 2부 ★★★

갑자기 왜 이러는 거야 이 남자?

캐나다에서 살 집을 찾다가 알게 된 사실은 내가 생각도 못 해봤던 공간을 '방'으로 취급한다는 것이었다. 워낙 렌트값이 비싸 지하는 물론이고 세컨룸(개인 화장실이 없는 방), 솔라리움(베란다를 개조해서 만든 방), 덴(창고를 개조해서 만든 방) 외에도 거실에 천 하나를 걸어 둔 곳도 수두룩했다. 이 세상에는 '헉!' 하는 다양한 생활환경들이 존재한다는 걸 눈으로 확인하면서 심장근육을 더 키워야겠다고 다짐했다.

계속 정보를 검색하면서 혹시 사기를 당하는 건 아닐지, 차 없이 학교까지 걸어갈 수는 있는 거리일지 등 여러 가지 고려해야 할 점들이 머릿속에서 복잡하게 돌아갔다. 오늘은 꼭 꼼

꼼하게 알아봐야지, 생각하며 강의실 문을 열고 들어갔다. 중간고사 시험 기간이라 나는 시험지가 담긴 봉투를 옆구리에 끼고 있었다. 그런데 교수 탁자 위에 시험 봉투가 하나 더 올려져 있었다. 봉투를 들어 담당 교수 이름을 확인하니 '김현재'가 적혀 있었다.

현재가 내 SNS를 팔로우한 날, 나도 그를 팔로우했다. 그의 SNS에는 달랑 사진 9장만 있었지만 그가 최근에 올린 벚꽃 사진에는 그의 지인들이 쓴 댓글이 수두룩하게 달려있었다. 얼마 전 소개팅한 그 사람과 간 게 아닐까, 생각했다.

다행히 학생들이 아직 몇 명 없었고, 나는 주위를 살피며 그 봉투를 학과장실에 가져다 놓았다. 서둘러 나가려다가 다시 발길을 돌려 시험 봉투 사진을 찍었다. 그런 뒤 메신저를 열어 그에게 문자를 보냈다.

- 교수님, 강의실에 놓고 가셨더라고요. 학과장님 방에 놔뒀으니까 나중에 확인하세요.

내 마음은 이미 싸늘해져 있었다. 여자친구 있는 사람이라 생각해서 사무적으로 보냈다. 몇 분 뒤, 답장이 왔다.

- 갖다 놓는 걸 깜빡했네요, 고마워요.

나는 - 넵 이라는 짧은 대답을 하고 대화창을 닫았다.
"깔끔하고 좋네."
집 주차장에 도착해 가방을 챙겨서 나가려는데 휴대폰 화면이 저절로 켜지더니 메시지가 떴다. 이번에도 현재였다.

- 일이 이제 끝났네요. 다음에 서진 교수님이랑 막창 먹으러 가요.

현재는 또 다른 사람이랑 막창을 먹자고 했다. 이 정도면 인사치레 문장을 메모장에 저장해 놓는 게 아닐까 싶을 정도로 멘트가 똑같았다. 어차피 인사치레의 향연이라면, 나도 해보지 뭐.

- 교수님, 저희 먹을 게 많이 쌓였는데요? 삼계탕도 먹어야 해요.
- 아, 맞다! 삼계탕 언제 먹지? 근데 같이 겹치는 수업 날이 없네요.

당연히 없지. 1년 내내 그랬는데. 이제 밥 같은 건 안 먹어도 상관없었다. 나는 일부러 소개팅 이야기를 꺼냈다.

- 근데 교수님 소개팅하셨다면서요?"
  - 아 네. 안 내켰는데 학과장님이 번호 주면서 연락해 보라고 하시더라고요.

 '안 내키긴. 진짜 싫었으면 안 갔겠지. 자기도 궁금했으면서 아닌 척하기는.' 그 당시 나는 많이 삐뚤어져 있었다.

  - 그렇구나. 소개팅 어땠어요? 프로필 사진 보니까 좋은 데 다녀오신 것 같던데요?
  - 응? 가족들이랑 다녀온 건데요? 소개팅은 그냥 그랬어요. 동료끼리 밥 먹는 느낌? 밥 먹고 서로 갈 길 갔죠.

 여자친구가 생긴 게 아니었다니. 소개팅한다고 다 이어지는 건 아니긴 하지만 기분 좋기는커녕 오히려 그의 이야기에 심드렁해졌다. 할 말이 사라지자 - **이제 슬슬 주무셔야겠네요.** 하면서 자연스럽게 대화를 끝내려고 했다. 그런데 현재는 내 말에 아랑곳하지 않고 대화를 계속 이어갔다.
 고등학교 이야기로 우리는 새벽 1시까지 이야기를 했다. 이렇게 늦게까지 대화할 일인가 싶었지만, 그의 호의적인 태도에 나도 이제야 진짜 사람과 대화하는 느낌이 들었다. 한참을 문자 한 뒤 나는 먼저 자야겠다며 대화를 끝냈다. 나는 불 꺼진 방에서 우리의 대화 내용을 다시 찬찬히 훑어봤다. 특별한 이야기는 없었지만, 그동안 쌓였던 응어리가 좀 풀린 느낌이었다. 맨날 문자 무시당할까 봐 전전긍긍했었는데 이번엔 내가 연락을 끊으려고 할 때마다 상대가 이어가는 이 반전의 상황에 좋으면서도 한숨이 푹 나왔다.

'진작에 이렇게 연락해 주지. 그러면 내가 그 사람을 그렇게까지 좋아하지 않았을 텐데.'

나는 캄캄한 천장을 바라보며 회식 때 캐나다 간다는 말을 교수님들에게 어떻게 할지 머릿속으로 정리했다. 어쩌면 나는 새로운 설렘을 찾아 도망치려는 것일지도 모르겠다. 그렇지만 그 도망이 지금 나로서 할 수 있는 최선의 선택이었다.

...

"아니, 그 교수님 도대체 왜 저러시는 거예요? 끝내려고 하면 이어지고."

이어질 듯 아닌 나와 현재 사이가 답답한 듯, 한 학생이 주먹으로 자신의 가슴을 내리쳤다.

"너희 내 짝사랑 이야기 지치지?" 나는 학생들의 반응이 웃겨 키득댔다.

"역시 남자는 여자가 다가가면 도망가고 멀어지면 잡고 싶은 그런 걸까요?" 학생이 한숨을 내쉬며 말했다.

"그럴지도. 그 마음을 내가 어떻게 다 알겠니."

며칠 뒤, 회식 날이 되었다. 그런데 며칠간의 현재가 이상했던 것처럼 회식 날의 현재는 더 이상했고, 나는 지금도 앞으로 그날 일을 이해하지 못할 것이다.

・・・

"오늘 수업은 여기까지 할까?"

내 말에 학생들이 기지개를 켰고, 우르르 자리에서 일어나 책을 챙겨 강의실을 나갔다. 시계를 확인하니 곧 회의실에 모일 시간이었다. 진한 청색의 셔츠에 청바지를 입은 나는 왠지 마음도 몸도 편했다. 이제 이렇게 강의할 날도 얼마 남지 않아서일까. 아니면, 더 이상 현재를 보며 가슴 졸일 일이 없을 거라 생각해서일까.

강의 자료를 챙겨 가방을 들고 강의실을 막 나서자, 복도에서 있는 현재가 보였다. 여학생과 이야기하고 있는 그를 보니 반가웠다. 마음도 비웠고, 나름 그와 친해졌다고 생각한 나는 먼저 웃으며 손을 살짝 흔들었다. 그런데 그가 환하게 웃으며 걸어오는 나를 뚫어지게 쳐다봤다. 그러고는 가까이 가자 중요한 이야기가 있는 듯 나를 복도 한구석으로 살짝 당겼다. 나는 그의 손길에 딸려 갔다. 이상한 일이었다.

"혹시 그 얘기 들었어요?" 그가 속삭였다.

"어떤 얘기요?"

"우리…" 무슨 중요한 이야기인가 싶어 침을 꼴깍 삼키고 귀 기울였다.

"우리 가는 고등학교에서 선생님 두 분 싸운 거 들었어요?"

김이 팍 샜다. 이렇게 구석에서 이야기할 만큼 중요한 일이었던가.

"아니요? 왜 싸웠대요?"

사실 안 궁금했다. 그런 가십에 흥미를 잃은 지 몇 년이나 지났다. 그때 다른 교수님들이 엘리베이터에서 내리며 인사를 했고, 복도는 이내 시끄러워졌다. 우리 이야기는 거기서 마무리됐고, 나는 시끌벅적한 자리를 빠져나와 화장실로 향했다. 거울을 보며 내 외모와 옷을 점검했다. 오늘 코디가 나와 퍽 잘 어울려 다시 기분이 좋아졌다. 립글로스를 한 번 더 바르고는 다시 회의실로 들어갔다. 텅 빈 의자 중 하나를 골라 앉으니 다른 곳에 앉아 있던 현재가 슬쩍 내 옆자리로 옮겨왔다. 내가 옆을 보자 현재는 내가 보길 기다렸다는 듯 눈을 맞추며 씨익 웃었다.

"자, 오늘은 학교 강의 과목 조정할게요."

학과장이 앞에 서서 오늘 회의 내용을 달하며 좀 더 열심히 해보자고 열변을 토했다.

"내년에 아마 교수진이 늘어날 거예요. 과목이 바뀔 수 있으니까 그에 대비들 잘 해주시고…"

했던 말을 반복하고 또 반복하는 학과장 말이 지루해 목이 점점 뒤로 꺾일 무렵, 현재가 내 음료수 잔을 톡톡 두드리며 입을 뻥긋했다.

"이거 맛있어요?"

"달아요." 나도 소리 없이 입을 뻥긋했다.

내 대답을 듣더니 그가 또 히죽 웃었다. 웃긴 이야기가 아닌데 말이다.

"자, 이제 밥 먹으러 가볼까요?"

우리는 학교 가까이 있는 소고기 가게로 갔다. 오늘은 소고기를 많이, 그리고 맛있게 먹고 가는 것이 나의 유일한 목표였다. 그리고 캐나다 유학 이야기까지 꺼내면 완벽 그 자체!

'회식이 이렇게 마음 편한 자리였구나…' 한동안 매번 현재의 반응을 살피느라 온통 신경이 가서 밥맛도 잘 못 느꼈으니 말이다. 현재는 나와 대각선에 앉았지만 나는 그에게 딱히 눈길을 보내지 않았다. 밑반찬으로 선짓국이 나왔고, 나는 따끈따끈한 굳은 핏덩어리의 네모난 선지를 정신없이 후루룩 먹었다. 젤리처럼 생겼지만 고소한 맛에 약간은 단단한 선지를 마구 입속에서 부스러뜨리는 맛이 있었다. 선지를 두 개째 베어 먹고 있는데 어디서 따가운 시선이 느껴졌다. 눈은 선지를 보고 있지만 동물적인 감각으로 알 수 있었다. 입을 오물거리면서 고개를 드는데 현재가 나를 보고 있었다. 그의 시선을 알아채자, 방금 선지를 야만인처럼 먹어대던 내 모습이 떠올랐다. 내 얼굴에 불이 확 붙는 것 같았다. 열이 오르면서 더워졌다. 난 그대로 선지와 함께 굳었다. 그가 나와 시선을 맞추려 고개를 살짝 아래로 내렸다.

"왜 봐요…?" 내가 더듬거리며 말했다.

"맛있어요? 엄청 잘 먹네." 그가 나지막이 말했다.

'오늘따라 왜 자꾸 말 거는 거야. 평소에는 먼저 말도 안 하던 사람이.'

나는 그러든 말든 다른 교수님들이 구워주는 소고기를 열심히 먹었다. 1차 회식이 다 끝나갈 무렵, 남산만 해진 내 배를 옥죄고 있는 청바지 단추를 풀어버리고 싶었지만 꾹 참았다. 배를 잡으며 숨을 고르고 있는데 그제야 현재가 눈에 들어왔다. 그가 소주 병뚜껑을 만지작거리며 무언가를 만들고 있었다. 병뚜껑 끝에 달린 끈을 열심히 구부리고 또 구부렸다. 그리고 손을 펴자 하트모양이 '짠' 하고 나타났다. 그 앞에는 이미 여러 개의 하트 병뚜껑이 즐비해 있었다. 그는 나를 한 번 쳐다보고는 그중에서 가장 예쁜 모양의 하트 병뚜껑을 골라 내밀었다.

"저요?" 내가 눈을 동그랗게 뜨고 말했다. 그가 고개를 끄덕였다. 원래 짓궂은 사람이란 건 알고 있었다. '내가 여기서 제일 어리고 웃음이 많아서 만만하다는 거지? 그럼 나도 뻔뻔하게 나가야지.'

"이거 플러팅이에요?" 내가 병뚜껑을 받으면서 말했다.

"그럼요."

이 남자도 만만찮았다. 이것도 장난이겠지. 교수님들이 다 있는 앞에서 능청스럽게 이러는 거면. 나는 어깨를 으쓱하며 웃은 뒤 계산대로 갔다. 학과장은 이미 만취가 돼서 먼저 집에 가겠다고 했다.

'어? 이러면 안되는데. 캐나다 이야기를 못 했는데.'

이런 내 마음과 달리, 학과장은 먼저 택시를 타고 집으로 가버렸다. 나는 완벽한 계획이 틀어진 건 이때부터였다. 서진 교수님과 동우 교수님 그리고 현재만 길거리에 덩그러니 남았다. 나는 또다시 날을 잡고 학과장실에 들어가 이야기할 생각을 하니 벌써 머리가 지끈거렸다.

"이대로 가면 너무 아쉬운데 우리끼리 맥주 한 잔 더 할까요?" 동우 교수님이 제안하니 다들 좋다고 했다.

"저쪽으로 한 번 가볼까요?"

서진 교수님이 길을 텄고, 밤 11시가 넘어 길거리는 고요했다. 다 같이 걸어가기에는 도로가 좁아서 나는 차도로 내려가 걸었다. 지나다니는 차가 거의 없어서 아랑곳하지 않고 한 발 한 발 별 생각없이 내딛었다. 그때 현재가 옆으로 와서 차도와 더 가까운 쪽에 섰다. 그가 뒷짐을 지고 태연하게 걸으며 무심하게 말했다.

"인도로 올라가요."

그의 말에 나는 냉큼 인도로 올라갔다. 걸으면서 현재를 힐끗 봤다. 그는 앞을 보고 천천히 한 발씩 차도를 걸을 뿐이었다. 지나다니는 자동차도 없는데 어디선가 헤드라이트가 현재를 환하게 비추는 듯 눈이 부셨다. 다른 교수님만 없었다면 로맨스 영화의 주인공들처럼 차도에 누워 바뀌는 신호등을 바라보고, 도로에서 현재와 손을 포개고 춤이라도 추고 싶은 기분이었다. 그러나 나는 가방에 넣으려다가 찌그러질까 봐 한 손에 꼭 쥔 하트 병뚜껑을 만지작거릴 뿐이었다.

'상상은 이제 그만하자. 캐나다 가면 다 잊을 사람이야.'

아직 영업 중인 맥주 가게를 찾아 들어갔다. 가게 안은 어둑했고, 알 수 없는 음악이 쿵쾅거리며 정신을 어지럽혔다. 우리는 자리를 잡고 앉아 맥주 석 잔과 콜라 한 캔을 시켰다.

  "술 안 마셔요?" 현재가 나에게 말했다.

  "네. 오늘 차 가져와서요."

  대리 불러서 가는 것도 귀찮고, 다음 날 술기운에 몸이 처지는 것도 싫어서 음료수를 고집했다. 음식을 주문하고 정적이 흐르자, 나는 안주로 나온 강냉이를 하나 집어 들며 말했다.

  "저 다음 학기에 학교에 없을 거예요."

  "왜요?" 서진 교수님이 놀란 눈으로 물었다.

  "캐나다로 유학 가거든요. 이미 등록금도 다 냈어요."

  나는 최대한 짧고 간결하게 계획을 전달했다. 그리고는 현재의 표정을 곁눈질로 살폈다. 현재의 눈이 살짝 커졌다. 놀란 눈치였다. 다른 교수님들이 축하한다며 부러운 표정으로 한마디씩 했다.

  "멋있어요. 어떻게 그렇게 큰 결정을 하지." 현재가 그릇에 담긴 음식과 나를 번갈아 보며 말했다.

  "이제 여기 있을 이유가 없어서?" 내가 말했다.

  다른 교수님이 화장실을 간 사이 단둘이 말없이 음식을 먹었다. 시끄러운 음악 소리가 공간을 가득 메워 다행히 내가 그에게 애써 말을 걸거나, 말을 걸기 위해 대화 주제를 떠올리거나 할 필요도 없었다. 그런데 현재가 젓가락질을 멈추고 나를 보더니 말했다.

"근데…"

스피커에서 쿵쿵 울리는 음악 사이로, 그의 말을 알아듣기 위해 나는 몸을 살짝 앞으로 기울였다. 나를 보는 그의 눈에서 은은한 달빛이 느껴졌다.

"네?" 나는 눈썹을 살짝 들어 보이며 그의 말을 기다렸다.

"아까 인사할 때 반했어요."

...

"꺄!!! 교수님! 이게 무슨 일이에요?"

"와… 진짜 설렌다! 선짓국이 대단히 한몫한 것 같은데요?"

"아니 이 교수님 밀당의 고수 아니에요? 나쁜 남자 스멜이 풀풀 나요!"

학생들은 소리를 지르기도 하고 자신의 얼굴을 부여잡기도 하는 등 다양한 반응을 보였다. 공통점은 다들 웃고 있다는 것이다. 마치 자신에게 일어난 일인 양.

"아 근데 타이밍 뭐예요, 이 드라마?"

"나도 그때 얼마나 얼떨떨했는지 몰라." 그 말을 하는 내 얼굴에도 미소가 한가득이었다.

"근데 떠나려면 남자들은 꼭 저래요! 너무해."

"인생이 진짜 웃기지?" 내가 말했다.

"교수님은 뭐라고 하셨는데요?"

"나는 말이야…"

큐피드가 화살을 쏜 게 분명해

 내 머릿속이 하얘졌다. 아까 선지를 먹던 순간처럼 나는 다시 얼어붙었다. 시끄러운 음악 소리는 여전했지만, 그 순간만큼은 시간이 아주 잠깐 멈춘 듯했다. 그가 무슨 의도로 이런 말을 하는지 알 수 없어 굳은 채로 가만히 있었다.
 "네?"
 나는 간신히 말을 뱉었다. 찌푸려져 있던 미간이 내 의지와는 상관없이 풀렸다. 그러나 이내 나는 그 말을 이해하려 애쓰며 다시 미간을 찌푸렸다. 그때 볼 일을 다 본 교수님들이 자리에 앉았다. 그들은 말없이 서로를 쳐다보는 나와 현재를 보며 무슨 상황인지 파악하려 고개를 분주하게 이리저리 돌렸다. 그는 교수님들이 들어도 상관없다는 듯 말을 이어갔다.

"아까 수업 끝나고 복도에서 웃으면서 손 흔들고 나올 때, 그때 반했어요. 주위가 굉장히 밝아지면서."

현재가 말하면서 머리 주위로 손을 넓게 펼쳤다. 그 말을 듣던 연애 전문가 동우 교수님이 거들었다.

"오늘 머리도 라면 면발처럼 구불구불하고 예뻐요."

'캐나다 간다니까 또 장난치네. 오늘 다들 진짜 왜 이래.'

나는 그를 딱 그 정도로 생각했다. 더한 장난도 스스럼없이 칠 수 있는 가벼운 사람. 저렇게 말하고 언제든 아무 일 없다는 듯 쌩하고 집에 갈 수 있는 사람. 나만 혼자 저 말에 마음 흔들리고 있을 순 없었다. 내가 얼굴의 긴장을 풀고 장난치지 마요, 라고 말하려는 순간, 현재가 맥주잔을 만지작거리며 낮은 목소리로 말했다.

"떠날 사람이라 예뻐 보였나 보다."

이쯤 되니 혼란스러웠다. '진심인 건가. 혹시 지금이 기회인 건가. 그럼 나도 떠날 거니까 후련하게 말이라도 해볼까?'

"저는 좋아했었어요."

나도 불같은 성격이라 뱉어버렸다. 그래도 과거형으로 말했다. 1년 동안 그를 좋아하면서 천국과 지옥을 오갔던 내 마음에 대한 마지막 자존심이었다.

테이블은 정적이 흘렀고, 나머지 사람들은 입을 벌린 채 넋 놓고 있었다. 옆으로 살짝 긴 현재의 눈이 위로 쑥 커졌다. 현재의 눈꼬리를 누르며 앉아 있던 요정이 놀라 벌떡 일어선 듯했다. 현재와 나는 서로의 눈을 피하지 않고 응시했다. 그 순간 옆에 있던 교수님들은 내 시야에서 사라졌고, 시끄러운 노랫소리는 저 멀리 흩어져 현재와 나만이 그 공간에 남았다. '토도독' 하는 빗소리가 들렸다. 그 환청과 함께 우산을 함께 썼던 비오던 그날처럼, 나는 다시 울창한 숲 속에 젖은 낙엽을 밟고 있던 그 공간에 그와 갇혔다. 내가 이렇게 오랫동안 그를 본 적이 있었나. 이 사람이 이렇게 생겼었나. 처음 보는 얼굴이었다.

"네?"

이번엔 그가 이 한마디를 겨우 뱉었다.

"저는 좋아한 지 좀 됐는데."

나는 강냉이를 씹으며 다리를 꼬고 태연한 척 말했지만, 탁자 밑으로 다리가 후들거렸다. 그는 좋아하는 맥주를 한 모금도 안 마시고 놀란 토끼 눈으로 나를 계속 쳐다봤다.

"예? 근데 왜 말을 안 했어요?"

"알고 있는 거 아니었어요?" 내가 어이없다는 듯 웃으며 말했다.

'내가 매번 먼저 연락하고, 커피도 마시자고 했고. 신호를 계

속 줬잖아, 바보야! 근데 이제 와서 모른 척하는 거야?'

"아뇨. 진짜 몰랐어요."

그는 귀신을 본 듯 얼빠진 표정으로 중얼거렸다.

"근데 캐나다 가니까 뭐. 어쩔 수 없죠. 너무 늦게 반하셨어요." 내가 장난스럽게 말했다.

더 이상 감정 소모하기 싫었다. 1년을 대가 없이 누군가를 좋아만 하기에는 너무 긴 시간이었으니까. 그렇게 나는 방금의 일을 해프닝 정도로 생각하고 끝내려고 했다. 나는 다른 이야기로 얼른 화제를 돌렸다. 우리의 대화는 없었던 듯 학교 이야기로 흘러갔다. 가끔 그의 표정을 살폈지만, 그도 아무렇지 않은 듯했다.

"저 화장실 들렀다 나갈게요." 자리가 거의 끝날 무렵, 나는 먼저 자리에서 일어나며 말했다. 그러자 현재가 벌떡 일어나더니 냉큼 내 가방을 받아들었다.

"제가 들고 있을게요. 갔다 오세요."

현재는 안 어울리는 검정 가죽 핸드백을 받아 팔에 끼고 화장실 앞에 서 있었다. 하필 얼마 없는 사람이 다 여자 화장실로 모여서 기다리는 데 한참이 걸렸고, 나는 한적해 보이는 다른 쪽문을 찾아 밖으로 나갔다. 그런데 교수님들만 있고, 현재가 보이지 않았다. 나는 다시 가게로 들어갔다. 현재는 십 분 전에

서 있던 그 위치 그대로 화장실 복도 입구에서 내가 나오기만을 기다리고 있었다. 그가 평소와는 달리 온순한 양처럼 보였다.

"여태 여기 있었어요?" 내가 그의 팔뚝을 살짝 터치하며 말했다.

"네. 화장실 갔다 온다면서요."

그는 웃으며 검은색 가죽 핸드백을 손에 꼭 쥐고 있었다. 나는 손을 뻗어 그의 손에 있는 가방을 받아 내 어깨에 멨다.

"이제 가요." 내가 말했다.

가게 앞에 모여있는 교수님들이 집 갈 방향을 살펴보고 있었다. 학교 쪽으로 발걸음을 떼는 순간, 현재가 내 팔꿈치 옷 끝자락을 살짝 붙잡으며 말했다.

"저 집까지 좀 태워주세요."

설마, 이야기를 더 하고 싶은 걸까? 내가 방금 그에게 좋아했다고 말한 건 고백이 아니었다. 과거를 털어버리고 싶어서였다. 그런데 현재는 아닌 듯했다.

'그래, 마무리는 해야지. 이야기 정도는 할 수 있잖아.'

나는 고개를 끄덕였다. 동우 교수님이 끼어들어 말했다.

"저도 찜질방 앞에서 내려주세요."

'아니, 교수님! 지금 1년 동안의 짝사랑이 드디어 마무리되려고 한다고요! 연애 전문가 맞으신 거죠?'

나는 억지웃음을 지으며 고개를 끄덕였다.

"그럼 두 분이 차 가지고 나오시면 제가 정문에 서 있을게요. 편의점 좀 가야 해서." 현재가 뒷걸음으로 편의점을 향해 걸으면서 말했다.

이 새벽에 담배도 안 피우는 사람이 편의점 갈 일이 뭐가 있을까. 동우 교수님과 나는 지하 주차장으로 내려가 차를 몰고 밖으로 빠져나왔다. 학교 정문 앞에 서 있는 현재가 보였다. 달빛 아래 그가 짝다리 짚고 있었다. 차를 세우니 현재가 조수석 문을 열고 올라탔다. 현재는 내가 운전석에 앉은 모습을 보며 깔깔 웃었다.

"아니, 의자를 어디까지 당긴 거예요?"

큰 SUV에 몸이 거의 핸들에 닿을 만큼 의자를 당겨 앉은 나를 보고, 현재는 새끼 고양이를 보는 듯한 표정을 지었다.

"조용해요."

나는 부끄러워 주먹 쥐고 그의 팔뚝을 툭 치며 말했다. 그가 베실 웃으며 안전벨트를 맸고, 출발하자 차 안에는 다시 고요함이 흘렀다. 아까 그가 가게에서 한 말이 아직도 귓가에 남아 몇 번이고 되풀이되어 울렸다.

"인사할 때 반했어요."

그 말은 내가 평생에 걸쳐도 잊을 수 없을 것 같았다.

"아까 엄청난 이야기를 들어서 그런가. 술이 다 깼네." 현재가 적막을 깨고 말했다.

나는 운전에 신경 쓰느라 대꾸를 제대로 못했다. 그리고 동우 교수님이 뒷좌석에서 이 상황을 다 지켜보고 있었다. 내가 짝사랑 중인 걸 아는 교수님은 이 상황이 재밌는지 입꼬리가 계속 히죽였다. 십 분쯤 가서 동우 교수님이 말했다.

"저기 찜질방 앞이요."

나는 차를 길가에 세웠고, 동우 교수님이 내리면서 말했다.

"조심히 가십쇼. 두 분."

나는 희미하게 웃어 보이며 고개를 까딱했다. 드디어 현재와 나 둘만 차 안에 남았다. 이렇게 밀폐된 공간에 둘만 있는 것은 처음이었다. 얼굴이 붉어지고 식은땀이 흐르는 것 같았다.

"이제 어디로 가면 돼요?"

내가 시선을 앞에 고정한 채 말했다.

"우리 집요."

"아니, 방향이 어디냐고요." 내가 어처구니없다는 듯 그를 보며 말했다.

서로 눈을 마주치자 우리는 어색함에 실소를 터트렸다. 현재가 손가락으로 방향을 가리켰다.

"여기서 우회전."

어색한 분위기 탓에 운전에 집중하기가 힘들었다. 손은 분명 핸들에 올려져 있고 발은 액셀러레이터와 브레이크를 왔다 갔다 했지만, 오랜 습관에 의한 것일 뿐, 내 정신은 다른 곳에 가 있었다. 나는 무의식적으로 앞만 보고 달렸다.

"어어…! 빨간불!"

현재가 외쳤다. 나는 그제야 신호등을 확인했다. 다행히 횡단보도까지 가기 전에 급브레이크를 밟았고, 그때야 정신을 가다듬을 수 있었다. 옅게 숨을 내쉬고 초록불로 바뀌자 나는 다시 차를 몰았다. 정신 차려야 해, 라고 되뇌이며 그 새벽 거리를 단둘이 달렸다.

"저기 가게 옆에 세우면 돼요."

내가 천천히 차를 갓길에 세우자, 그가 기다렸다는 듯 안전벨트를 풀며 말했다.

"맥주 한잔해요."

"저 운전해야 하는데."

"아, 맞다!"라고 외치는 그도 지금 정신이 없는 듯했다.

"전 그럼 음료수 마실게요." 내가 말했다.

새벽 1시가 넘은 시간이라 가게 대부분이 문을 닫았고, 맞은편 편의점만이 동네를 환하게 밝히고 있었다.

"음료 사서 차에서 얘기할까요?" 나는 현재 쪽으로 고개를 휙 돌리며 말했다.

"좋은 생각이다!"

현재가 씨익 웃으며 버튼을 눌러 내 안전벨트를 풀었다. 고요한 새벽거리에 '챙캉' 하는 벨트 풀리는 소리가 울렸다. 내 몸을 감싸고 있던 미끄러운 벨트가 스르륵 풀리자, 잔뜩 긴장하고 있던 몸도 함께 풀렸다. 그제야 비로소, 내가 그와 단둘이 있는 게 실감났다.

나는 오늘 한 시간 전까지만 해도 내가 여기, 이 시간에, 그와 단둘이 눈을 바라보며 앉아 있으리라고는 상상도 못 했다. 누군들 상상할 수 있었겠냐만.

사랑은 타이밍이라던데

 차 안에는 잔잔한 팝송이 흘러나오고 있었다. 열린 창문으로 새벽 벌레 우는 소리가 이따금 들렸고, 짙은 여름 풀 내음이 바람을 타고 스며들었다. 그는 맥주 캔을 하나 들고, 나는 미에로화이바 병을 들었다. 이따금 서로를 보며 어색한 미소를 지었다. 무슨 말을 먼저 꺼내야 할지 망설이던 그때, 그가 허리춤에서 조심스레 무언가를 꺼냈다. 하트모양 케이스에 나는 웃음을 감추지 못했다. 아몬드가 중간에 박혀있고 부드러운 밀크 초콜릿이 감싼, 내가 좋아하는 초콜릿이었다. 주차장에서 내가 차를 뺄 동안 편의점을 갔다 온다더니 그걸 산 모양이었다. 내 인생에 있어서 이런 센스를 가진 남자는 독수리 머리에 사자의 몸을 가진 상상 속 동물 그리핀보다도 더 신비로운 존재였다. 나는 속으로 감탄을 수십 번도 더 했다.

"이게 뭐예요?" 내가 함박웃음을 지으며 말했다.

"선물. 사장님한테 일부러 하트 있는 거 달라 그랬어요."

이 남자 끼쟁이다, 정말. 비닐 포장지가 부스럭거리며 내 손에 닿을 때, 그의 웨이브 있는 머리카락과 눈썹이 살짝 올라간 모습이 눈에 들어왔다. 항상 긴장되어 보이는 쌍꺼풀 없는 눈은 평소와 다르게 풀어져 있었고, 나를 향해 짓는 미소가 이전과는 다르게 장난기가 빠져 따스했다. 그는 여자 앞에서 이런 표정이었다. 내가 아무리 상상하려 애써도 하지 못했던 그 표정 말이다.

나는 쑥스러움에 미소를 지으며 받았다. 그제야 그의 투박하고도 큰 손이 눈에 들어왔다. 야구선수가 가지고 있을 법한 손이었다. 이 순간을 얼마나 머릿속으로 상상해 봤었던가. 그 상상이 현실이 될 줄은 상상하지 못했다.

"아까워서 못 먹을 것 같은데." 내가 말했다.

그러자 그는 빈손이 민망했던지 차 앞좌석에 놓인 영수증 하나를 집어 들었다. 반을 찢은 다음 그 종이를 다시 반으로 접었다.

"뭐 만들어요?" 내가 말했다.

"종이학." 그는 짧게 대답하고는 다시 영수증으로 시선을 옮겨서 하던 행동을 계속했다.

"학 접는 법을 아직도 기억한다고요?" 내가 눈썹을 잔뜩 올리고는 말했다. 이때 이마에 주름이 너무 지지는 않았는지 걱정됐다. 다행히 그는 나를 쳐다보지 않았고, 그 큰 손으로 작은 종이의 한 귀퉁이를 잡고 조심스레 접었다. 그의 손을 찬찬히 다시 봤다. 손가락 끝이 뭉툭한 게 언젠가 엄마가 그런 손을 보고 말했었다. 성실한 손이라고. 그의 손이 꽉 그랬다. 그런 생각에 몇 분 지났을까. 그가 내 눈앞에서 날개 접힌 납작한 종이학을 들었고, 날개를 쫙 펴자 학 한 마리가 뿅 하고 솟아올랐다. 영수증에 쓰인 회색빛의 글자들이 마치 무늬 같아 학이 살아 움직이는 듯했다.

"우와! 진짜 만들었네?" 나는 아이처럼 물개박수를 쳤다. 그가 내 손바닥에 종이학을 올려주며 말했다.

"이거 다섯 마리 접으면 소원 들어주기 어때요?"

'이 전개 뭐야. 현재 교수님 혹시 연애학부 플러팅 학과를 복수 전공하셨나요?'

내가 최근에 빈 소원을 생각해 봤다. 그가 나를 좋아하기를 바랐었다. 나한테 관심 좀 주기를. 그런데 이번엔 그가 내게 소원을 빈다고 했다. 심장이 두근대서 터질 것 같았다.

"좋아요." 내가 말했다.

"언제부터였던 거예요?" 그가 다른 영수증을 찾아 찢으며 말했다.

"음… 한 1년 정도 됐나?"

"1년이요? 근데 왜 그동안 한 번도 말 안 했어요?" 그가 한 번 더 놀랐는지 종이를 접다가 멈추고 나를 바라봤다. 이번엔 그의 이마에 주름이 접혀있었다.

"커피 마시자 했잖아요. 그럴 때마다 다 같이 술 마시자던 사람이 누군데."

"아니, 하… 그냥 인사치레인 줄 알았죠…. 그런 사람 많으니까…."

"교수님 주변에는 그런 사람이 많구나. 저는 집순이라서 인사치레라도 커피 마시자는 말 안 하거든요. 연락도 거의 제가 먼저 했잖아요." 나는 점점 발음을 뭉개며, 억울한 듯 말했다.

"듣고 보니 제가 너무 눈치가 없었네요. 다른 교수님들이랑도 잘 지내길래 저한테도 그냥 하는 말인 줄 알았어요."

시간은 새벽 4시를 향해가고 있었다. 그는 학을 4개 만들었고, 우린 네 번쯤 눈을 맞췄다. 시간이 이렇게 빠르게 흐른 줄 몰랐다. 심지어 졸리지도 않았다. 현재가 마지막 종이학을 접으며 말했다.

"그럼, 내일 저녁에 뭐 해요?"

"저녁에 학원 강의 있어서 10시에 끝나요."

"그럼 토요일은? 약속 있어요?"

"없어요." 내가 빙긋 웃으며 말했다.

"그럼 모레 삼계탕 먹으러 가요."

"삼계탕 이미 집에서 예전에 먹었어요. 언제 적 이야기를!" 나는 그의 팔뚝을 툭 치며 장난스럽게 말했다.

"다른 거 먹어요 그럼. 맛있는 집 찾아놓을게요."

"알겠어요."

내가 대답을 하자마자 그는 마지막 종이학을 내 눈앞에 흔들었다. 그리고 차에서 내리면서 조수석에 종이학 다섯 마리를 놓았다. 그가 씨익 웃으면서 문을 닫으려고 할 때, 내가 다급히 말했다.

"근데 저 캐나다 가는 거 기억하고 있죠?"

나는 확실히 하고 싶었다. 그가 술을 마셔서 혹시 기억을 못 하나 싶기도 했고, 멈춰야 할지 더 가도 될지 그에게 묻고 싶었다. 그 마음을 그렇게밖에 표현하지 못했다.

"아까 그 얘기 듣고 심장이 덜컹 내려앉았는데 내색은 못 했어요. 일단 우리 밥부터 먹어요."

"그게 소원이에요?"

"아직. 이거 소원으로 하지 마요." 현재가 살짝 울상을 지으며 말했다.

"알았어요." 내가 온화하게 웃으며 말했다.

그는 손을 흔들며 내가 차 돌려서 가는 모습을 지켜봤다. 그의 시야에서 벗어나자 나는 긴장을 풀고 새벽공기를 가르며 집으로 달려갔다. 옆자리에 앉아 있는 제각각 크기가 다른 다섯 마리의 종이학과 함께. 신호등과 가로등 빛이 나를 다른 세상으로 인도하는 것 같았다. 동시에 기분이 이상했다. 1년 동안 맘 졸여왔는데, 결코 이루어질 수 없다고 생각했는데, 큐피드가 보다 못한 채 화살 한 방을 현재에게 쏴서 모든 게 해결된 느낌이랄까.

허탈했다. 왜 하필 지금일까. 신이 나에게 장난을 치는 걸까. 캐나다 갈 준비를 다 끝냈을 때 나를 한 번 더 떠보기 위한 것일까. 넘쳐흐르는 생각들을 창밖 하늘로 흩뿌리며, 나는 무의식적으로 운전했다. 내 무의식은 다행히도 집 방향을 알고 있었고, 주차장에 도착하자 그 생각들을 드디어 멈출 수 있었다.

집에 도착하니 새벽 5시였다. 문 열리는 소리에 엄마가 잠에서 깬 듯했다.

"이제 왔어?"

닫힌 문 사이로 잠이 스민 목소리가 들렸다. 나는 안방 문을 열고 들어가 엄마가 누워있는 침대에 걸터앉았다. 희미한 불빛에 눈을 찡그리며 애써 눈 뜨려고 하는 엄마를 바라봤다.

"오늘 회식을 이렇게 늦게까지 했어?" 엄마가 말했다.

"아니. 엄마, 그 교수님 있잖아. 내가 좋아한다던."

"네 연락 무시했다던? 너보다 5살 많고?"

"응. 그 사람이 나한테 오늘 반했대."

"갑자기?" 엄마는 화들짝 놀라 눈을 번쩍 뜨고 나를 봤다.

"응. 갑자기."

"캐나다 간다는 건 말했고?"

"응. 말했지."

"그러니까 뭐래?"

"밥 먹재. 이제 와서."

나는 소주 병뚜껑을 만지작거리며 말했다. 엄마는 그 하트 모양의 병뚜껑을 보더니 한숨을 푹 쉬었다.

한 번의 데이트로
모든 게 바뀔 수 있을까

 아침에 눈을 번쩍 떴다. 어제 있었던 일이 혹시 꿈인가 싶어 누워있는 채로 눈만 굴려 방을 요리조리 살폈다. 책상 위에 하트모양 초콜릿 케이스가 보였다.

 "후, 꿈이 아니었어."

 문득 아침이 온 게 신기했다. 어제부터 시간의 개념이 달라진 듯했다. 어제는 단순한 과거가 아니라 오늘과 이어졌고, 오늘은 다시 내일을 기대하게 만들었다. 이제껏 하루하루가 그저 반복되는 날들이었다면, 이제는 아니었다. 모든 날이 서로 연결된 듯 의미 있게 다가왔다.

 '내일 뭐 입지? 첫 데이트인데 치마를 입는 게 좋을까, 아니

면 원피스? 파란색 셔츠가 어울리려나. 최고로 예뻐 보여야 하는데.'

나는 옷장에 있는 옷을 죄다 꺼내 하나씩 입었다. 입고 벗기를 여러 번 하니 거의 하루가 꼬박 지났다. 여러 번의 시도 끝에 결국 흰 와이셔츠에 긴 청바지를 골랐고, "좋았어!"를 외치고 침대에 털썩 누웠다. 그때, 휴대폰 알람이 울렸다. 다음다음 주에 비자 신청을 위한 건강검진 예약이 확정되었다는 내용이었다.

'아, 맞다. 건강검진이 있었지.'

어젯밤 그와의 대화로 한동안 내 머릿속을 지배했던 캐나다를 순간 까맣게 잊었다. 사람의 생각이란 게 참 우스웠다. 오므라이스의 흰 쌀밥을 덮은 영롱한 노란 계란처럼 새롭고 자극적인 일들이 그보다 앞선 기억들을 쉽게 덮어버렸다. 이번에는 휴대폰 벨 소리가 명랑하게 울렸다. 현재였다. 그 소리에 건강검진 예약 문자는 곧바로 잊혀졌다. 나는 침대에서 풀쩍 뛰어올라 전화를 받았다.

"여보세요?"

"뭐해요?" 그가 상냥한 목소리로 말했다.

"저 내일 예쁘게 보이려고 옷 고르고 있었어요. 헤헤."

"너무 솔직한 거 아니에요?" 현재는 예상 못 한 내 대답에 웃음을 터뜨리며 말했다.

"뭐 어때요."

"그럼 내일 12시까지 집 앞으로 데리러 갈게요. 평소처럼 당차게 걸어 나오기만 해요." 그가 말했다.

"교수님, 이제 저한테 말 놓으셔도 돼요. 저보다 5살이나 많으시잖아요." 나는 키득 웃으며 장난을 섞어 말했다.

"자기는… 꼬박꼬박 교수님이라고 하면서?"

"그럼 뭐라고 부를까요?"

"마음대로. 그냥 이름 편하게 불러도 돼. 현재야, 도 좋고." 그가 상관없다는 듯 말했다.

"네? 현재야? 그냥 이름 부르라고요?" 나는 예상 외의 답변에 실소를 터뜨렸다.

"뭐 어때." 그가 날 따라 태연하게 말했다.

그렇게 말하니 나는 그제야 부르고 싶은 말이 생각났다. 오랜 기간 '교수님'이라는 말이 더 익숙해서 조금 오글거리지만, 시작은 있어야 하니까.

"그럼 잘 자고… 내일 봐, 오빠!"

나는 부끄러움에 서둘러 전화를 끊었다. 이불을 끝까지 덮어쓰고 발꿈치로 침대를 번갈아 가며 마구 쳤다.

'미쳤어, 이가을! 갑자기 웬 오빠? 근데 반응을 못 보고 끊어

버렸네. 내일 얼굴 어떻게 봐!'

 혼자 있는데도 얼굴이 빨갛게 달아올랐다. 그런데 이상하게도 '오빠'라는 단어를 처음 뱉고, 나는 그에게 더욱 애정을 느꼈다. 호칭이란 게 그런 거였다. 얼마큼 가까워졌는지 알 수 있는 우리 사이에서의 또 다른 이름.

 다음 날 아침이 밝았다. 기대로 가득한 오늘이 어제와 이어졌다. 다행히 덥지 않았고, 날이 선선해서 머리카락이 바람에 살짝 흩날렸다. 나는 그의 말대로 당차게 아파트 입구를 나섰다. 매일 걸어 나가던 이 길이 현재를 만나러 가는 길이라 생각하니 새삼스레 아름답게 느껴졌다. 파란 하늘은 마치 곳곳에 다이아몬드를 박아 놓은 듯 반짝였고, 푸릇한 나무들은 잎을 흔들며 나를 배웅했다. 어느 창문 너머에서는 경쾌한 피아노 선율이 흘러나왔고, 마치 음표들이 공중을 날아다니는 듯 내 마음도 같이 두둥실 떠다녔다. 연분홍색 구두를 신은 내 몸은 그 음에 맞춰 사뿐히 걸어 아파트 정문 앞에 섰다.

 사거리에서 그의 차가 달려오는 게 보였다. 차가 길가에 섰고, 내가 몸을 살짝 숙이니 그의 얼굴이 빼꼼 보였다. 그의 옷이 먼저 눈에 들어왔다. 평소에는 절대 볼 수 없었던 진청색 청바지와 연노란색의 와이드 셔츠를 입고 있었다. 그가 소개팅했을 때 어떤 옷을 입었을지 상상할 수 없었던 그때가 생각났다. 나는 차에 서둘러 탔고 어색하게 미소지으며 "안녕"하고 말했다.

"오늘 유원지 가자. 내가 점심 맛있는 데 알아놨어." 그가 반가운 목소리로 말했다.

그는 조심스레 시동을 켜고 차를 움직였다. 그가 운전해 가는 길은 평온 그 자체였다. 나처럼 급브레이크를 밟을 일도 없었고, 주황 불에 횡단보도를 통과해 버리지도 않았다. 성격 급한 나와 여유로운 그. 우린 성격이 반대인 듯했다. 유원지에 다다르자, 그가 좁은 길로 들어가더니 골목에 차를 세웠다.

"저기야." 현재가 손으로 가리키며 말했다.

그의 말에 고개를 왼쪽으로 돌리니 연한 노란색의 층수가 낮은 건물이 보였다. 또각또각 소리 내며 계단을 올라가서 거대한 초록색 문을 여니 확 트인 내부 공간에 구수한 이탈리안 음식 냄새가 확 풍겼다. 오른편에는 통유리 너머로 잔잔한 강물이 일렁였다. 우리는 그 옆에 자리를 잡고 앉았다. 천천히 흘러가는 강물을 바라보다가 그의 얼굴을 한 번 쳐다봤다. 이 음식점을 찾느라 인터넷을 검색했을 그의 모습이 그려졌다. 나는 왜 거기서 그런 것까지 생각하는 걸까. 내가 일 년 동안 마음고생했던 시간은 온데간데없고, 왜 음식점 하나에 그를 따듯한 시선으로 바라보게 되는 걸까.

"오빠, 이런 데 앉으니까 어떤 걸 먹어도 맛있을 것 같아."

"그럼 가을이 먹고 싶은 거 다 시켜."

그가 뿌듯한지 환하게 웃으며 메뉴판을 건넸다. 우리가 주문한 파스타와 리조또가 테이블에 올려졌고, 나는 포크로 파스타를 돌돌 말아 먹었다. 그런데 이상하게도 기뻐야 할 순간에 또 서러웠다. 내 힘으로 되는 일이 애초에 그와 나 사이에는 없었다는 사실에 왠지 모를 허탈감이 느껴졌다. 나는 포크를 내려놓고 말했다.

"나 혼자 좋아했을 때는 오빠랑 밥 한번 먹는 게 너무 힘들었는데, 오빠가 날 좋아할 때는 이 만남이 너무나 쉬워졌네."

현재는 내 이야기를 듣더니 적절한 답변을 생각하는 듯하다가 말했다.

"그간의 노력이 합쳐져서 내가 반한 게 아닐까?"

그의 대답을 듣고도, 기분이 영 개운치 않았다. 정말 내가 노력해서 이루어진 관계가 맞을까. 내 노력이 의미가 없다면, 앞으로 무엇을 어떻게 더 해야 할지 막막했다. 사랑이든, 일이든. 그런 내 기분을 눈치챘는지 그가 이어 말했다.

"나도 이미 1년을 알고 지낸 사람한테 반한 것도, 스무 살 이후로 누군가에게 반한 것도 처음이야."

나는 귀를 쫑긋 세우며 그를 바라봤다.

"그때 뭐랄까. 걸어오는 널 보는데 뭔가 머리가 띵하면서 굉장한 소유욕이 올라왔어. 이런 사람을 그동안 내가 왜 못 알아봤나 싶기도 했고. 그래서 그때 너랑 뭐라도 이야기하고 싶어서 복도에서 쓸데없는 얘기하고 그랬잖아."

"맞아. 그랬었지."

내 질문과 고민을 허투루 듣지 않고 하나씩 진지하게 고민하고 답변해 주는 그의 모습에 놀랐다. 만사에 별 관심 없는 사람이라고 생각했기 때문이다. 현재는 먼저 말하기보다는 듣는 사람에 가까웠고, 내 말을 끊지 않고 끝까지 들어줬다. 그 말을 하는 그에게서 은은한 우드향이 퍼져 나왔다. 그 향마저 내 마음을 포근하게 했다.

'근데 잠깐. 이렇게 좋아하면 안 되는데. 오늘 데이트는 그냥 캐나다 가버리기 아쉬우니까 한 번 해보는 거 맞지?'

"이제 좀 걸을까?"

그가 다 먹었는지 포크를 내려놓으며 말했다.

'에라이, 모르겠다. 나중에 생각하자.'

우리는 식당을 나와 유리창 너머로 보던 그 강가를 걸었다. 손이 닿을 듯 말 듯했지만 나는 일부러 닿지 않으려고 의식했다. 햇살이 강물에서 부서지고 오리배가 그 부서진 물결을 가르며 유유히 지나갔다. 북적거리는 사람들 틈에서 내 눈은 무의식적으로 커플을 찾고 있었다.

'저 사람들은 어떻게 사귀게 됐을까, 누가 먼저 고백했을까, 지금 며칠 됐을까, 저들도 나와 같은 시간이 있었을까. 나도 연애 여러 번 해봤잖아. 왜 이래. 새삼 처음 하는 것처럼.'

내 발 폭에 맞추려는 듯 천천히 걷는 그의 새하얀 운동화도 이따금 보였다. 정갈하게 묶인 운동화 끈까지 참 깔끔했다.

'나중에 같이 살면 딱 좋겠… 뭐야. 또 진도 먼저 나간다. 이 가을. 자중해.'

현재는 딱히 먼저 이야기를 꺼내지 않았다. 매번 치던 장난도 없었다. 강 한중간에 다다라서는 내가 멈췄다. "잠깐 앉을까?"라는 나의 말에 그는 걸음을 멈춰 계단에 엉덩이를 걸쳐 앉았다. 나도 그 옆에 앉아 강물을 말없이 바라봤다.

"오빠는 어떤 사람이야?" 내가 말했다.

성격 급한 티가 너무 났을까. 그렇지만 그를 천천히 알아가기에는 나에게 시간이 부족했다. 1년 치를 오늘 하루 만에 다 알고 싶은 욕심이 말로 드러났다. 현재는 내 질문이 생뚱맞다는 듯 쳐다봤다. 내가 눈을 굴리며 어깨를 으쓱했다. 그러니 그가 자신의 이야기를 시작했다.

"나 원래 되게 조용한 사람이었어."

회식 때 노래방에서 신나게 노래 부르며 놀던 모습과 그의 조용한 지금 모습이 겹치자 나는 고개를 흔들었다.

"응? 원래 조용한 사람이라고?" 나는 믿기지 않는다는 표정으로 말했다.

"응. 삼십 대 초반까지만 해도 모임 같은 데 가면 구석에서 조용히 혼자 술만 마시는 사람이었어. 사교적이지 못 했지. 그래서 대학교에 강사 지원서를 내도 아무도 나를 부르지 않더라고. 지방은 대부분 추천이 많잖아."

일주일 내내 일정이 꽉 찬 그의 시간표를 본 적 있던 나는 지금과 너무 상반되는 그의 옛 모습에 몇 년 사이에 상황이 이렇게나 바뀔 수 있구나, 생각했다.

"그래서 성격을 외향적으로 바꿨어. 사람들이랑 친해지니까 강사 추천도 들어오고, 일이 그때부터 풀려서 강사 지원하니까 되기도 했어. 그렇게 순식간에 여러 대학교에 나가게 된 거야."

사람이 온다는 건 한 사람의 인생이 온다는 말이 있다. 현재가 나에게 그렇게 왔다. 특히 삼십 대에 누군가를 만나게 되면 그의 삼십 년 인생이 통째로 나에게로 저벅저벅 걸어 들어온다. 이십 대와 다른 점은 그가 인생을 살면서 겪어 온 일들로 그의 삶의 자세와 가치관을 한 번에 알 수 있다는 것이다. 한 사람의 인생을 들을 때마다 그를 어떻게 받아들일지 내 가슴이 처리하고 반응했는데 이번에 내 가슴은 그를 믿음직한 사람으로 처리했다. 문제를 해결하기 위해 자신을 바꿔버리는 그에게 왠지 모를 신뢰가 갔다. 저런 결단력이면 어떤 문제든 해결할 수 있겠지, 생각했다.

"오빠 진짜 멋있다. 되게 여유로워 보여서 그냥 쉽게 일 구한 줄 알았어."

아무도 모르는 그의 모습을 내가 알아서 좋았다. 날이 어둑어둑해지자 나는 계단에서 엉덩이를 떼고 탈탈 털었다.

"이제 집에 갈까?"

차를 주차한 곳으로 걸어가는 길에 오리배 타는 사람들이 여럿 보였다. 갑자기 그가 상기된 표정으로 말했다.

"우리 오리배 탈래?"

오리배는 한 번도 타 본 적이 없었다. 믈 위에 둥둥 떠 있는 게 왠지 모르게 무서웠다. 내가 구두를 신은 채 저 흔들리는 오리배에 발을 디딜 수 있을지도 걱정됐다. 내가 망설이자 그가 달래듯 말했다.

"운전은 오빠가 할게."

나는 그 말에 웃으며 고개를 끄덕했다. 현재가 눅눅한 구명조끼를 내 등 뒤로 펼쳤다. 그가 "팔"이라고 말하자 나는 어린 애처럼 팔을 펼쳐 한 짝씩 구명조끼에 집어넣었다. 커다란 손이 내 몸 가까이 다가오자, 얼굴이 뜨겁게 달아올랐다. 그가 가

습팍에서 허리까지 이어진 고리를 하나씩 채워줬다. 고리가 채워지는 소리에 맞춰 심장도 같이 두근댔다.

현재도 구명조끼를 씩씩하게 입은 뒤 오리배 가까이 다가갔다. 물가에 세워져 있는 오리배는 흔들리는 물결에 따라 몸체를 기우뚱하며 위태롭게 있었다. 나는 넘어지지 않으려 안간힘을 쓰며 땅에서 발을 뗐다. 그리고 오리배로 넘어지듯 넘어가려는 그때, 먼저 타고 있던 현재가 내 손을 턱 하니 잡았다. 큰 손이 작은 단풍잎 같은 내 손을 감싸 쥐었다. 손에 단단한 힘이 느껴지자 나는 안정감이 들었다. 서둘러 자리를 잡고 나서 나는 그 손을 황급히 뺐다. 현재도 자리에 앉아 천천히 오리배 페달을 밟으며, 물살을 가르며 앞으로 나아갔다.

어두컴컴한 하늘에 간혹 보이는 불빛이 그의 얼굴을 밝혔다가 다시 어두워졌다를 반복했다. 물비린내 가득한 오리배 안에서 그가 말했다.

"나 자취 시작한 지 삼 개월 정도 됐는데 나중에 집에 놀러 와. 내가 소고기 구워줄게. 집에 1인용 화로도 있어."

그 말에 나는 오리배 위에서 쿵쾅쿵쾅 뛰고 싶을 지경이었다. 다음 데이트는 거의 확정이었다.

"오빠 술 좋아하니까 내가 집에 있는 위스키 들고 갈게. 파란색 스티커가 붙어있었는데 내가 술을 잘 몰라서 이름이 기억이 안 나네. G로 시작했는데…"

"혹시 글렌피딕?"

"오! 맞는 것 같아!" 나는 어린아이처럼 손뼉 쳤다.

"좋지요."

오리배가 다리 밑으로 들어가기 바로 전 하늘에 불꽃이 팍 하고 터졌다. 여러 색상의 불꽃이 검기만 한 밤하늘을 찬란하게 수놓았다. 그의 얼굴이 불꽃색으로 빨간빛이었다가 노란빛이었다가 파란빛으로 변하면서 번쩍였다. 이 불꽃처럼 오늘 본 현재도 여러 가지 빛깔의 성격을 지니고 있었다. 무심한 듯하면서도 따뜻한 마음, 평소 장난치던 모습과는 다른 점잖음, 그리고 한마디 한마디를 새겨듣고 반응하는 태도까지. 그의 오색빛 성격을 증명이라도 하듯, 여러 색의 불꽃이 터지며 섬광이 내 눈을 잠시 멀게 했다.

오늘도 신에게 물었다. 왜 하필 이 타이밍이냐고. 왜 이때 불꽃을 터트려서 이 순간을 영원히 기억하게 만드냐고 말이다.

...

"교수님, 캐나다 가지 마세요. 저 진지해요." 여학생이 큰 눈으로 나를 보며 말했다.

"내가 얼마나 큰 결심한 건데." 내가 말했다.

"그래도요. 저 지금 너무 설렌단 말이에요."

처음 경계하던 표정과는 달리 학생들의 눈과 입이 풀어져 있었다. 나는 학생들을 보며 의미심장하게 말했다.

"안 가면 쭉 행복할 수 있을까?"

우리는 어디로 향하고 있는 걸까

"혹시 집 근처에 뭐 먹을 곳 있어?" 집에 도착할 때쯤 그가 말했다.

"있긴 한데. 왜?"

"야식 먹자. 아직 할 얘기 더 남았어."

"그럼 내가 좋아하는 매운 막창 가게에 가볼래?"

그는 메뉴가 마음에 들었는지 입이 찢어지게 웃으며 고개를 끄덕였다. 우리는 소주와 맥주를 한 병씩 시켰고, 금방 사장님이 양념 된 막창을 가져왔다. 막창이 지글지글 굽히고, 술이 한 두잔 들어가자 먼저 이야기 꺼내지 않던 현재가 입을 열었다. 그는 자신의 이야기를 편하게 할 수 있는 자리가 필요했고, 그게 저녁 술자리인 듯했다. 현재가 소주 한 잔을 입에 털어놓고 말했다.

"나 중학교 때부턴가? 그때부터 돈 벌었어."

"정말? 엄청 일찍부터 벌었네?"

"응. 대학교도 바로 들어가긴 했는데 군대 갔다 와서 학교 휴학하고 돈을 벌어야 해서 힘쓰는 일 많이 했어."

그의 외적인 부분들을 보고 평범한 가정에서 귀하게 큰 사람이라고만 생각했다. 비싼 향수와 벤츠 자동차에 한없이 여유로운 행동. 그리고 말할 땐 할 줄 아는 강단 있는 성격까지. 그가 집에 돈을 벌어다 줘야 했을 리가 없다고 나 혼자 판단했다. 사람이 사람을 판단하는 기준이 얼마나 사소하고 편협한지 새삼 깨달았다.

"오빠 이야기 들으니까 내가 너무 온실 속 화초처럼 자란 것 같아. 난 아르바이트를 해본 적도 없고, 외국에서 회사도 너무 재밌게 다녔거든. 그래서 그런지 만약에 우리 집이 풍비박산 나면 내가 집을 먹여 살릴 수 있을까, 하는 두려움도 있어. 생활력이 없는 것처럼 느껴지더라고."

지금 당장 이 일이 아니라, 아르바이트나 식당에서 설거지를 해야 한다면 내가 과연 그 일을 할 수 있을지 자신이 없었다.

"그래도 넌 똑똑하잖아. 외국어 고등학교 출신에 대학교 때

장학금 받으면서 다녔다며. 책도 출간하고. 그리고 새로 도전하는 것마다 항상 다 잘하고. 그게 더 대단하지."

아니다. 나는 나를 지켜주는 부모라는 울타리 안에서 할 수 있는 일을 했을 뿐이다. 내가 경험해 보지 못한 세계를 직접 몸으로 부딪쳐 온 그가 더 멋있고, 진짜 삶 같아 보였다.

"오빠는 어쩌다 교수라는 직업을 생각하게 됐어?"

"한 날은 음료를 배달하는 업체에서 일하고 있었어."

"휴학했을 때?"

"응. 그런데 어떤 가게 사장이 와서 다짜고짜 나한테 욕을 하더라고. 표정이 왜 그러냐고. 그때 여름이라 햇볕은 내리쬐지, 무거운 거 들어서 힘들지. 그래서 나도 모르게 찡그리고 있었나 봐. 나도 그때는 화가 나서 싸웠어."

그가 말을 잠시 멈추고 소주잔을 들어 내 잔에 쨍, 소리 나게 부딪치고는 단숨에 술을 들이켰다.

"그리고 며칠 뒤에 다른 가게에 배달 가는데 엄청 오르막길이었어. 물건이 무거워서 낑낑대며 올라가고 있는데 나한테 욕했던 사장이 보이는 거야. 알고 보니까 그 동네에서 진짜 작은 구멍가게를 하고 있었더라고. 그런 가게를 하면서도 자신이 사장이라고 나한테 그렇게 욕했던 거지. 그때 느꼈어. 공부해서 이제 힘쓰는 일 그만해야겠다고. 그 후로 복학해서 밤늦게까지 학교에 남아서 공부했어."

나는 막창이 식어가는 줄도 모르고 현재의 이야기에 푹 빠졌다. 자신만의 이야기가 있는 사람을 항상 만나고 싶었다. 나도 워낙 이것저것 여러 가지를 하다 보니 남들에게 할 이야기가 많았고, 사람들은 내 인생이 흥미로운 듯 표정 지었다. 그러나 정작 내가 상대의 이야기를 듣고 싶을 땐 자신은 너무 평이한 삶을 살아서 할 말이 없다고 했다. 그런데 자신도 겪은 일이 많다고 말하는 사람이 나타났다. 전래동화처럼 이야기를 들려줄 수 있는 사람 말이다.

"근데 궁금한 게 처음에 나한테 별로 관심 없었어?"

내가 말했다.

"사실 여자 강사에 대한 안 좋은 편견이 있었어. 다른 학교에서 같이 회식이나 술 자리하면 나이 드신 교수님들에게 일부러 다가가서 스킨십 하는 여자 강사들이 있더라고. 정교수가 되고 싶거나 강의 하나 더 맡고 싶거나 그런 거였겠지. 그래서 너도 그런 사람 중 한 명이겠거니 했어. 그런 사람은 나와 안 맞다고 생각했고."

그도 그만의 편견이 있었고, 나를 단편적으로만 보고 판단했었다. 내가 그에게 왜 벽을 느꼈는지 조금씩 이해 갔다.

"그랬구나. 그런 생각이면 내가 좋아질 수가 없었겠네."

"근데 회식 자리에서 널 보는데 술도 거의 안 마시고 뭔가 사람들 사이에서 잘 못 어울리는 느낌이 들었어. 그래서 챙겨주고 싶더라고."

현재가 워낙 사람들이랑 잘 어울리기에 같이 활달하게 술 잘 마시고 노는 여자를 원할 거라 추측했었다. 그런데 그는 나에게 왠지 모를 보호 본능을 느꼈다고 했다. 예상치 못한 부분에서 그의 이목을 끌었을 거라고는 생각도 하지 못했다.

"사실 호감은 있었는데 네가 날 좋아할 거라는 건 상상도 못 했어."

현재가 그 말을 하며 술잔을 내밀었다. 이번엔 내가 그의 술잔에 부딪쳤다.

"그럼 왜 그렇게 날 놀려댄 거야?" 내가 그를 살짝 째려보며 말했다.

"내가 너한테 관심받고 싶었나 봐." 현재가 수줍은 듯 철판 위의 막창을 꾹꾹 눌러댔다.

"그럼 생각보다 어려 보인다는 말은 뭐야?"

그는 자기가 그런 말을 언제 했었는지 잠깐 떠올리는 듯 멍하게 있다가 이내 생각난 듯 고개를 들며 눈이 번쩍 커졌다.

"아! 그건 그 나이에 비해 성숙해 보인다는 뜻으로 한 건데. 생각이 깊어 보여서 말한 거였어. 내가 그 뒤에 설명을 안 했네.

기분 나빴을 수 있겠다."

오늘 그의 대답은 내 예상을 모조리 빗나갔다. 그가 나를 만만하게 여긴다고 생각하고 그를 미워했었다. 혼자 누군가의 의도를 추측하는 게 이렇게 무서운 거였다. 그에 대한 오해가 풀리면서 그에 대한 경계도 풀렸다.

"이렇게 예쁘고 대단한 사람이 날 좋아해 줘서 너무 영광이야." 현재가 나를 지긋이 보며 말했다.

여자가 남자를 먼저 좋아하면 남자는 여자를 귀하게 여길 수 없다는 말을 많이 들었다. 원시시대 때 남자의 '사냥 습성'을 근거로 대면서. 그런데 그는 그런 걱정을 단번에 없애주는 사람이었다. 좋아해 줘서 영광이라는 말에, 그가 오만할 거라 생각했던 내 편견이 사라졌다.

"집에 데려다줄게." 그가 일어서며 말했다.

어둑어둑한 밤에 가로등은 길거리를 주황빛으로 물들였다. 술이 들어가서 살짝 알딸딸하기도 하고 좋아하는 사람도 옆에 있었다. 누군가와 걷는 게 이렇게 행복한 일이었다니. 소소한 행복을 외치는 사람들의 말이 조금 이해가 갔다. 느린 그의 걸음에 맞춰 나도 천천히 걸었다. 아니면 그가 내 걸음에 맞춘 걸지도 모르겠다. 그러다 칼국수 가게가 보였고, 나는 그 앞에 멈춰 섰다.

"오빠, 우리 아빠가 자주 가던 칼국수 집이야."

내가 가게를 가리키며 말했다. 문득 이런 날 아빠가 생각났다. 좋아하는 사람이랑 있을 때. 아빠가 하늘에서 내게 좋은 사람을 보내준 건 아닐까, 하는 생각이 들어서.

"아빠가 같이 먹으러 가자고 했었는데 난 한 번도 같이 안 갔어. 내가 칼국수 안 좋아하거든. 그래도 한 번 가 줄걸. 그때는 왜 그렇게 융통성이 없었을까."

나는 다시 집으로 발걸음을 옮기며 말했다.

"내 일만 하기 바빴어. 그래서 아빠가 돌아가시고 난 후에 나를 자책한 시간이 너무 길었어."

그가 내 마음을 다 알아주길 바란 건 아니었다. 어차피 사람이 다른 사람을 온전히 이해한다는 건 불가능한 일이니까. 그냥 들어주기만 해도 됐었다. 내 이야기에 관심 있다는 표정만 지어줘도 충분했다. 괜히 반응해 주려고 이상한 소리만 안 했으면 했다. 그럼 나도 그 마음에 맞추려 딴소리를 하게 될 테니까. 다행히 그는 나를 보며 듣기만 했다.

"그래서 글을 썼어. 내가 얼마나 나쁜 사람이었는지에 대해서. 그런 떠도는 생각들과 아빠와 있었던 일을 종이 100장에 쏟아내고 나서야 죄책감이 덜하더라고."

누구한테도 하지 않았던 이야기였다. 나는 그에게 내 이야기를 스스럼없이 술술 꺼냈다.

"대단한데? 그 글은 출간했어?" 그가 말했다.

"아니. 내 컴퓨터 속에 잠들어 있어."

"너는 글을 쓰면서 힘든 일을 잊는구나."

"응. 난 글을 쓰면 감정이 해소되더라고."

같이 걸으면서 손등이 살짝 스쳤다. 바람이 우리 손 사이로 불었다.

"지금은? 쓰고 있는 거 있어?" 그가 말했다.

"하나 있어. 삼십 대 결혼 안 한 여자 이야기. 쓴 지 1년 됐는데 이건 출간하려고."

"결말이 어떻게 되는데?"

"실제 내 이야기야. 캐나다로 유학 가는 걸로 마무리돼. 멋있게 떠나는 거지."

캐나다에서 공부하고 있을 멋진 나를 상상하며 손을 허공에 펼쳤다. 아파트 정문에 들어서자 양쪽에 아파트가 세워진 길이 이어졌다. 우리는 가로등 불빛을 받으며 걸어갔다.

"캐나다 갔다 와서는? 하고 싶은 일 있어?"

"나 사실 출판사 만들어서 내 책 출간하고 싶은데 아직 자신은 없어."

"왜? 잘할 것 같은데."

"무서워. 모든 의사 결정을 내가 다 해야 하잖아. 기획하고, 글 쓰고, 퇴고하고, 교정 교열하고, 표지도 만들고, 인쇄하고, 마케팅까지."

나는 모든 과정을 쉼 없이 읊느라 마지막에는 숨이 찼다.

"내가 한 선택의 결과가 실패로 이어질까 봐. 내가 내 글을 망칠까 봐 두려워."

나는 그 모든 걸 다시 떠올리자 막막함에 고개를 저었다. 그러자 그가 말했다.

"이 세상에서 가장 힘든 일이 자기 자신을 믿는 거래."

그의 말에 곰곰이 생각해 봤다. 나 자신을 믿는다는 건 과연 뭘까. 앞에 펼쳐질 일이 두렵지 않다는 뜻일까. 아니면, 실패해도 괜찮다는 뜻일까. 아무 감이 안 왔다.

"오빠는 자신을 믿어?"

"음… 그냥 하나씩 해나가는 거지."

그의 대답이 나를 또 생각에 빠지게 했다. 그냥 하나씩 하는 거라고? 어떻게 될지도 모르는데?

그와의 대화가 너무 좋았던 탓인지 천천히 걸었는데도 어느새 집 앞에 도착했다. 나는 그에게로 몸을 돌렸다. 손으로 아파트를 가리키면서 "여기가 우리 집"이라고 말했다.

"오늘 재밌었어. 조심히 가." 나는 손을 흔들었다.

그런데 그가 미소를 지으며 가만히 서 있었다. 빨리 갈 생각이 없는 듯했다.

"왜에?" 나는 몸을 배배 꼬면서 헤실헤실 웃었다.

"너랑 이야기하다 보니까 더 알아가고 싶고 그렇네." 현재도 몸을 좌우로 비틀며 말했다.

나는 그의 말에 싱긋 웃었다. 이렇게 좀 더 있고 싶었다. 그래도 그런 마음을 들키기 싫었다.

"조심히 대리 불러서 가." 내가 말했다.

그는 그제서야 손을 흔들며 인사했다.

"집 들어가서 연락할게."

나도 같이 손을 흔들면서 저 손을 잠깐 잡아볼까 생각하다가 이내 돌아섰다. 여기서 더 하면 안 될 것 같았다. 오늘 그냥 밥 한번 먹은 거니까. 나는 캐나다로 가니까. 정들지 말자, 생각했다.

그런데 집에 오자 이상한 기분이 들었다. 이 남자, 생각보다 괜찮은 것 같다. 이제껏 자기주장 강한 사람들만 만나와서 그런지 그의 다정함이 나에게 익숙하지 않았지만, 좋은 건 확실했다. 캐나다 가서 이보다 더 행복하게 지낼 수 있을까, 하는 생각이 스쳤다. 그러나 이내 캐나다에 또 다른 행복이 있을 거라고 되뇌며 애써 그 생각을 떨쳐냈다. 좋은 사람이라는 걸 알게 됐고, 행복한 추억 하나 만든 것뿐이라고 계속 마음을 다잡아야 했다.

마음이 시키는 대로

다음 날 저녁, 그는 혼자 거실에서 술을 한 잔 기울이는 듯했다. 우리는 전화를 붙든 채 서로를 더 알고 싶어 잠도 자지 못했다. 그러나 서로 알고 있었다. 나는 캐나다로 가야 한다는 사실을. 그는 위스키를 한잔 들이킨 다음에 말했다.

"그냥 지금 드는 생각은 지난 1년이 너무 아깝다는 거야. 좀 더 왜 빨리 알아채지 못했을까, 하는 후회도 들고. 나 진짜 후회 같은 거 안 하는 성격인데."

"그러게. 나도 좀 더 표현했으면 좋았을걸. 왜 이렇게 미련하게 좋아하기만 했을까." 내가 말했다.

사실 이 말은 진심이 아니었다. 그때로 돌아가도 나는 그에게 표현하지 않았을 것이다. 그랬다면 그가 나한테 반했을까, 지금처럼 나를 애틋하게 생각했을까, 나와 사귀고 싶다는 생각을 했을까, 나를 이만큼 좋아했을까. 아닐 것이다.

"이 나이 되니까 이제 선봐서 결혼해야 하나… 하는 씁쓸한 생각을 하던 차였어. 그런데 네가 나타난 거야. 누가 나를 이렇게 오랫동안 좋아했다는 사실도 놀랍고, 내가 누군가에게 반했다는 것도 놀라워. 후회도 했다가 설레기도 했다가 며칠 사이에 여러 가지 감정이 한꺼번에 오더라고. 마치 이십 대로 돌아간 것처럼."

항상 여유가 있어 보이던 그가 혼란스럽다며 자신의 감정을 솔직하게 말하자 나도 마음이 자꾸만 간질거렸다. 현재가 잠깐 말을 멈춰 목소리를 가다듬고는 말했다.

"이왕 이렇게 된 거 후회 안 하고 최선을 다해보고 싶은데… 우리 한번 만나볼래?"

이렇게 대뜸 사귈 거라고는 생각 안 했다. 캐나다 가기 전 마음을 확인하고 끝나지 않을까 했다. 이미 내 마음은 캐나다를 향해 열려 있었고, 모든 걸 마무리 지었는데 왜 그는 이때 내가 좋아진 걸까. 인생의 타이밍이 너무 가혹했다. 한편으로는 그 물결에 그냥 휩쓸리고 싶었다. 더 이상 고민 안 하고 그의 말에 따라가고 싶었다. 앞날은 생각도 안 한 채 나는 "좋아."라고 말했고, 그 한마디로 우리는 그제서야 웃었다. 사귀면서 캐나다에 갈 수 있지 않을까, 생각했다. 그도 같은 생각일 거라고 추측했다. 휴대폰을 쥐고 있던 손에 땀이 흥건했다. 내 뺨은 통통한 블루베리처럼 생기가 올랐고, 금으로 수놓은 드레스를 입은 듯한 황홀감에 빠졌다. 그렇게 짝사랑 상대였던 그는 드디어 내 남자친구가 되었다. 우리는 앞으로의 이야기에 그날 밤을 꼴딱 샜다.

"그럼 캐나다 안 가는 거예요?" 서진 교수님이 말했다.
쉬는 시간에 잠깐 복도에서 만난 서진 교수님과 동우 교수님은 회식 이후에 어떻게 된 건지 궁금해했다.
"아뇨. 캐나다는 갈 건데……"
"그럼 캐나다 갈 때까지만 사귀는 거예요?" 이번엔 동우 교수님이 말했다.
"거기까지는 생각을 안 해봤어요."
"네? 그것도 이야기 안 하고 그냥 사귄다고요?"
쏟아지는 질문에 머리가 어질했다. 나도 아직 아무것도 정한 게 없었다. 그냥 가슴이 시키는 대로 했을 뿐이다. 너무 대책 없어 보였겠지만.
"캐나다 가면 당연히 헤어지는 거지. 남자가 2년을 기다릴 수 있을까?"

서진 교수님은 굉장히 현실적인 사람이었다. 그의 말에 심장이 콕 찔렸다.

"좋아하면 기다릴 수 있는 거 아니에요?" 내가 발끈하며 말하자 서진 교수님은 내가 너무 순진하다는 듯 피식 웃으면서 말했다.

"남자는 안 될걸? 난 근데 캐나다 갔으면 좋겠는데. 나 같으면 멀리 떠났겠다."

서진 교수님은 영상 찍으면서 전 세계를 여행하는 게 꿈이라고 했다. 그래서 종종 나에게 아직 솔로인 상태에서는 뭐든지 할 수 있다며 나를 격려해 주기도 했다.

"근데 언젠가 꼭 한 번 갔다 올 거면 지금이 아니어도 되는 거 아니에요?" 동우 교수님은 생각이 달랐다.

"그렇긴 한데 시험도 이미 다 쳤고." 내가 캐나다 유학을 위해 준비한 시간이 아깝다는 듯 말했다. 그리고 이 나이에 가지 않으면, 결혼 후에는 더 가기 힘들어지는 건 당연한 게 아닌가.

"나중에 해도 되는 것과 지금 아니면 놓치는 것. 이 두 개의 싸움이라고 봅니다. 저 같으면 당장 입학 취소했어요."

역시 연애 전문가라 그런지 동우 교수님은 사랑을 선택했다. 그렇지만 사람을 선택하는 게 맞는 건지 확신이 안 섰다.

사람 마음만큼 불확실한 게 어딨다고. 내가 누군가를 위해 꿈을 포기하고 정착하는 모습은 상상도 안 갔다. 그런 내 모습을 내가 좋아할 수 있을지도 자신이 없었다. 그렇게 자신 없는 나를 어떤 남자가 사랑할 수 있을까. 나는 그 이후의 상황이 두려웠다.

'내가 좋으면 그가 나와 캐나다로 같이 갈 수 있는 거 아닌가? 왜 나만 고민해야 해?'

이런 생각이 들다가도 그가 여기서 자신의 미래를 위해 노력해 온 과정을 알게 된 나는 그에게 그런 결정을 하라고 말할 수 없었다. 우린 이제야 마음을 확인한 3일 차 커플이니까.

그렇게 나는 마음을 못 정한 채 캐나다에서 살 집을 계속 알아봤고, 건강검진 검사도 받으면서 캐나다행을 추진해 나갔다. 그런 나의 모습을 보면서 그는 어떤 생각을 했을까. 내가 너무 고집스럽다고 생각했을까. 현재도 나에게 캐나다 이야기를 더 꺼내지 않았다. 우리 사이에 '캐나다'는 금기어가 된 듯했고, 일부러 그 단어를 외면하고 있었다. 우리 둘 중 아무도 미래 이야기를 하지 않았다. 삼 개월 뒤면 내가 여기에 없을 테니까. 나중에 이거 하자, 라는 말을 하려다가도 속으로 삼키곤 했다.

- 오늘 다른 대학교 축제라서 도와줘야 하는데 먼저 자고 있을래?

집에서 씻고 나오자 현재에게서 문자가 와 있었다. 여러 모임에 참석해서 얼굴을 비추는 그는 오늘 저녁도 늦게까지 학교에 남아야 한다고 했다. 끝나면 알아서 집에 가겠지, 생각하며 나는 일찍 잠에 들었다. 그런데 새벽에 잠깐 눈이 떠졌고, 무의식적으로 휴대폰을 확인했다. 화면에는 브재중 전화 세 통이 떠 있었다. 전부 현재였다. 순식간에 잠이 달아났고, 나는 다급하게 전화를 걸었다.

"오빠 왜? 무슨 일 있어?"

"자고 있었어?"

그가 부드러운 목소리로 느긋하게 말했다. 다행히 큰일은 없는 듯했다. 마음이 놓인 나는 안도의 숨을 내쉬었다.

"응. 집이야?"

"아직. 집 가는 길인데 잠깐 나올래? 가을이 주려고 샐러드 파스타 사 왔거든."

나는 눈을 비비며 다시 잠들기 위해 누웠다가 그의 말에 다시 눈을 번쩍 떴다.

"지금?" 다시 휴대폰으로 다시 시간을 확인했다. 새벽 1시 10분이었다.

"응. 지금 대리 불러서 너희 집 쪽으로 가고 있어. 혹시나 안 받으면 그냥 집으로 갈까 했지."

"알았어. 바로 나갈게."

나는 전화를 끊자마자 입고 있던 잠옷을 벗어 던지고 트레이닝 원피스로 갈아입었다. 이 밤에 화장할 수는 없으니 립스틱으로 입술만 연하게 바르고 목 언저리에 향수를 살짝 뿌린 뒤 집을 뛰쳐나갔다. 지금이 새벽이든 낮이든 상관없었다. 그와 만날 수 있는 시간은 딱 삼 개월뿐이었으니까.

아파트 입구까지 내려가니 저 멀리서 오버핏 셔츠를 입은 현재가 양손에 무언갈 들고 걸어왔다. 아무도 없는 아파트 산책로에서 "오빠!"라고 크게 외치며 콩콩 뛰어서 그의 품에 폭 안겼다. 향수와 알코올 향이 섞인 알싸하고 신선한 나무 냄새가 새벽공기와 잘 어울렸다.

"어머니랑 같이 먹을 수 있게 파스타 두 개 사 왔어. 주막에서 어떤 교수님이 집에서 만들었다며 파시더라고. 그걸 보는데 우리 가을이 생각이 너무 나는 걸 어떡해. 그래서 이 새벽에 달려왔지."

플라스틱 통에 담긴 파스타를 보는데 기분이 좋기도 하고 슬프기도 했다. 이 밤에 달려와 준 고마움 때문일까, 그곳에서도 내 생각을 해줬다는 기쁨 때문일까, 그 마음에 보답하지 못할지도 모른다는 미안함 때문일까.

"잠깐 벤치에 앉았다가 가." 내가 말했다.

그는 내 마음을 아는지 모르는지 손을 잡고 편의점으로 향했다. 그가 종이학을 접어주던 날처럼 우리는 음료수를 하나씩 들고 벤치에 앉았다. 그와 있는 여름의 새벽공기가 좋았다. 원피스가 살짝씩 내 맨다리에 스치는 느낌도, 푸르스름한 빛깔이 섞인 어두운 하늘도, 더운 공기가 내 기분을 차분히 누르는 느낌도 좋았다. 나는 어색함에 괜히 딴 곳을 쳐다봤다.

"얼굴을 왜 이렇게 못 봐?" 현재가 말했다.

"부끄러워서."

사귀고 나서 두 번째 보는 날이었다. 동료 교수로서는 많이 본 얼굴이지만 남자친구로서는 아직 그를 똑바로 보기 쑥스러웠다. 그런 내가 귀여웠는지 그가 벤치 끝에 걸치고 있던 내 손을 잡았다. 기분이 몽글몽글하고 따듯해졌다.

"술 많이 마셨어?" 내가 몸을 구부려 옆으로 그의 얼굴을 보며 말했다.

"응. 오늘 좀 많이 마셨어."

산들바람에 나뭇잎들이 서로를 만지며 사각사각 소리를 냈다. 그런 그가 평소에 안 하던 말을 했다.

"나는 가을이랑 겨울에 스키도 타러 가고 싶어."

나는 아무 말 없이 그의 말을 들었다.

"나 예전에 호주에서 워킹홀리데이 할 때 매일 갔었던 해변도 같이 가서 보여주고 싶네."

현재는 잡고 있던 내 손을 더 꽉 잡았다. 술에 취하긴 했나 보다. 그런 이야기는 한 번도 안 하던 사람이었는데. 나는 말없이 그를 그윽하게 쳐다봤다. 대답할 수 있는 게 없었으니까. 내가 거기서 캐나다 안 갈게, 라는 말 외에 할 수 있는 말이 뭐가 있을까.

그렇게 서로 한참을 쳐다보고 있는데 그의 얼굴이 점점 가까이 왔다. 심장이 콩닥대고 뇌가 제정신이 아닌 것 같았다. 나는 눈을 질끈 감았다. 입술에 부드럽고 따듯한 촉감이 느껴졌다. 산들바람이 내 볼을 스치듯 간지럽혔고, 쿵쾅거리는 심장의 리듬에 맞춰 몸이 떨렸다. 눈을 감고 있는지, 뜨고 있는지, 숨을 쉬고 있는지 아니, 코가 존재하는지조차 알 수 없었다. 내 얼굴의 모든 통제력이 사라진 듯, 내 몸이 내 것이 아닌 것 같은 황홀경에 빠졌다.

천천히 입술이 떨어지고 눈을 살짝 떴을 때, 그가 미소짓고 있었다. 그리고 다시 날 폭 안았다. 그 품이 너무 따듯해서 그 상태로 영원히 있고 싶었다. 그런데 그 행복한 순간에 나는 캐나다 외에 해결해야 할 일이 하나 더 떠올랐다.

만약에 말이야 진짜 만약에

우리는 잠시도 어떻게든 닿지 않을 수 없었다. 어디를 가든 짬이 날 때마다 통화했고, 잠깐 쉬는 시간이 생기면 나는 현재가 있는 대학교로 달려가서 만났다. 매번 그렇게 학교나 공원에서만 만나다가 드디어 그의 집에 방문할 날이 다가왔다.

"가을아, 오빠 집에 언제 놀러 올 거야?"

"아, 맞다! 이번 주 토요일 어때?"

"좋았어! 가을이 뭐 먹고 싶어? 내가 요리해 놓을게."

"오빠 요리도 할 줄 알아?"

내가 놀라는 척 말했다. 역시. 먹는 걸 좋아하는 사람은 요리도 좋아한다더니.

"당연하지. 스파게티 해줄까?" 그가 상기된 듯 말했다.

"어메이징!" 내가 외쳤다.

"어메이징!" 그가 나의 말투를 따라 하며 호탕하게 웃었다.

나는 현재의 집에 가서 수술 이야기해야겠다고 마음먹었다. 사귄 지 일주일밖에 안 됐지만 사이가 더 깊어지기 전에 빨리 말해야 한다고 생각했다. 전에 사귀었던 남자친구는 처음에는 별말 없었다가 1년이 지난 후 갑자기 며칠 생각해 보겠다면서 관계에서 발을 뺐다. 자식은 있어야 한다며. 충분히 이해했다. 그러나 그는 시험관 시술은 불길하다느니, 주변에 그렇게 해서 장애를 가진 아이를 낳은 사람을 안다느니, 터무니없는 말을 늘어놓았다. 나는 그것과 장애는 무관하다는 걸 알고 있었지만, 더 이상 아무 말도 하지 않았다. 설득하면서까지 만나고 싶지 않았다. 그렇게 그 남자와 헤어졌다. 물론, 그 외에도 헤어질 이유는 다분했지만.

그때 내가 상처받았다고 해서 지금 이 좋은 사람을 속일 수는 없었다. 그가 어떤 반응을 보일까 궁금하기도 하고 두렵기도 했다. 혹여나 일이 잘 안 풀리면 미련 없이 캐나다로 떠나야겠다고도 생각했다. 내가 비겁한 걸지도 모르겠지만.

그의 집 앞에 서서 심호흡을 한 번 하고 초인종을 눌렀다. 문이 열리면서 현재가 푸근한 웃음을 지으며 나왔다. 맛있는 냄새가 코를 감쌌고, 하늘색 오버핏 셔츠와 베이지색 면바지를 입은 그가 너무 멋있었다.

"가을이 왔어? 여기까지 오느라 고생했어."

그가 현관에서 나를 꼬옥 안았다. 거실에서 은은하게 팝송이 들려왔다. 안으로 들어서니 벽이 온통 하얗고 물건들이 깔끔하게 정리 정돈 되어있었다. 거실과 바로 연결된 그의 방도 아늑했다. 거실 창밖으로는 멀리서 차들이 도로를 쌩하고 달려가는 모습이 아득하게 보였다. 저녁에 의자에 앉아서 멍때리기 딱 좋았다. 종종 밤에 전화할 때면 그가 거실에서 위스키를 한 잔한다는 말뜻을 이제 이해했다. 거실 탁자에는 소시지가 든 스파게티와 감바스가 예쁜 흰 접시에 올려져 있었다.

"혹시 여기 레스토랑인가요?" 내가 장난스럽게 말했다.

"집 앞 마트에 가서 얼른 사 왔어. 혼자 살다 보니 이런 접시를 쓸 일이 없더라고."

그가 쑥스러운 듯 말했다. 그의 이런 모습들을 나만 안다는 사실에 묘한 기쁨이 느껴졌다. 내가 특별한 사람이 된 기분. 나는 그 느낌을 가장 사랑했다. 나는 집에서 가져온 위스키를 탁자 위에 올려놓고 의자에 앉았다.

"나만의 공간에 누군갈 데려오는 건 처음이라. 나도 이 상황이 신기해." 그가 말했다.

내가 처음이라는 게 좋았다. 나와 하는 모든 게 그에게 처음이었으면 하는 이기적인 마음도 동시에 들었다. 밥을 먹고 나니 그가 비스킷과 조각 치즈 등 간식거리들을 냈다. 위스키 한 병만 가져온 게 미안할 정도로 그는 준비를 많이 해놨다.

어둠이 창밖에 내려앉고, 주위가 고요해지자 나는 이제 말해야겠다고 생각했다.

"오빠, 할 말이 있는데…"

이야기를 어떻게 꺼내야 할지 고민하느라 말과 말 사이의 틈이 길어졌다. 나는 말하는 법을 잊어버린 사람처럼 입술을 끔뻑대다가 다시 닫았다. 답답할 만도 할 텐데 그는 재촉하지 않고 내가 말을 다시 시작할 때까지 아무렇게나 흩어져 있는 내 머리카락을 귀 뒤로 넘겨주며 기다렸다. 그 손길이 좋아 더 말하고 싶지 않았다.

"무슨 얘긴데 이렇게 말하기 힘들어해?" 그의 낮은 중저음 목소리에 다정함이 함께 묻어나왔다. 내가 세상에서 가장 좋아하는 목소리를 가진 그가 내 대답을 기다리고 있었다.

"음……"

내가 말할 준비를 하자 현재가 고개를 살짝 숙이고는 내 말에 집중했다. '얼른 말하자. 수술. 그 이야기부터 하나씩 꺼내면 돼.'

"나 수술한 건 알고 있지? 근데 어디 수술한 건지 알아?"

"여성 관련 부위 아니야?"

"맞아. 근데 의사가 그러는데 수술을 여러 번 해서 아기 낳기 좀 많이 힘들 수도 있대. 못 낳는다고 생각하는 게 좋을 정도로."

나는 그의 얼굴을 처다볼 수 없었다. 그의 표정을 보고 싶지 않았다. 그러면서도 그의 대답을 숨죽여 기다렸다.

'제발 무슨 말이라도 해줘. 생각할 시간을 달라거나 미안하다거나. 솔직해도 괜찮으니까 그냥 지금 말해줘.'

현재는 내 머리를 쓰다듬던 손을 거둬들였다. 나는 고개를 천천히 들어 그를 바라봤다. 그의 표정은 언제나처럼 평온했다. 이 상황에서도 어떻게 현재는 저런 표정을 지을 수 있는 걸까. 그리고 그 손으로 내 손을 잡으며 말했다.

"근데 나 알고 있었어."

그 말에 나는 어느새 토끼 눈을 하고 있었다.

"알고 있었다고? 언제? 어떻게?" 나는 당황스러운 나머지 말이 빨라졌다.

"저번 주에 학생들 실습하고 있을 때 잠깐 네이버에 가을이 책 검색해 봤어. 리뷰에 상세하게 적혀있던데?"

내가 쓴 책이 궁금해서 검색했다가 책 후기가 적힌 블로그 글을 읽은 것이다. 내가 그 생각을 왜 못 했을까. 나라도 남자친구가 책을 출간했다고 하면 바로 찾아봤을 텐데.

"근데 그런 이야기를 왜 이렇게 시무룩한 표정으로 얘기해?"

그가 말했다.

"흠이니깐."

나는 사자에게 한쪽 다리를 물린 영양이 가망 없는 마지막 숨을 내쉬려는 듯 처져 있었다. 나 스스로에 대한 안타까움보다는 상대가 원하는 걸 내가 줄 수 없을지도 모른다는 미안함 때문이었다.

"에이. 그게 무슨 흠이야." 그가 말했다.

"그래도…"

나는 그가 어쭙잖은 위로를 하는 중일 수도 있다고 생각했다. 지금 내 앞에서는 이렇게 괜찮다고 말하고 속으로는 언제쯤 어떤 말로 나를 피할지 고민하는 중일 거라며 비꼬아 들었다.

"나는 네가 그렇게 생각 안 했으면 좋겠어. 누구나 나중에는 다 아파. 아프고 싶어서 그런 것도 아닌데. 그리고 아예 안 되는 건 아닌 것 같던데?"

"응? 그게 무슨 말이야?"

"내가 검색해 봤어. 가을이랑 비슷한 질병 있었던 사람들이 글 많이 적어놨더라고. 한쪽 난소로도 시험관 해서 애 낳은 사람도 있고. 아예 가능성 없다고 네 마음에서 미리 결정 내리지 않았으면 좋겠어. 인생은 어떻게 될지 모르잖아."

"수술하기 전에 난자 채취를 해 놓긴 했는데 두 개 밖에 안 나왔어."

"두 개나 있네." 그가 다시 내 머리를 쓰다듬으며 말했다.

그는 어떤 삶을 태도로 살아왔길래 이런 따스한 말을 할 수 있는 걸까. 방금 그를 못 믿은 나 자신에게 또 실망했다.

수술 날짜를 잡던 날, 나는 의사에게 말했다. 또 아프고 싶지 않으니 이번에 수술할 때 양쪽 난소 다 제거해 달라고. 안젤리나 졸리도 유방암에 걸릴까 봐 가슴을 다 없애버린 마당에 나는 애 낳을 생각도 없고 결혼할 생각도 없으니 그렇게 해달라고 무모하게 말했다. 그때 의사가 말했다.

"무슨 걱정 하는지 다 알아요. 그런데 여자는 자궁이 없어도 살 수 있어요. 실제로도 자궁 없이 태어나는 여아들이 종종 있고요. 근데 난소는 호르몬과 연관 있기 때문에 없으면 몸이 점점 아파질 거예요."

나는 의사의 말에 일단 알겠다고 했다. 수술이 끝나고 나서 의사는 나의 말에 고심한 듯 말했다.

"저번에 환자분이 했던 말이 생각나서 남은 한쪽 난소를 건드려보려고 했는데요, 멀쩡한 부분을 없애버리기가 마음이 좀 그렇더라고요. 그래서 살려놨습니다."

나는 살면서 아이를 낳고 싶은 생각은 들지 않을 거라며 오만하게 굴었다. 인생은 알 수 없다는 그의 말이 계속 머리에 맴돌았다. 내가 그때 이 사람과 사귈 줄 알았을까. 이 사람과 평생 함께하며 아이 하나 낳아서 기르면 참 행복하겠다는 생각을 할 줄 알았을까.

"말하기 힘들었을 텐데 말해줘서 고마워."

그는 오히려 고맙다고 말했다.

"그래도 덜 아픈 사람이랑 만나는 게 나을 수도 있을 텐데…" 내가 말했다.

"이 세상에 뭐든 쉽게 되는 건 없어. 다 나름의 고난이 있는 거더라고. 살면서 이 부분이 아니면 다른 부분에서 어려움이 생겨. 그리고 말이야, 우리 몸에 중요한 건 두 개씩 가지고 태어난대."

그는 양철 깡통처럼 차갑고 단단한 벽을 치고 있던 내 마음에 구멍을 내 그 안으로 따스한 바람을 넣어줬다. 그 말에 마음이 사르르 녹아내리면서 그런 생각이 들었다.

'나도 혹시 모르잖아? 그가 말한 대로 진짜 나도 아기를 낳을 수도 있지 않을까?'

그렇게 나도 모르게 그의 긍정에 스며들어 갔다. 내가 웃자,

그도 그제야 안심한 듯했다.

"만약에 말이야…"

그가 갑자기 만약에 게임을 시작했다.

"우리나라에 전쟁이 나서 내가 전쟁터로 끌려가면 가을이 어떡할래?"

"음… 일단 오빠를 숨겨둘래. 못 끌고 가게." 내가 눈을 부릅뜨며 말했다.

"근데도 나를 찾아서 끌고 가면?" 그는 얄궂은 상황을 자꾸 연출했다. 무슨 말이 듣고 싶었던 걸까. 실제로 일어난 일이 아닌데도 나는 그 상황을 진짜처럼 떠올려봤다.

'진짜라면 나는 어떻게 했을까. 내가 전쟁을 막을 수도 없고 오빠가 끌려가는 걸 막을 수도 없다면?' 나는 고민을 마치고 말했다.

"그럼 가기 전에 오빠 닮은 아들 하나 낳고 가. 이 집에 있을게. 전쟁이 끝나고 나서 내가 어디 있을지 모를 수도 있으니까 여기서 오빠 기다리면서 오빠 닮은 아들 보면서 살고 있을게."

"만약에 내가 죽어서 못 오면?"

"그러니까 아들 하나 낳아놔야지. 아들 보면서 오빠 생각할 수 있잖아."

그는 내 대답에 감동한 듯 이마에 주름을 한껏 만들며 나를 꼭 껴안았다. 나는 진심이었다. 이런 사람이라면 다른 남자는 필요 없었다. 그와 지냈던 추억만 되새기며 살아도 충분하다고 생각했다. 이번엔 내 차례였다. 내가 전쟁 상황을 생각하며 반대로 물었다.

"전쟁통일 때 여자들이 끌려가서 고초를 겪기도 하잖아. 내가 혼자 남아서 끌려갔다가 험한 꼴 당하고 다시 돌아오면? 오빠는 싫어할 거야?"

말하면서도 이상한 질문이라고 생각했다. 전쟁이 나지도 않았는데 우리는 왜 이런 대화를 실제로 일어났다고 상상하고, 그 대답이 어떨지 기대하는 걸까. 어쩌면, 우리 안에 있는 가장 원초적인 두려움에 대한 질문이 아닐까. 남자는 여자가 자신이 아닌 다른 남성과 함께할지도 모른다는 두려움, 여자는 자신의 여성성을 침범당한 뒤에도 여전히 그가 자신을 사랑해줄지에 대한 두려움.

"왜 싫어해. 얼마나 힘들고 괴로웠을 텐데." 그가 답하며 나를 다시 꼭 껴안았다.

...

이야기를 들은 학생들의 눈가가 붉어져 있었다.

"와 교수님 진짜 너무 감동인데요?"

"나도 놀랐어. 이런 반응은." 내가 말했다.

"그 교수님 너무 따뜻해요. 어떻게 저렇게 긍정적으로 말해 줄 수 있는 거죠?"

"그러니까. 내가 캐나다 가기 싫어지게 말이야." 내가 웃으며 말했다.

"그냥 가지 마세요. 이런 사람 또 만날 수 있을지 모르잖아요. 아, 해피엔딩이 좋단 말이에요."

학생은 두 손을 모아 깍지를 끼며 말했다.

꿈이 아닌 사람을 선택해 보자

- 오빠, 이제 비행기 출발해. 도착하면 연락할게.
- 응. 외국이라 오빠가 바로 달려갈 수 없으니까 조심히 다녀.

나는 오사카로 향하는 비행기를 탔다. 몇 달 전부터 캐나다로 가기 전, 엄마와 시간을 보내기 위해 교토 여행을 계획했었다. 사귄 지 2주 만에 다른 나라로 여행을 가게 돼서 왠지 모르게 아쉬웠다. 그래도 오랜만의 여행으로 들떠 있는 엄마에게 그런 내색을 하진 않았다. 얼굴에서 티가 났을진 모르겠지만.

비행기가 활주로를 달리다 어느새 붕 뜨자, 느낌이 이상했다. 마치 캐나다로 가는 예행연습인 듯 내가 아주 멀리 떠나는 기분이 들었다. 비행기가 안정 구간에 접어들자 마음도 착 가라앉았다. 아직 구름 위까지 비행기가 떠오르는 게 신기했던 엄마는 창밖을 두리번거리며 사진을 찰칵 찍었다. 그러나 내 가슴속에서는 이유 모를 불안감이 찰랑거렸다. 나는 끝내 엄마의 설렘에 호응하지 못한 채, 조용히 눈을 감았다. 어차피 한 시간이면 도착하니까.

며칠 전, 나는 현재와 함께 그의 집에서 저녁을 먹고 있었다. 이제껏 캐나다에 대해 말하지 않던 그가 더 이상 미룰 수 없었는지 기어코 그 이야기를 꺼냈다.

"캐나다를 꼭 가야 하는 이유가 뭐야?"

"음… 예전부터 유학은 한번 가보고 싶었어. 석사, 박사 이런 무거운 공부 말고, 자유롭게 하고 싶은 거 배우면서 외국 생활 즐기고 싶기도 했고."

"결국 자기계발이네?" 그가 말했다.

자기계발이 이렇게 가벼운 단어였던가. 이제껏 내가 해온 노력과 꿈이 그 단어 하나로 퉁 쳐지는 건 싫었다. 어떤 말로 그를 설득할 수 있을까 고민하다가 말했다.

"그렇다기보다는 지금 내 상태에서 좀 더 발전하려면 외국에서 그림 배우고 오는 게 낫다고 생각했어. 그리고 해외 대학에서 어떻게 수업하는지도 경험해 오면 좋잖아."

그렇지만 그는 이미 나와 같은 계통에서 훨씬 더 많은 경험이 있었고, 주변 사람들의 사례도 많이 지켜봐 온 터라 내 말을 쉽게 받아들이지 못했다. 왜 꼭 그게 외국이어야 하는 건지를.

어릴 적부터 외국에서 사는 것에 대한 동경이 있었다. 서울에서 취직해서 3개월 만에 상해로 파견갔을 때도 그곳에서 생활하면서 행복했다. 1년 가까이 지내면서 새로운 세상을 맛봤고, 세상을 이해하는 폭도 훨씬 넓어졌다. 세상에는 이상한 사람도 많다는 것도 느꼈다. 그러면서 그들과 어울리는 방법도 터득해서 지금 유연한 성격의 내가 될 수 있었다. 그걸 한 번 더 경험하고 싶었다. 매번 과거에 행복했던 추억으로만 살고 싶지 않으니까. 현재는 호주에서 워킹홀리데이 경험이 있었기에, 내 마음을 이해해줄 거라고 생각했다.

"그림은 한국에서도 배울 수 있는 거잖아. 그리고 그림이 모든 것의 해답이 되진 않아. 지금 하고 있는 것부터 열심히 하나씩 해나가면 돼. 너무 기초부터 다 쌓아야 한다고 생각하지 마."

그는 내가 이해되지 않는다는 듯 말했다.

"한국 미술 교육은 창의성이 발현될 수 있는 구조인가? 나는 단순히 기술을 배우고 싶은 게 아니라 다른 나라의 교육 과정도 경험하고, 또 다른 세계를 경험하고 싶은 거야. 그러면서 스스로의 한계에 부딪히기도 하고, 해결하면서 또 성장하고."

"캐나다 갔다 와서 그게 커리어에 직접적으로 도움이 된다거나 학위를 받아 온다거나 하면 모르겠는데…"

"왜 꼭 결과가 보여야 해?" 나는 답답함에 그러면 안 되는 줄 알면서도 그의 말을 끊고 말았다.

이제껏 뭔지도 모를 것들을 이루느라 열심히 달렸다. 성과가 있어야 성에 찼고, 눈에 보이는 지표들을 찾으려고 애를 썼다. 그런데 이제는 그런 것들에 질렸다.

그냥 하고 싶었다. 그냥.

그는 그 말에 입을 다물었다. 나도 그의 말을 귀 기울여 들으려고 애썼다. 그런데 이야기를 하면 할수록 한 가지 의문이 들었다.

"그럼 우리 처음 사귈 때 오빠가 최선을 다해보고 싶다고 했다고 했던 게… 내가 캐나다 안 갈 수도 있다고 생각해서야?"

뒤통수를 맞은 것 같았다. 그때는 그저 후회하고 싶지 않아서, 나를 좋아하는 마음이 더 커서 내가 캐나다에 가서도 관계를 이어가고 싶은 줄 알았다. 유학 의지를 꺾고 싶어서인 줄 몰랐다.

"옆에 있으면서 오빠 성장하는 거 안 보고 싶어?" 그가 술잔을 빙글 돌리며 말했다.

이제껏 어디로 떠나는 나를 잡는 남자는 없었다. 그런데 이 남자는 나에게 자신이 할 수 있는 최선의 말로 부탁했다. 같이 한국에 있자고. 그 말에 싫다는 말을 할 수 없었다. 현재를 슬프게 하고 싶지 않았으니까.

"보고 싶지. 근데 오빠 성장하는 동안 나는 뭐해?"

"여기서도 길을 찾을 수 있잖아. 왜 길이 없다고 생각해?" 그가 타이르듯 말했다.

"나한텐 여기서 길이 안 보여. 그래서 떠나는 거야."

그때, 마음속에서 이런 작은 목소리가 들렸다.

'진짜 길이 없는 게 맞아? 그냥 여기서 도망치고 싶은 거 아니야?' 나는 그 목소리를 무시했다. 그는 말없이 탁자만 내려다보고 있었다.

"2년이 많이 길지?" 내가 그의 표정을 살피며 말했다.

"내가 지금 서른일곱 살인데. 2년은 좀 길긴 하네."

"그럼 1년은? 1년만 갔다 오면 어떨까? 중간에 방학도 있으니까 내가 한국 올게."

"나한테는 1년이나 2년이나 네가 날 두고 가는 건 같아. 시간이 흘러도 우리 사이에는 추억이 없잖아."

그의 말도 맞았다. 하지만 캐나다에 가겠다는 내 의지는 변함이 없었다. 아무리 달콤한 말로 날 잡아도 내 인생을 누가 대신 책임져 줄 수 없다는 걸 알고 있을 만큼의 나이는 먹었다. 나는 항상 사랑보다는 내 미래를 선택했던 사람이니까. 그 선택에 후회는 단 한 번도 없었다. 이번에도 그래야 한다고 생각했다. 내가 분위기를 좀 풀어보고자 말했다.

"그럼 같이 캐나다 갈래?"

"내가 거기 가서 뭐해?" 그가 서글픈 표정으로 말했다.

안다. 쓸데없는 말이라는 거. 이곳이 그의 터전이고 자신의 삶을 잘 꾸려나가고 있는 와중에 이제 막 좋아하기 시작한 여자애를 무작정 따라갈 수는 없다는 걸.

비행기는 어느새 간사이 공항에 착륙헀고, 나는 비행기에서 내려 교토로 가는 기차표를 샀다. 오사카에서 교토까지 다시 한 시간이 걸렸다. 여전히 기차 밖 풍경을 즐기는 엄마와는 달리 나는 딱히 신나지 않았다.

"가을아, 인터넷이 잘 안되는데."

엄마는 창가에 기대어 있는 나를 쿡쿡 찌른 뒤 자신의 휴대폰을 건넸다. 유심을 갈아 끼웠는데도 휴대폰이 먹통이었다. 나는 그 휴대폰을 몇 번 만지작거리다 생각하는 것도 이내 귀찮아졌다.

"나도 왜 안되는지 모르겠네."

그렇게 해결 안 된 채로 엄마에게 휴대폰을 툭 건네고 다시 눈을 감았다. 기차 밖 우중충한 날씨처럼 마음이 한없이 흐려졌다. 먹구름이 하늘을 뒤덮었다. 현재에게 교토로 가는 중이라고도 말했고, 연락은 계속 이어가는데 내가 이 먼 곳까지 와서 나 혼자 여행 이야기를 하는 게 의미 없게 느껴졌다. 나는 그와 같이 이 풍경을 보고 싶었고, 같이 경험하고 싶었다. 교토역에 도착하기 오 분 전, 나는 일어날 채비를 했다.

"엄마, 좀 있으면 내려야 해."

엄마는 한 시간 동안 말 없다가 드디어 입을 뗀 나를 지긋이 보며 말했다.

"가을아…. 혹시 캐나다 가기 싫어?"

내가 대답할 새 없이 기차는 어느새 교토역에 도착했고, 우리는 얼른 짐을 챙겨 기차를 빠져나왔다. 역을 나오자 편의점이 보였고, 허기진 우리는 우동과 도시락을 사서 바로 호텔로 들어갔다.

일본 호텔답게 방은 좁았지만, 사방의 벽이 낯선 세상으로부터 우리를 보호하고 있다는 생각에 안심이 됐다. 침대 옆 테이블 위에 음식들을 올려놓고 뜨거운 물을 우동에 부었다. 면이 붓길 기다리는 동안 정적이 방을 채웠다. 결론 나지 않은 이야기가 우리를 붙잡고 있었다.

"근데 등록금 이미 다 냈잖아." 내가 정적을 깨고 말했다.

"그래. 이미 결정 난 일이지. 근데 하필 이 시기에 둘이 사귀게 된 것도 이유가 있지 않을까?" 엄마가 우동을 휘저으며 말했다.

"그런가." 나는 음식에 손을 못 대고 나무젓가락 끝을 잘근잘근 씹었다.

"캐나다 가는 것도 좋지만 이런 사람이 인생에 다시는 안 올 수도 있는 거야. 어찌 보면 캐나다는 언제든 갈 수 있지만 지금 가면 현재랑 헤어지는 건 거의 당연하다고 봐야지."

엄마는 우동 국물을 들이켠 뒤 만족스러운 표정을 지었다. 일본 편의점 음식은 왜 이렇게 맛있냐며 감탄했다.

"엄마, 나 오빠 만날 때마다 마음이 따듯해. 마치 손난로를 꼭 쥐고 있는 것 같달까."

"그래 보여. 캐나다 가서 뚜렷하게 뭔가 이루고 오는 게 있어? 그냥 취미 정도고 경험 정도라고 하면 갔다 와서 좋은 사람이 없을 땐 또 떠돌게 되지 않을까?"

하루 전, 현재는 내가 캐나다 가는 게 못내 아쉬웠는지 내가 한국에서 살아갈 수 있는 방법에 대해 한 번 더 이야기를 꺼냈다.

"한국에서 박사과정 해보는 게 어때? 너 정도면 아직 어리고 충분히 좋은 대학원 가서 잘할 수 있을 거야."

나는 이제 막 영국 대학원 석사를 졸업한 상태였고, 교수를 염두에 두지 않는 한 더 이상의 학력은 의미 없다고 생각해서 박사는 내 인생에서 제쳐놓았었다.

"그럼 정교수 바라보고 박사과정을 시작하는 거네."

"그렇지. 서울에 있는 영상이나 미술 대학 나오면 여기에서는 충분히 정교수 지원할 수 있어. 이번에 홍대 미대 박사가 내가 가는 대학교 중 한 곳에 지원했는데 단번에 정교수 됐거든. 이왕 할 거면 서울에 있는 대학원 가는 게 낫지. 나도 도와줄게. 내가 인맥 많이 쌓아놨잖아."

이미 여러 대학교에서 강의하고 다니는 그였기에 믿음직했다. 든든한 조력자가 생긴 느낌이었다. 매일 내 힘으로 모든 걸 알아보고 결정했던 내가 어느새 그에게 기대고 싶어졌다.

"좀 더 생각해 볼게." 나는 엄마에게 말했다. 우리는 우동과 도시락을 야무지게 싹싹 긁어먹고는 방 안에 있는 티백을 찾아 녹차를 한 잔 끓여 마셨다. 배가 차니 일본에 온 게 그제야 실감이 났다. 커튼을 걷으니 멀리 교토 타워가 보였다. 흐린 날씨가 도시의 밤을 밝히는 각종 불빛을 뭉갰다. 그 빛처럼 내 선택도 희미해 보였다. 비행기를 타기 전까지만 해도 모든 게 또렷했는데 이제는 어떤 선택을 해야 할지 자신이 없어졌다. 마음도 머릿속도 안개 낀 것처럼 흐릿했다. 그렇게 뿌연 하늘을 멍하니 바라보다가, 어떤 결정도 내리기 힘들어 푹신한 호텔 이불 아래로 스르르 가라앉듯 잠이 들었다.

 다행히도 다음 날은 날씨가 쨍쨍했다. 엄마와 난 교토 시내에 있는 동물원을 찾았다. 우리는 자연스레 벤치에 자리를 잡고 앉아 놀러 온 가족들을 하염없이 바라봤다. 아빠가 아이 밥을 먹이고 있고, 엄마는 옆에 앉아 자기 식사를 하고 아이를 돌보기도 했다. 내 옆 벤치에 수많은 가족들이 앉았다 갔지만 모두 아빠가 아기를 안고 있었다.

 이렇게 부부가 서로 도우며, 남편이 가정을 등한시하지 않는 가정을 나도 잠깐은 꿈꿨었다. 그러나 한국에서는 그렇게 되기 쉽지 않다고 생각하며 지레 겁을 먹었다. 내 일도 중요하지만 조용하게 가족을 지키며 시간을 보내는 이들이 어느 순간 부러웠다.

 "엄마, 나도 이런 가족을 꾸릴 수 있을까?"

 엄마는 잠깐 생각하더니 가족들에게 시선을 고정한 채로 말했다.

 "내가 이제껏 결혼하지 마라, 애가 무슨 소용이 있냐고 했지만 그건 혹시나 네가 나랑 비슷한 결혼 생활을 할까 봐 그랬어."

 "알지, 나도. 결혼해서 행복한 사람 몇 안 된다는 것도, 엄마 결혼 생활이 너무 힘들었다는 것도." 내가 말했다.

"이렇게 예쁘게 잘 키워놓고, 공부도 많이 시켜놨는데 이상한 사람이랑 결혼하거나 시댁 때문에 스트레스받으며 사는 거 엄마는 원하지 않아. 지나 보니까 그런 순간들이 너무 아깝더라고. 그런데 자상한 사람이 있다면 혼자 독고다이처럼 사는 것보다는 나아. 네 일하는 거 존중해주고 따듯한 사람이면 결혼해."

엄마와 할머니 사이의 갈등 그리고 중간 역할을 못 한 아빠와 엄마 사이의 갈등이 우리 집에서는 일상이었다. 그 끔찍한 옛날 일을 나도 아직 기억하고 있었다. 그런데 엄마 입에서 나한테 결혼하라는 말이 나오다니. 세상 오래 살고 볼 일이었다.

"엄마 갑자기 왜 이래?"

"오늘 여기 사람들을 보니 나도 그런 마음이 드네. 저번에 현재가 집 앞으로 너 데리러 왔을 때 베란다에서 잠깐 봤어. 요정 같은 우리 딸이 톡 튀어나오더라고. 그리고 현재한테 달려가는데 큰 학이 날개로 널 감싸듯이 부둥켜안고 가더라고. 마음이 찡했어. 우리 딸이 이렇게 예쁜 사랑 받고 있구나 싶어서."

엄마도 살아생전 그런 다정함을 받아보지 못한 아쉬움과 아빠가 살아있을 때의 모습들이 떠오르는 듯했다.

'그래, 그런 사람이 있다면 내가 굳이 밀어낼 필요가 없지. 이번엔 꿈이 아닌 사람을 선택해 보면 어떨까? 매번 새로움을

찾아 떠난다고 행복한 인생일까? 나중엔 나도 정착하고 싶어지지 않을까?'

갑자기 참새 두 마리가 하늘에서 땅으로 내리꽂듯 빠르게 내려와, 서로 엉겨붙어 엎치락뒤치락 장난을 쳤다. 그러고는 나무로 날아올라 날개를 부딪치며 장난을 치더니, 마치 행복이 넘쳐 주체하지 못하는 듯 다시 땅으로 떨어져 서로를 안고, 밀어내고, 또 껴안았다. 동물원에서 본 가족들부터 거리의 새들까지 마치 큐피드가 일부러 상황을 연출이라도 하듯 오늘 내 눈앞에 그런 장면들이 몇 번이고 반복됐다. 그리고 나는 이번에도 그의 장난에 홀리고 말았다.

"그럼 엄마, 캐나다 안 가고 한국에 살면서 할 일을 다시 생각해 볼게." 내가 말했다.

"인생 참 신기해. 하필 이 시기에 일본 여행을 와서 외국에서 둘이 이런 이야기를 하게 된다는 게. 한국에 있었으면 그런 이야기도 못 하고 끙끙 앓았을 거 아니야. 캐나다 갈 거라고 그렇게 장담했는데 남자 때문에 안 간다고 말하기 그렇잖아. 나도 네가 제대로 된 결정을 하고 있는지 의심했을 테고. 아니면 이런 생각 자체를 못 해서 캐나다 가서 일이 다 벌어진 다음에 후회했을 수도 있고. 일이 이렇게 되려고 우리가 멀리 왔나 보다."

엄마가 싱긋 웃으면서 말했다. 그 표정에는 아쉬움과 안도감이 같이 보였다. 낯선 공기와 언어, 타지의 하늘 아래에서야 나는 드디어 다른 선택지를 고민할 수 있게 됐다. 변화를 주려면 내가 살던 공간을 바꿔야 한다는 누군가의 말은 진짜였다. 이 말이 이 상황에 쓰일 줄 몰랐지만.

나는 숙소에 가자마자 얼른 현재에게 전화를 걸었다.

"오빠! 나 캐나다 안 가기로 했어. 등록금 환불하려고."

"응? 갑자기? 어떻게 그런 결정을 하게 됐어?" 그는 갑작스러운 나의 결심에 어리둥절하며 말했다.

"아까 비행기 타는데 너무 슬프더라고. 오빠 놔두고 캐나다 가서 혼자 행복하지 않을 것 같아."

"나도 네가 아까 비행기 탄다고 하니까 괜히 캐나다 보내는 것 같은 느낌이 들더라고. 기분이 이상했어."

"그랬어? 어쩐지 오빠랑 문자할 때 대답이 시원찮더라고."

나는 한껏 목소리를 높여 조잘댔다.

"캐나다 안 가면 뭐 하려고?"

"오빠 말대로 서울로 가서 박사과정 시작해 보려고."

"오 정말? 그래. 잘 생각했어. 너라면 뭘 시작해도 잘할 거야. 나는 믿어."

그와 함께 나도 계획적인 인생을 만들어갈 수 있을 거란 기대가 생겼다. 내가 좋아하는 걸 함께 이야기하고, 작은 성취도 나눌 수 있는 누군가가 있다는 사실에 안정감이 들었다.

"오빠, 그럼 내년엔 서울에 방 잡아야 하나?"

그가 내 말을 듣더니 볼멘소리로 말했다.

"박사과정은 수업 몇 개 없어서 왔다 갔다 하면 돼. 이젠 내 옆에 붙어있어. 어딜 또 가려고 그래?"

"알겠어. 오빠 옆에서 하고 싶은 거 다 할게."

그러자 그가 기분 좋은 듯 큰소리로 웃으며 말했다.

"에세이 결말이 바뀌겠는데?"

"그러게. 멋있게 떠나는 게 아니라 살짝 아쉽긴 하네."

마음을 정하고 나서 오히려 그에게 더 애틋한 감정을 느꼈다. 이제 마음을 재고, 불안해할 필요 없이 서로에게만 집중하면 되니까. 그때 처음으로 나는 미래 이야기를 꺼낼 수 있었다.

"그럼 오빠, 우리 이번 겨울에 스키장 갈까?" 내가 말했다.

그와 함께할 장밋빛 미래를 그리며 그에 대한 내 감정은 맹렬히 피어올랐다. 봄 땅 내음을 맡은 씨앗이 자신의 계절을 알아채자마자 뿌리를 내리고 꽃 피울 준비를 하듯, 그가 나의 땅이었고, 그에게 뿌리내려도 될 거라고 생각했다. 빛만 보면 뛰어들던 불나방 같은 나도 이제는 나비처럼 꽃밭을 훨훨 날아 현재라는 꽃잎 위에 사뿐히 앉을 수 있겠구나, 하는 꿈에 부풀었다.

3부

우리의 행복한 날을 위하여

한국으로 돌아오자마자 나는 캐나다 학교 홈페이지에 접속했다. 그런데 입학 취소 버튼을 누르려는 순간, 말 못 할 감정에 휩싸여 마우스를 붙들고 한참을 그렇게 있었다. 장학금 문서를 열었다. 내가 받을 수 있는 혜택들이 주욱 나열되어 있었다. 다음에는 못 받을지도 모르는, 어쩌면 다음이 없을지도 모르는 캐나다행 티켓을 내 손으로 놓았다. 아무리 나중에 갈 수 있다고 한들 이만큼의 간절함과 단호함으로 유학 갈 마음을 한 번 더 낼 수 없다는 걸 알고 있었다. 내가 무엇을 위해 캐나다에 가지 않기로 했는지를 다시 떠올렸다. 캐나다를 포기하는 게 아니라, 더 행복한 미래를 선택한 거라며 마음을 굳혔다.

"이가을 교수, 요즘 강의 몇 군데 나가?"

몇 달 전, 학과장이 나를 방으로 불렀다.

"저 학원이랑 고등학교 출강하고 있습니다."

"보따리장수처럼 여기저기 다니면 안 돼. 내년에 겸임교수로 올려줄 테니까 한 과목 더 맡아봐. 그 대신 다른 곳은 다 끊고."

보따리장수. 그 말이 왜 그렇게 거슬렸을까. 1년이 지나도 그의 눈에 나는 아직 한 일에 정착하지 못한 어린애였다.

'그래, 보따리 장수하지 말고 정착하는 거야. 다 나보다 경험 많은 사람들이 해주는 조언이잖아.'

안정된 삶을 사는 것처럼 보이는 현재 옆에 있으면 나도 그렇게 되지 않을까, 생각했다. 입학 취소 신청을 하고 나니 온몸에 힘이 쭉 빠졌다. 입학금을 제외하고 나머지 금액만 정산된다는 안내 문구에 돈이 아깝다는 생각이 들었지만, 괜찮다고 스스로를 다독이며 한 번 더 마음을 쓸어내렸다.

차 시동을 걸고 시내를 달려 학원으로 향했다. 캐나다에 가게 돼서 이번 달까지만 하기로 한 강의였다. 기분이 이상했다. 눈물샘에서 조금씩 눈물이 차오르더니 안구가 뜨거워지면서 앞이 흐려졌다. 그리고 눈물이 한줄기 툭, 하고 떨어져 볼을 타고 턱까지 흘러내렸다. 울 일 아니야, 라고 나를 달래며 학원 앞에 주차했다. 그때, 휴대폰 진동이 울렸고, 현재의 이름이 화면에 보였다. 힘 빠진 목소리로 "여보세요"하고 말하니 "가을아" 하는 따스한 목소리에 나는 어린애처럼 참았던 눈물이 푹 터져 나왔다. 제대로 된 말도 못 하고 "오빠"라는 웅얼대는 소리만 차 안에 울렸다.

'그래, 이 목소리 때문이지. 이 포근한 목소리. 내가 잘 선택한 거야.'

그는 당황한 듯 "왜 울어?"라며 한마디 하고는 내 울음이 그칠 때까지 잠자코 기다렸다. 내가 한참을 울다가 말했다.

"그냥 허무해서."

그러자 그가 한숨을 푹 쉬었다.

"오빠가 소중한 사람은 맞지만 캐나다도 나한텐 중요했어." 내가 코를 훌쩍이며 말했다.

"이렇게 우는 거 들으니까 마음이 많이 아프네." 그가 낮은 목소리로 말했다.

현재에게 죄책감을 안기고 싶지는 않았다. 그런 감정마저 그에게 깃들게 하고 싶지 않았다. 하지만 그렇다고 해서 내 마음이 아무렇지도 않다는 거짓말을 하고 싶지도 않았다.

"오빠를 원망하는 게 아니라, 나 자신에게 미안해서 그런 거야." 내가 말했다.

"가을아, 캐나다에서 만들 추억보다 더 좋은 추억을 여기서 오빠랑 많이 만들자."

누가 나한테 잘했다고 말해주길 원했다. 나조차도 이 감정이 너무 혼란스러우니 다른 사람이 대신 괜찮다고 말해주길 간절히 바랐다. 그래서 그의 말이 마치 단단한 동아줄처럼 느껴졌고, 나는 그 말을 꽉 붙잡았다.

나중에 통장을 보니 입학금 삼백만 원을 제외한 돈이 입금되었다. 구찌 가방 하나 산 셈이라며 스스로를 위로했다.

고등학교 영상 수업 담당 선생님은 내가 다음 학기에 진짜 캐나다를 가는지 궁금해했다. 혹시나 새로운 선생님을 찾아야 할지 고민이 된 모양이었다.

"쌤, 저 캐나다 안 가요. 다음 학기에도 불러주세요." 나는 머리를 긁적이며 말했다.

"진짜요? 쌤 혹시… 남자 때문에?"

"맞아요. 무려 남자 때문에." 나는 잇몸을 드러내며 웃었다.

"그래도 너무 아깝다앙."

매일 멀리 떠나고 싶다며 노래를 부르던 선생님은, 내가 캐나다에 간다고 했을 때 무척 부러워했다. 그런데 아쉽게도 대리만족을 못 시켜 준 사람이 되어버렸다.

집에 가는 길에 현재에게 전화를 걸었다. 우린 아직 서로 모르는 게 너무 많아 틈날 때마다 이야기하고 또 이야기했다. 각자의 삼십 년 세월은 짬짬이 대화에서 흘러나왔다. 들을 때마다 깜짝깜짝 놀라는 서로의 역사에 우리는 웃고 서로의 아픔에 공감했다.

"오빠 나 회사 어디 다닌 줄 알아?" 내가 말했다.

"어디?"

"나 회사 이름 말할 때마다 아무도 아는 사람이 없었는데. 오빠는 알려나 모르겠네." 나는 기대에 찬 눈빛으로 말했다.

"어딘데 그럴까?"

"나… 비전시티 다녔어!" 그 이름에 그가 놀란 듯 격양된 목소리로 말하며 웃음을 터뜨렸다.

"뭐? 정말? 거기 어딘지 당연히 알지!"

"진짜? 오빠 알아?" 내가 신이 나 외쳤다.

"그럼! 이 업계에서는 삼성급이잖아. 나도 그 회사 가고 싶었는데 서울로 갈 용기가 없어서 못 갔거든. 가을이 진짜 대단하다. 공대 나와서 어떻게 그 회사에 들어갔지?"

아무도 모르던 이야기를 할 수 있는 사람을 드디어 만났다고 생각했다. 나의 가치를 알아주고, 함께 이야기를 나눌 수 있는 이 사람이 내 운명이라고 생각했다. 그게 아니면 이렇게 모든 게 다 맞을 수는 없는 거라고.

"가을아, 오늘 먹고 싶은 거 있어? 내가 밥해줄게."

그날도 현재는 요리를 해주겠다고 했다. 언제나처럼 다정한 말투로. 내가 도착하기도 전에 음식은 이미 탁자 위에 놓여있었고, 이제는 익숙해진 그의 집에서 나는 흰 의자를 당겨 앉으며 그를 보고 미소 지었다. 그는 내가 누군가와 함께 사는 모습을 자연스레 생각하게 만들었다. 작지만 아늑한 집에서 맛있는 음식과 그의 다정한 손길이면 이 세상에서 그 어떤 것도 중요하지 않았다. 나에게 음식을 덜어주는 그의 모습을 보고는 문득 심장이 부풀어 오르면서 벅찬 기분이 휩싸였다. 나도 모르게 불쑥 사랑해,라는 말이 튀어나올 뻔했다.

'나 갑자기 왜 이래? 이게 무슨 일이야?'

신호도 없이 밀려든 내 마음에, 나 스스로도 깜짝 놀랐다. 이제껏 사귄 지 얼마 안 된 남자친구들이 죄다 사랑한다고 말하면 나는 그런 생각을 했었다.

'날 안 지 얼마 됐다고 사랑한다고 말하는 거지?'

그러면서 나도 사랑한다고 답했다. 그러지 않으면 관계는 더 진전이 안 되니까. 그래서 나에게 사랑해, 라는 말은 내가 그렇게 느끼기도 전에 뱉어야 하는 단어였다. 그런데 지금은 반대가 되었다.

'내가 이 사람한테 지금 사랑한다고 말해도 될까. 너무 성급한 거 아닐까. 이 단어가 이렇게 쉽게 나와도 될 말인가. 내가 그 말을 해서 그도 나처럼 의무적으로 그 말을 뱉으면 어쩌지. 그럼 나는 그 말에 진정성을 느낄 수 있을까?'

사랑한다는 말 한마디에 이렇게나 많은 생각이 쏟아졌다. 그리고 그때 깨달았다. 진짜 누군가를 사랑하면 그 말은 쉽게 꺼내기 힘들다는 걸.

"오빠, 나한테는 사랑한다는 말 의미 없이 안 했으면 좋겠어. 진짜 그렇게 느낄 때 해줬으면 좋겠어."

사랑한다는 말이 이렇게 나와버렸다. 뜬금없는 나의 말에 그는 음식을 마저 덜고는 "알겠어"라고 말하며 미소 지었다. 그가 그 말을 하는 데 시간이 좀 걸리리라 생각했다. 별 기대 없이 음식을 먹으려던 그때, 그가 접시를 내려놓고 나서 의외의 말을 했다.

"타이밍이 진짜 신기한 게…" 그는 말을 절대 빠르게 하지 않았다. 한 번씩 말을 멈췄다가 이어가는 습관이 있었는데 적절한 단어를 찾느라 시간이 걸리는 듯했다. 나는 혹시나 그의 말을 놓칠까 작은 목소리로 "응"이라고 말하며 뒷말을 기다렸다.

"아까 네가 의자에 앉으면서 웃을 때 그런 생각이 들었어."

"어떤 생각?"

"내가 이 사람을 사랑하겠구나."

순간 내 심장이 크게 요동쳤다. 현재의 말에 내 입가에 웃음이 번졌다. 사랑의 시작을 알리는 말보다 더 특별한 말이 있을까. 그는 계속 말을 이어갔다.

"나는 이제껏 사귀면서 누군가를 사랑한다고 생각한 적이 없었어. 그래서 그런 말도 잘 안 했어."

"나는 사랑해." 내가 못 참고 말해버렸다.

여자가 너무 이렇게 표현하면 안 좋다던데, 나는 그걸 숨기는 게 잘 안됐다. 이십 대 초반의 밀당을 모르는 여자애처럼 미련하게 마음을 쏟아냈다. 내 고백을 듣고는 그가 입을 떼려 하자 나는 황급히 말했다.

"그치만 오빠는 그 말이 하고 싶을 때 진심을 담아서 해줘."

그러자 그는 책장으로 가서 두꺼운 책 한 권을 꺼냈다. 금장으로 제목이 길게 쓰인 검은색 양장본이었다. 아래에 적힌 김현재, 라는 글씨가 빛났다.

"내가 석사할 때 쓴 논문인데 딱 세 권단 양장본으로 만들었어. 하나는 지도 교수님 드리고 하나는 본가에 있는데 남은 하나는 네가 가졌으면 좋겠어."

나는 그 책을 주르륵 펼쳤다. 한 글자씩 눈에 들어올 때마다 온갖 감정이 휘몰아쳤다. 그가 이 논문에 쏟아부은 시간, 목차를 짜며 수없이 했을 고민, 초고를 쓰며 몇 번이고 고쳤을 문장들 그리고 마침내 논문이 통과되고 양장본으로 나왔을 때 뿌듯함. 그 모든 날의 흔적이 이 책에 담겨 있었다. 나는 내가 모르는 그의 또 다른 과거를 발견한 듯 기뻤다.

"대단한 내용은 아니라서 부끄럽지만, 너한테 주고 싶었어."

그 행동도 '사랑한다'의 또 다른 표현이라고 생각했다. 나는 그 논문을 꼭 끌어안았다. 누군가에게 이런 선물 받는 건 난생처음이었다. 책의 부드러운 감촉을 느끼며 나는 그와 함께하고 싶다는 생각이 더욱더 강해졌다.

그와 연락하는 다른 여자들은 다 싫었고, 여자와 술 약속이 잡히면 꼬치꼬치 캐물었다. 혹시나 그가 다른 모임에서 나에게 했던 다정한 행동을 다른 여자에게도 할까 봐 걱정됐다. 믿는다는 말로 포장할 수 없는 불안함이 있었고, 자유롭게 한다는 말로는 도저히 설명할 수 없는 집착이 있었다.

"오빠, 모임 가서 다른 여자한테 생선 발라주는 거 아니지?"

"아니야. 나 원래 생선 아무한테도 안 발라줘."

사랑하면 그 사람을 믿고 자유롭게 해줘야 한다는 현자들의 말은, 아마 이런 사람을 만나본 적 없는 이들이나 할 수 있는 소리일 거라고 생각했다. 그게 어떻게 가능한 건가.

"아무도 나한테 너처럼 느끼는 사람 없어. 걱정하지 마."라며 그가 내 얼굴을 쓰다듬었지만 나는 싫었다. 그와 헤어진 전 여자친구들에게 고마웠고, 그의 가치를 나만 알았으면 했다. 이런 모습은 나만 보고 싶었다.

그리고 내 모습도 자연스레 돌아보게 됐다. 드디어 제대로 된 사람을 만난 것 같다는 생각에 내가 가지고 있던 단점을 모두 버리고 싶었다. 나는 그에게 예민하고 신경질적이며, 잔소리하는 여자가 되고 싶지 않았다. 현재처럼 여유롭고, 침착하며 있는 그대로 믿어주는 좋은 사람이 되고 싶었다.

"만약에 내가 히말라야 등반 가고 싶다고 하면 가을이 어떡할 거야?" 그가 다시 만약에 게임을 시작했다. 그 질문에는 답변이 바로 떠올랐다.

"자기계발?" 내가 눈썹을 치켜들고 미소지으며 말했다.

"당했네." 그가 고개를 저으며 웃었다.

그런 그의 옆에서 더 나은 사람이 되고 싶어 하는 내 모습이 좋았다.

어느 동네에서 살고 싶어?

학원 강의를 마치고 나니 저녁 10시였다. 주차장까지 걸어가며 나는 현재에게 전화를 걸었다.

"오빠, 나 이제 집으로 가려고. 근데 배가 좀 고프네. 말을 너무 많이 해서 그런가."

"오빠가 맛있는 거 보내줄까? 뭐 먹고 싶어?"

그는 내가 혹시나 굶고 다니는 건 아닌지, 먹고 싶은 걸 참지는 않는지 매번 확인하고 또 했다.

"아냐. 집 가서 대충 국에 밥 말아 먹으면 돼." 나는 여느 때처럼 운동화로 갈아신고 차에 올라탔다.

"에이, 그래도. 배고프면 안 돼. 여기서 더 마르면 어떡해."

그의 안타까운 표정이 목소리를 타고 보였다.

"다음에 진짜 먹고 싶은 거 있으면 사줘." 몇 번의 설왕설래 끝에 나는 한사코 거절하며 말했다.

"이번에도 먹고, 다음에 진짜 먹고 싶은 게 있을 때도 사줄 게. 막창 벌써 보냈어."

"뭐? 벌써? 오빠, 이런 센스는 도대체 어디서 배운 거야? 타고난 거야?" 내가 놀라며 말했다.

그런데 그가 대뜸 이런 질문을 했다.

"가을이는 어느 동네에서 살고 싶어?"

내가 32년 살면서 한 번도 들어보지 못했던 질문이었다. 나는 어디서 살고 싶을까. 나조차도 처음 해보는 생각이었다. 그때쯤이었다. 내가 그와의 결혼을 본격적으로 상상해 본 게.

어느 날, 현재는 중고거래 사이트에서 아주 큰 소파를 샀다.

"너랑 집에서 놀려고 하니까 의자만 있는 게 너무 불편하더라고. 그래서 소파 샀어."

현재는 자랑스럽게 연회색의 보드라운 소파를 보여주며 짜잔! 하고 팔을 벌렸다. 좁은 집에 긴 소파까지 들여놓으니 집이 더 꽉 차 보였다.

"그래도 소파가 있으니까 제법 집 같네." 내가 어깨를 으쓱하며 말했다.

그는 소파에 앉아 휴대폰으로 뭔가를 계속 찾았다. 나도 옆에 앉아 그의 어깨에 기대고 같이 휴대폰을 봤다.

"쿠션 몇 개 좀 사놓으려고." 그가 말했다.

"오빠, 여기에 너무 살림 다 차리는 거 아니야?" 내가 뾰로통한 표정으로 말했다. 그러니 그는 왼쪽 팔로 내 몸 전체를 감싸면서 호탕하게 웃었다.

"오빠가 미리 다 사놓을게. 걱정하지 마."

"치, 알겠어." 그의 말 한마디에 기분이 금방 풀린 나였다. 그렇게 가만히 앉아 있는데 문득 그가 날 부르는 호칭을 두고 의문이 들었다.

"오빠, 우리는 왜 아직 애칭이 없을까?"

"난 지금도 괜찮은데." 그가 한 손으로는 휴대폰 화면을 스크롤하고 한 손으로는 내 어깨를 어루만지며 말했다.

"오빠를 오빠라고 부르는 사람도 많고, 내 이름도 다른 사람이 다 부르잖아. 나는 우리만의 애칭이 있었으면 좋겠어." 내가 입을 삐죽 내밀고, 그의 한쪽 팔을 쏙 내리며 말했다.

"천천히 생각해 보자." 그가 다시 팔을 내 어깨에 올리며 말했다.

소파에 앉은 채 우리는 올림픽 경기를 틀었다. 일본과 경기할 때 이기면 소리 질렀고, 지면 시무룩하기도 하면서 소파가 마치 오래전부터 거실에 존재했던 것처럼 금세 익숙해졌다. 그리고 그날 밤, 경기에 너무 집중했던 탓인지 우리는 침대에 쓰러져 잠들었다. 침대가 좁은 탓에 나는 점점 가장자리로 밀려났고, 혼자 자는 게 익숙했던 그는 어느새 전체를 다 차지했다.

"오빠." 내가 그를 흔들었다.

"으응… 자겸아."

'자겸아? 이게 무슨 소리지?'

순간 기분이 팍 상했다. 하지만 이 새벽에 그를 깨워 물을 수도 없는 노릇이었다. 나는 그를 두고 밖으로 나와 소파에 누웠다. 애써 잠들기 위해 눈을 꼭 감았다. 잠깐 잠에 들었을까. 갑자기 '쿵쿵'하는 발소리가 들리면서 누군가 거실로 나왔다. 눈을 가늘게 뜨고 보니 현재가 내가 집에 간 줄 알고 찾으러 뛰쳐나온 것이었다. 소파에 누워있는 날 발견하고 안심한 그는 침대에 있는 이불을 가지고 나왔다. 좁은 소파에 같이 누워서 그는 이불로 나를 폭 감쌌다.

"왜 여기 누워있어?" 그가 말했다.

"오빠, 전 여자친구 중에 자겸이라고 있었어?"

나는 잠결에도 그 말이 가장 먼저 떠올랐다.

그는 감은 눈으로 "자겸? 자겸이 누구야? 이자겸의 난?"이라며 웅얼댔다.

"이자겸의 난이라니…. 아까 잠결에 자겸아, 라고 하던데?"

그러니 그가 피식 웃으며 말했다.

"자기야, 라고 한 거야."

그 말에 나도 피식하고 웃었다.

"글은 잘 써가고 있어?" 그가 웅얼거리며 말했다.

"응. 결말이 바뀌어서 처음부터 다시 수정하고 있어. 근데 쓰다 보니까 오빠 이야기가 없으면 내용이 잘 안 이어지겠더라고. 그래서 말인데… 오빠 이야기 써도 돼?" 내가 조심스럽게 말했다.

"물론. 써도 되지." 그는 한 치의 망설임도 없이 답했다.

"오빠, 책에 영원히 박제되는 거야. 괜찮아?" 내가 진지하게 말했다.

"괜찮아. 맘껏 써."

"어차피 실명은 안 나와. 그럼 예약 판매 들어가면 100권 사줘. 베스트셀러 만들게."

"응?" 그가 내 말에 잠에서 화들짝 깬 듯하더니 "음… 한 번 힘 써 볼게!"라고 말했다.

"농담이야. 꽃 한 다발만 사서 안겨줘."

"그건 얼마든지 해줄 수 있지."

현재가 다시 잠 오는지 내 등에 얼굴을 묻고, 내 어깨를 토닥거렸다. 반복되는 다정한 행동에 나도 잠이 왔다.

"오빠, 근데 책 출간했는데 헤어지면 어떡해? 나 시집 못 가는 거 아니야?"

나는 그 새벽에 불안한 게 왜 이렇게 많았을까.

"왜? 누구나 과거는 있는 거 아니야?"

"그게 기록으로 남는 건 다른 이야기지." 나는 하품하며 말했다.

"만약에 우리가 결혼을 안 하게 된다면 왠지 넌 미련 없이 외국으로 갈 것 같아." 그는 졸린 듯 웅얼거리며 말했다.

"응. 나 왠지 그럴 것 같아. 오빠도 헤어지면 뒤돌아보는 성격이 아니니까." 나는 졸음이 밀려와 점점 말끝을 흐렸다.

"그건 모르지. 내가 너 그리워서 외국으로 찾아갈지도."

내 어깨를 토닥이던 그의 손이 점점 느려지며 이내 멈췄다. 얕게 내쉬는 숨소리와 함께 그의 심장이 부풀었다 꺼졌다 하며 내 등에 그의 가슴이 닿았다 떨어지기를 반복했다. 그 리듬에 나도 스르륵 눈이 감기며 우리는 어떻게 될지 모르는 미래 이야기를 안고 소파에서 잠이 들었다.

민감한 이야기의 시작

"요즘 젊은 사람들은 데이트할 때 뭐해요? 데이트해 본 지 너무 오래돼서."

서진 교수님과 쉬는 시간에 복도에 있는 긴 소파에 앉아 수다를 떨었다.

"옛날이랑 똑같죠. 영화 보고, 놀러 가고, 밥 먹고."

나는 한 달 동안 그와 보냈던 그 시간을 다시 떠올리며 말했다. 서진 교수님과 현재는 형, 동생 하면서 지냈고, 학교 외에 겹지인도 있어서 현재가 어떤 성향인지 잘 알고 있었다.

"근데 가을 교수님은 현재 교수 모든 게 괜찮아요?" 서진 교수님이 의문스러운 표정으로 말했다.

"네. 좋아요. 싸울 일도 없을 것 같고. 바려도 잘 해주시고."

나는 문제가 없다는 듯 말했다.

"현재 교수는 술도 많이 마시고, 모임도 많던데. 반면에 교수님은 술도 안 마시고 집에 있는 거 좋아하고. 너무 반대잖아요."

"그렇긴 한데… 그냥 믿는 거죠. 이상한 행동 할 사람이 아닌 거 아닐까."

"처음이야 좋으니까 괜찮겠지만… 한 번 생각은 해 봐요."

서진 교수님의 걱정이 기우라고 여겼다. 이대로 완벽했고, 그 이상 그에게 뭘 바라지도 않았다. 그 날도 현재와 나는 수업을 마치고 각자 침대에 누워서 새벽까지 통화를 이어갔다.

"오빠, 다음 주 금요일에 우리 집에서 할아버지 제사 지내거든. 그래서 그날은 못 만날 것 같아."

"아 그래? 그럼 친척들 많이 오시겠네?"

"응. 다 오시면 좀 많긴 해."

그러자 현재는 잠시 고민하는 듯하더니 말했다.

"그럼 나도 갈까?"

나는 그의 말에 소스라치게 놀랐다. 눈을 동그랗게 뜨고 벌떡 일어나 그가 진심인지 재차 확인했다.

"응? 진짜 오게?"

"이번에도 가고 아버님 기일 때도 술 한 병 사 들고 갈게."

그는 언제나처럼 내 기대를 훨씬 뛰어넘는 말을 했다. 마음이 맞는 사람을 만나면 관계 진전이 빠르다는 말이 이런 거였구나, 생각했다.

당일이 되자, 음식을 준비하기 위해 숙모들과 사촌들이 미리 와있었다. 남자친구가 올 거라는 말에 숙모들이 갑자기 안 하던 화장을 했고, 제사음식 냄새가 가득 밴 옷을 벗어 던졌다. 머지않아 초인종이 울렸고, 문을 열자 한 손에 화과자를 든 현재가 보였다.

"오빠 왔어?" 나는 현관에서 그의 등을 쓰다듬으며 반갑게 맞이했다. 그가 들어오자 이 집에 큰 기둥 하나가 세워진 듯 든든했다. 어색해하는 그의 손을 잡고, 거실로 가서 친척들에게 소개했다.

"제 남자친구예요."

숙모는 "어머, 안녕하세요"하며 인사했고, 엄마도 현재를 보며 미소지었다. 현재는 화과자를 부엌 식탁에 올려놓으며 말했다.

"음식 하느라 고생하셨을 텐데 이것 좀 드세요. 종류가 여러 가지인데 그중에서도……"

그의 행동이 나의 캐나다행 포기에 대한 보답이라 여겼다. 현재 덕에 어색했던 사촌들이 한 상에 모여 이야기를 시작했고, 맥주를 마시며 자연스럽게 이야기를 이끌어가는 그를 보며 술이 좋은 역할을 하기도 하는구나, 생각했다. 그는 술에 대한 나의 부정적인 편견도 사라지게 만드는 사람이었다. 몇 시간을 이야기하다 보니 어느새 빈 병이 한 박스를 채웠고, 분위기는 화기애애했다.

밤 열한 시가 다 되자 친척들이 대부분 집에 도착했고, 현재를 본 어르신들은 언제 결혼할 거냐며 꼬치꼬치 물었지만, 현재는 뚜렷한 답을 하진 않았다. 우리는 그런 이야기를 꺼내기에는 만난 지 한 달밖에 안 된 커플이었으니까. 그래도 그런 마음이 아예 없으면 우리 집에 오지 않았을 거란 것도 알고 있었다.

왁자지껄한 틈에 큰숙모가 나를 잠깐 불렀다.

"가을아, 일찍 결혼해. 남자친구 얼굴도 서글서글하고, 예의도 바르고, 좋은 사람 같네. 만난 시간이 무슨 상관이야."

"그래도 좀 더 만나봐야 하지 않을까요?"

"길게 끌 거 뭐 있어. 돈이 있든 없든 결혼해서 같이 일궈 나가는 거야. 연애만 하면 돈 안 모인다?"

아직 우리는 외부 강사로 이 학교, 저 학교를 떠돌고 있지만, 각자의 자리에서 최선을 다하고 있었다. 자리는 시간이 지나면 자연스레 안정될 테고, 서로를 배려하고 응원하며 살면 되겠다고 생각했다. 현재도 결혼을 오래 끌진 않을 거라 예측했다.

적은 나이가 아니었고, 우리 가족을 이렇게 만나러 왔으니까.

제사가 끝나고 나는 고마운 마음에 현재를 집에 데려다줬다. 옆 좌석에 앉은 그는 내 한쪽 손을 잡았다. 긴장이 풀려 졸린 듯한 그의 얼굴에 애틋함을 느꼈다. 반쯤 풀린 눈과는 반대로 내 손을 만지작거리는 그의 손에서 강인함이 느껴졌다. 현재는 조용한 차 안에서 나를 물끄러미 쳐다보더니 말했다.

"예전에 만났던 사람들은 다 내가 돈이 많은 줄 알더라고."

"왜?" 나는 무심하게 되물었다. 그가 평범한 집안에서 자랐을 거라 생각했기 때문이다. 현재와 밥 먹던 첫날, 그에게 들은 이야기가 있었으니까.

"그러게." 그가 머뭇거리며 말했다.

"벤츠 타고 다녀서 그런가? 대학생 가르치고. 오빠 향수도 비싼 거 쓰잖아. 있어 보이게 해 다니는 것 같은데?" 내가 장난치듯 웃으며 말했다.

"그런가 봐. 그런데 실제로는 나 돈 없거든." 그가 날 보며 어깨를 으쓱했다.

"얼마나 없길래?" 내가 태연한 척 말했다.

"석박사 한다고 학자금 대출 받고, 자동차 산다고 대출하고, 사업한다고 이것저것 벌이다 보니… 빚이 몇천만 원 정도?"

그 말에 살짝 놀라긴 했지만 그럴 수 있다고 생각했다. 부모님 도움 없이 석사와 박사까지 마쳤고, 그동안 집에 돈을 보태기도 했으니까. 그리고 모두가 같은 선에서 출발하진 않으니까. 그렇게 나는 그를 이해했다.

"오빠 걱정 마. 나 캐나다에서 돈 다 쓰고 오려고 했는데 오빠 덕에 고스란히 은행에 있잖아. 우리 둘 합치면 플러스에서 시작할 수 있어." 내가 씨익 웃었다.

"응? 이걸 이렇게 받아들인다고?" 그가 놀라며 쳐다봤다.

돈 이야기를 하다 보니 어느새 그의 집에 도착했다. 그는 안전벨트를 풀지 않은 채 나를 바라봤다.

"오빠 솔직히 말하면, 오빠가 사는 집에서 시작해도 좋아." 내가 말했다.

"이 집 월세야." 그가 말했다.

"내 말은, 집 크고 돈 많은 게 중요한 게 아니더라고. 우리 집은 크지만, 엄마 아빠 사이가 안 좋아서 집이 그렇게 행복하지 않았어. 근데 오빠의 따듯함이라면 나는 작은 집에서 시작해도 행복할 것 같아."

살면서 크고 작은 일들은 같이 헤쳐 나가면 된다고 생각했다. 현재는 열심히 일을 해 나가고 있었고, 그는 돈보다 더 큰 가치를 나에게 주고 있었다. 돈으로 살 수 없는 것들 말이다. 그래서 나도 그의 부담을 덜어주고 싶었다.

나는 결혼하면 내가 뭘 감수해야 하는지 명확히 알았다. 안정적인 가정을 꾸려가기 위해서 나도 한 직업을 정해 뿌리를 내려야 한다는 것도, 싫어도 해야 하는 것들이 있다는 것도, 내 마음대로 돈을 쓰면 안 되는 것도 알았다. 제약이 생긴다는 건 알지만 그래도 괜찮았다. 내 마음대로 살던 인생을 그와 함께하기 위해 조정하는 건 상관없었다. 우리는 서로에게 부족한 부분을 채워줬으니까.

그는 항상 밥을 챙겨줬다. 잘 먹어야 한다며. 깡마른 내가 그가 해준 음식을 한 숟갈이라도 더 먹으면 그는 그렇게 좋아했고, 나도 그 덕분에 점점 건강해지는 것 같았다. 나는 그에게 라코스테 초록색 셔츠를 선물했다. 어릴 적부터 옷을 잘 입고 다녀야 한다는 엄마의 말을 들으며 자란 나는, 대학생 때도 남들이 두꺼운 파카를 입을 때 캐시미어 재질의 흰 코트를 입었다. 그래서 아직 제대로 된 정장 한 벌 없다는 그의 말에, 다음엔 옷 한 벌 제대로 해줘야지, 생각했다. 우리는 그렇게 각자 자신이 중요하다고 생각하는 것을 서로에게 줬다. 그리고 올여름에는 낚시하러 가고 싶다는 그의 말에 나는 망설임 없이 낚시가방을 선물했다.

택배가 도착하자 그는 아이처럼 상자를 마구 뜯었다. 가지고 있는 미끼와 목장갑을 그 안에 챙겨 넣고 긴 낚싯대를 가방에 걸었다. 그리고 함께 들어 있던 형광 스티커를 조심스럽게 뜯어 가방 옆면에 정성껏 붙였다. 그렇게 좋아하는 모습을 보니 나도 덩달아 기분이 좋아졌다. 낚시가방을 한참 들고 놀던 그는 저녁을 먹을 즈음 복권을 여러 장 꺼냈다.

"당첨되면 가을이 차 한 대 뽑아 줄게."라며 그가 기대 어린 표정을 지으며 동전으로 번호를 열심히 긁었다. 번호가 하나씩 공개될 때마다 우리는 탄식했고, 어쩌다 맞는 번호가 나타나면 환호를 터뜨렸다. 그리고 마지막 복권 한 장이 남은 순간, 나는 동전을 쥔 그의 손을 살포시 누르며 말했다.

"오빠, 진짜 당첨되면 어떡해?" 이상한 예감이 들었다. 그 순간, 장난기 가득하던 그의 눈빛이 진지해지더니 나를 보고 말했다.

"결혼해야지."

그 말에 나는, 결혼 전에 빚을 다 갚아야 한다는 그의 생각을 어렴풋이 짐작할 수 있었다. 현재는 복권을 긁던 손을 멈춘 채 가만히 내 눈을 바라봤다. 나는 오히려 더 아무렇지 않은 척 웃으며 말했다.

"오빠, 신혼여행은 이탈리아로 가자!"

"알겠어." 그가 그제서야 미소지으며 고개를 끄덕였다.

"그리고 나중에 외국에 해변이 있는 집을 사서 오빠가 그 앞에서 낚시하는 거야. 나는 그 옆에 앉아서 유유히 흐르는 강물을 보면서 글을 쓸게."

올지 안 올지 모르는 미래를 우리는 예약이라도 해놓은 듯 입으로 막 내뱉었다.

"사랑해." 그가 말했다.

"나도 사랑해." 나는 그의 품에 안기며 대답했다.

나머지 복권은 꽝이었다. 내 예감은 틀렸다.

...

'똑똑'

기숙사 담당 선생님이 강의실 문을 열고 들어왔다.

"교수님, 시간 다 됐는데 수업 끝나가실까요?"

시계를 보니 벌써 9시였다.

"네. 이제 마무리하려고요."

담당 선생님이 고개를 끄덕이며 문을 닫았다.

"교수님, 그럼 그분이랑 결혼하신 거예요?"

귀를 쫑긋하며 듣고 있던 학생이 눈을 반짝거리며 물었다.

"음… 인생은 아무도 모르는 거라는 이야기를 해주고 싶었어. 그러니 다들 어디에서건 자신을 위해 최선을 다하고. 오늘 수업은 여기서 끝!"

"아 교수님! 결말은 말씀해 주셔야죠."

나는 대답을 기다리는 학생들에게 미소만 지었다. 그리고 그 기억을 한가득 품은 우산을 들고 손을 흔들며 강의실을 빠져나갔다. 내가 원하는 결말은 딱 여기까지였다.

밖은 여전히 비가 쏟아졌다. 우산을 펴그 건물을 나섰다. 그날처럼 '토도독' 하는 소리를 내며 비가 우산에 부딪혔다. 그 소리를 들으며 주차장까지 한 발 한 발 천천히 걸어갔다. 어디선가 향긋한 숲 내음이 나자, 그와 오랜만에 함께 걷는 듯한 기분에 나도 모르게 살짝 미소가 지어졌다. 그러나 이내 그 뒤의 기억에 얼굴이 흐려졌다. 하늘이 보라색으로 물들었다. 세차게 쏟아지는 빗소리에 그만 그 기억에 갇혀버렸고, 목까지 보라색 물이 서서히 들자 나는 그 자리에 굳어버렸다.

울분에 찬 여자가 되지 않기 위해서

 시간이 흘러 어느덧 8월이 되었다. 우리는 함께한 지 두 달이 지났고, 여전히 무더운 날씨에 땀을 삐질삐질 흘렸지만, 어떤 여름보다도 행복했다. 방학이라 강의는 없었지만, 현재는 간간이 외주 일을 했고, 나는 글을 쓰면서 우리는 자주 만났다. 현재는 여전히 자상했고, 섬세하고 이야기를 잘 들어줬다. 그는 가끔 우리 집에 놀러 왔고, 엄마가 좋아하는 혹은 필요한 물건들, 이를테면 타 먹는 음료수라든지 국물 내기 좋은 간편 육수 같은 것들도 틈틈이 챙겨줬다.
 이렇게 행복하게 잘 지냅니다, 라고 끝내면 얼마나 좋았을까. 이런 우리에게도 갈등은 찾아왔다. 우리는 참 많이 다른 사람이라는 걸 시간이 지날수록 점점 더 크게 느꼈다.

나는 대부분 집에서 시간을 보냈다. 취미라고 해봤자 책 읽고, 인터넷 강의 듣는 정도였다. 어떻게 보면 모든 취미가 지식을 쌓고 싶은 욕망에서 비롯된 것들이었다. 가족들이 다 같이 있어도 우리는 같이 휴가를 떠나거나 오랜 시간 같이 이야기하지 않는다. 필요한 이야기가 끝나면 각자 방에서 시간을 보냈다. 밤 12시 전에는 누워야 하는 각자의 시간이 소중한 소식가 집안이다. 우리는 살기 위해 먹는다.

반면에 현재는 바깥에서 하고 싶은 게 많았다. 일 때문에 모이는 단체도 있고, 골프 치는 것도 좋아했다. 골프 치기 너무 더운 여름에는 낚시하러 갔다. 최근에는 야구도 한번 해보고 싶다고 했다. 그의 가족은 자주 모이고, 같이 긴 시간을 함께하고 휴가도 같이 떠났다. 한 번 모이면 새벽 2시까지 놀았다. 가족 연대가 중요한 생활을 해왔던 대식가 집안이다. 그의 가족은 먹는 것이 큰 즐거움 중 하나다.

갈등은 여기서 시작되는데, 나는 이를 문화 차이만큼이나 큰 벽으로 느꼈다. 막연한 다름이 아닌, 문화 차이라 칭하는 게 정신 건강에 이로웠다. 한동안 나는 그를 이해하지 못했지만 이해하려고 부단히 애썼다. 매주 왜 그렇게 가족들이 자주 모이는지, 같이 외식은 왜 이렇게 많이 하는지, 어떻게 가족끼리 그렇게 오랜 시간을 같이 보낼 수 있는지에 대해서 말이다. 이 일은 결국 터지고 말았다.

우리는 차를 타고 음식점으로 향하고 있었다.

"나 다음 주에 강의 잡혔거든. 갑자기 연락온 거라 준비하는 시간 생각하면 이번 주는 좀 바쁠 것 같아."

현재가 미안한 듯 한동안 못 볼지도 모르겠다고 말했다.

"아 그래? 그래도 잘됐네! 방학인데 강의하면 좋지."

그때, 현재의 휴대폰이 울렸다. 발신인이 내가 한 번도 못 본 이상한 외국어로 된 이름이었다. 심지어 영어와 히브리어 그 사이 어디쯤이었다. 그가 핸즈프리 모드를 끄고 휴대폰을 들고 받았다.

"이번 주는 강의 준비 때문에 바쁜데. 끝나고 가든지 할게."

조금 전 나에게 했던 이야기를 그대로 다른 누군가에게 했다. 몇 분의 통화 끝에 그는 전화를 끊었다.

"오빠, 누구야? 이름이 특이하던데?"

"아, 우리 엄마."

"엄마? 게임 캐릭터 같은 이름이었는데?"

"내가 예전에 했던 게임에서 가장 힘센 캐릭터야. 우리 엄마가 워낙 성격이 세서. 그렇게 저장해놨지." 그는 자신이 너무 기발하다는 듯 자랑스럽게 말했다. 그런데 나는 이상하게도 같이 웃을 수 없었다. 나도 한 성격 하는 어른을 많이 봐온 터라 느낌이 싸했다.

"어머니가 한 성격 하시나 보네. 무서운데?"

그 말을 듣고 현재가 의미심장한 말을 했다.

"갈등 있을 때는 엄마가 문자로 심한 말도 보내고 그랬었어."

'뭐? 이러면 안 되는데. 현재 같은 부모님을 상상했는데.'

신호등이 빨간불로 바뀌었고, 차가 천천히 멈춰 섰다. 강렬한 햇빛에 저 새빨간 불빛이 점점 더 진해지며 마치 나를 향해 보내는 신호처럼 느껴졌다.

"혹시 나중에 결혼하고 나서 어머니가 나한테 마음에 안 드는 게 있을 수 있잖아. 그럼 나한테도 그런 문자 보내실까?" 내가 말했다.

"그럴 수 있지."

당연하다는 듯 말하는 표정에 두려움이 몰려왔다. 그가 당황하며 그런 문자 안 오게 하겠다고 말할 줄 알았는데, 그는 태평하게 대답했다. 마치 그와 결혼하려면 내가 감당해야 할 몫인 것처럼. 기분이 이상했지만 나는 이 단순한 사건에 갈등을 일으키고 싶지 않았다. 이 사람은 아직 나에게는 완벽했으니까. 나는 얼른 이런 대화를 끝내고 싶었다.

"오빠, 강의 끝난 날은 뭐해?"

그날 데이트를 하면 어떨까 싶었다. 나는 당연히 별일 없다거나 그날 만날까? 라고 말할 줄 알았다. 내가 저 질문을 하는 의도는 누가 봐도 뻔했으니까.

"나 본가 가지 않을까?" 그가 이번에도 당연한 듯 말했다.

그의 말에 또 기분이 묘하게 상했다.

"그렇구나. 난 오빠 집 가서 요리해 주려고 했는데."

"오 진짜? 그럼 요리해 주는 거 먹고 저녁에 본가 가면 되지."

본가를 꼭 가겠다는 의지가 너무 강하게 느껴졌다. 그렇지만 그에게 화를 낼 수 없었다. 가족을 만나러 간다는데 내가 뭐라고 할 수 있을까. '성질 드러내지 말자, 이가을. 사람은 다 다르니까 그럴 수 있는 거야.' 그런데 이런 생각들은 기어코 빈틈을 비집고 나오고야 말았다.

"오빠 장가 못 갈 수도 있겠다."

내 불안이 입을 뚫고 나왔다.

'아냐. 이런 식으로 비꼬면서 말하면 안 되잖아. 다시 정신 줄 잡아.'

그가 내 말을 듣고는 가만있었다. 그 이후로 우리는 그 일에 대해 더 이상 이야기하지 않았고, 간단하게 저녁을 먹고 각자 집으로 갔다. 그런데 집에 와서 생각해도 도통 이해가 안 갔다. 이 이상한 기분이 뭔지 정의도 내려지지 않은 채로 나는 산책

한다는 그에게 전화를 걸었다.

"오빠는 나 만나는 날까지 꼭 본가를 가야 해? 거기 꿀단지 숨겨놨어?"

나의 예전 성격은 결국 튀어나오고 말았다. 나의 말은 가시를 달고 나와 그에게 쏘아붙였다. 한편으로는 내가 무슨 자격으로 그에게 쏘아붙일 수 있는 걸까, 생각했다. 나의 증폭된 불안이 그에게로 향했다. 도대체 뭐에 대한 불안일까. 본가를 자주 가서 지내는 그에게서 나는 도대체 뭐ㄱ-그렇게 불안했던 걸까. 그런 나의 말에도 이 남자는 삼십 분 동안 듣고만 있었다. 뭔가 이상했다. 내가 예상한 출력값이 아니었다.

"뭘 걱정하는지 알겠어. 결혼하면 안 그래. 걱정 마." 현재가 말했다.

그가 받아준다는 느낌이 들자 나는 한마디 더 했다.

"그리고 술 너무 많이 마시는 것도 좀 그래."

아차 싶었다. 이 정도면 나는 상대의 모든 것을 바꾸고 싶은 걸까. 그가 이번엔 듣지만은 않았다.

"왜 많이 마시면 안 돼?"

그의 말에 나는 말문이 막혔다. 보통 술을 마시면 성격이 이상하게 변한다거나, 사람을 괴롭게 만든다는 식으로 내 주장을 뒷받침해야 하는데, 그에게는 그런 면이 전혀 없었다. 결국, 나는 그와는 상관없는 술에 대한 내 개인적인 부정적 이미지를 그에게 투영하고 있었던 것이다. 그렇게 우리의 이야기는 어떤 결말도 없이 "씻으러 갈게."라는 그의 말로 끝이 났다.

좋은 사람이 되고 싶었는데, 대화로 잘 풀어가는 사람이 되고 싶었는데 나는 왜 이 모양일까. 왜 화부터 내는 걸까. 그날 밤, 그에게 쏘아붙인 내 자신이 싫어 긴 밤을 뜬눈으로 지새웠다. 그런 나를 그가 질려하면 어쩌나 하는 걱정이 머릿속을 떠나지 않았다.

일주일 뒤 나는 온갖 요리 재료들을 챙겨 그의 집으로 갔다. 요리하기 좋은 원피스로 갈아입고, 술안주가 될 만한 음식들을 준비했다. 레시피를 보며 계획한 대로 호박전을 부치고 팽이버섯을 베이컨으로 돌돌 말아 기름에 노릇하게 구웠다. 현재가 도착하기 삼십 분 전에 밥을 안치고 나는 잠시 앉았다. 밖은 해가 쨍쨍했고, 에어컨을 틀어도 불 앞에 서 있느라 땀이 송글송글 맺혔다.

띠로리리. 현관문 열리는 소리가 들렸다.

"오빠 왔어?" 내가 고개를 빼꼼 내밀어 반갑게 웃었다.

"와! 냄새 뭐야?"

현재는 등에 땀이 흠뻑 젖은 채로 반갑게 인사했다. 내가 다가가서 안으려 하자 "나 땀 많이 났어. 더러워."라고 말하며 몸을 엉거주춤 뒤로 뺐다.

"나 빨리 씻고 올게!"

"알겠어." 나도 히죽 웃었다.

그가 씻는 동안 나는 음식을 차렸다. 그는 며칠간의 강의가 드디어 끝나 마음이 편한지 음식을 맛있게 먹었다. 먹지 않아도 배부르다는 게 이런 느낌이구나, 싶었다. 어느 정도 밥을 다 먹은 나는 그날 일에 대해 마무리 짓고 싶었다.

"오빠, 그날 내 얘기 왜 그렇게 계속 듣고만 있었어?"

"제정신으로 말하는 느낌이 아니었어. 혼자 화가 차서 막 쏟아내는 느낌이랄까. 그래서 내가 반박하면 싸우자는 것밖에 더 되나 싶었지."

다음에는 그런 식으로 무작정 내 이야기만 하지 않아야겠다고 다짐했다. 내가 "미안해"라고 말하자 그는 마음이 녹았는지 내 얼굴을 쓸어내리며 말했다.

"그래도 먼저 사과해 줘서 고마워."

나는 다시 이성적인 여자가 되었다. 이렇게 조금씩 바뀌어 가면 되는 거지, 라고 생각하는 와중, 현저의 말은 내 얼굴을 다시 붉게 만들었다.

"나 다음 주에 가족이랑 휴가 가. 3일 정도?"

"3일? 누나 가족이랑 다 같이?"

"응. 조카가 아직 어려서 워터파크인가 간다던데."

"그렇구나. 휴가를 아직도 다 같이 가는구나."

가족과 매주 만나는데 휴가까지 떠난다고 하니 다시 불안이 올라오기 시작했다. 내가 왜 이러는지 도무지 영문을 알 수 없었다. 그가 가족들과 여행을 떠나 신나게 수영장에서 놀고 있는 동안 난 혼자 울분에 찬 이상한 여자가 되지 않기 위해서 골똘히 생각했다. 그러다가 깨달았다. 나는 그와 함께할 미래가 불안한 거였다.

그의 주변엔 재밌는 것들이 많았다. 매주 같이 골프 칠 가족도 있고, 술도 있고, 낚시도 가고 사람들이랑 모임도 있었다. 반면에 나는 집에 혼자 책을 읽고, 일을 하고, 영화를 봤다. 캐나다와 같은 더 큰 세상에 흥미를 느끼는 나는 내가 사는 동네가 지루했다. 바깥에 나가 술 마시는 것도 싫었고, 많은 친구를 만나 의미 없는 수다를 떠는 것도 싫었다. 우리는 종종 함께하지만 대부분 그의 집에서 놀았다. 사실 데이트 비용을 서로 많이 쓰지 않게 하기 위함도 있었다. 우리는 결혼을 준비해야 하는 나이니까. 그런 내 마음을 모르는지 그는 재밌는 놀이를 가족 또는 혼자서 바깥에서 신나게 했다. 나는 그와 이야기하는 게 세상에서 제일 좋았는데 그는 나 말고도 재밌는 것이 수두룩했다. 이미 나는 거기서 진 것 같은 기분이 들었다. 그는 가끔 이런 말을 했다.

"결혼하면 한 달에 한 번 친구들이랑 부부동반 1박 2일로 놀러 가는 거 어때?"

그 말에 나는 멍하니 입을 열지 못했다. 내 인생에서 한 번도 상상해본 적 없는 일이었다.

"결혼하고 나서 아기 태어나면 2주에 한 번은 골프 치러 가도 돼?"

나는 아이를 잉태하는 과정도 고민이었고, 낳고 나서 내가 키워야 할 과정들과 수많은 고난들을 생각하고 있었는데 그는 어떻게 하면 자신의 시간을 가질 수 있을까, 하는 고민뿐인 것 같아 한숨이 푹 나왔다. 더 이상 제정신 아닌 사람이 되지 않고자 그가 휴가가 끝나고 본가에 있던 날, 저녁 늦게 그에게 전화를 걸었다.

"가을아, 학원 수업 잘 끝났어? 별일 없었고?" 그가 방에서 전화 받는 듯 소곤소곤 말했다.

"오빠, 사실 나 섭섭해."

"뭐가?"

"오빠가 나보다 가족이랑 시간을 보내는 걸 더 좋아하는 것 같아서. 그래서 나중에 혹시라도 무슨 일이 생기면 오빠는 나보다 가족을 선택할 것 같은 느낌이 들어."

순간 그의 휴대폰에 저장된 어머니의 이름이 스쳤다.

"왜 그렇게 생각해. 난 네가 1순위야. 가족이랑은 그냥 즐겁게 지내는 거지."

그의 말에도 내 마음은 허공 속을 헤매는 듯 공허했다.

"거기다가 오빠가 바깥 활동을 좋아해서 나중에 내가 혼자 집에 남겨지게 될까 봐, 혼자 아이보는 우울한 여자로 전락할까 봐 불안해."

그는 내 말을 끝까지 듣고 나서 말했다.

"무슨 걱정 하는지 이제 알 것 같아. 내가 믿음을 덜 줬나 보다. 더 노력해야겠는데."

그 말을 믿었다. 아니, 믿을 수밖에 없었다. 안 믿으면 내가 뭐 어쩔건가.

며칠 뒤, 그는 돌문어 낚시를 하러 새벽부터 바다로 떠났다. 나라면 문어를 먹고 싶다는 생각 자체도 평생 할 일이 없고, 만에 하나 천만분의 일의 확률로 문어가 먹고 싶더라도 수산시장에 가서 사 올 것 같은데 그는 기어코 왕복 다섯 시간의 여정을 떠났다.

"이번에 많이 잡아 올게! 잡으면 손질해서 집으로 갈 테니까 가을이 어머니랑 같이 먹자."

일곱 시간이 걸려 문어 네 마리를 잡아 온 그는 승리의 얼굴을 하고 우리 집 현관문으로 들어섰다. 그리고 식탁에서 문어를 삶았다. 그 모습을 보며 이 정도면 됐다고 생각했다. 나중에 선장이 되고 싶다는 그를 보며 나도 내가 하고 싶은 건 죽어도 해야 하는 사람이라 그가 하고 싶은 걸 막고 싶지 않았다. 현재도 인생을 즐겁게 살았으면 하니까. 바깥 활동을 좋아하는 그를 있는 그대로 받아들이기로 했다. 여기까지만이었다면, 그래도 내가 그를 끝까지 안고 갈 수 있었을까.

나쁜 의도가 아니었다는 말

"오빠, 우리 가족도 봤으니까 오빠 부모님도 봬야 하지 않을까? 나 보고 싶어 하실 것 같은데?"

"응, 많이 보고 싶어 하지…" 그의 대답이 시원찮았다.

"그럼 날 잡아!" 내가 힘차게 말했다.

"근데 난 좀 늦게 봤으면 좋겠는데…"

그렇게 자주 모이고 화목하게 노는 가족인데 망설일 이유가 뭐가 있을까 싶었다.

"왜? 늦게 봐야 할 이유가 있어?"

그가 망설이는 듯하다가 말했다.

"우리 부모님은 너희 가족처럼 따듯한 느낌이 아니거든. 혹시나 네가 상처받을까 봐 걱정이야."

그의 전 여자친구에 관한 이야기를 몇 번 들은 적이 있었다. 어머니가 그의 전 여자친구들을 마음에 안 들어 했다고 했다. 직업이 마음에 안 들거나, 너무 조용하다거나 하는 이유였다. 매번 부모님만 뵙고 오면 여자친구랑 다퉜다는 그의 마음을 왠지 모르게 위로해 주고 싶었다. 동시에 그 여자들의 마음도 위로하고 싶었다. 같은 여자로서 그런 말에 상처받았을 그들의 아픔을 생각하며. 그렇지만 잠시 그 여자들의 마음을 외면하기로 했다. 나는 다를 수 있다며. 나에게는 그런 행동을 하지 않을 수도 있지 않겠냐며.

"근데 부모님이 나 마음에 들어 하셨다며!"

다행히 그의 부모님은 이야기만 듣고도 내가 마음에 드신다고 했다. 특히, 오랜 기간동안 내가 그를 좋아했다는 사실이 어머니 마음을 사로잡았다고 했다.

"그건 그렇긴 한데…" 그가 마음이 불편한 듯 말했다. 하지만 그도 나를 가족에게 소개하고 싶어 한다는 게 느껴졌다.

"오빠 걱정 마. 나 나이 드신 분들이랑 수업 많이 해봐서 말도 잘하고 부모님께 싹싹하게 할 수 있어."

이때만 해도 나는 그가 얼마나 큰 걱정을 하는지 꿈에도 몰랐다. 그리고 나의 자신감이 얼마나 소용없는 것이었는지도.

당일이 되자, 나는 집 근처 꽃가게에서 노란 장미꽃을 한 다발 샀다. 여자한테는 꽃선물이 최고지, 생각하며 장미향을 힘껏 들이마셨다. 장미에 코를 묻으면 어떤 기분이든 금세 나아지곤 하니까. 장미향을 오래도록 맡고 싶어 길가에 핀 장미꽃잎을 따서 마스크 안에 넣고 다니던 엄마를 떠올랐다. 만나자마자 어머니께 먼저 꽃을 건네고 향을 맡게 해드리면 내가 좀 더 좋아 보이지 않을까, 하는 귀여운 계획도 세웠다. 나는 그동안 꽃이 시들까 봐 집을 나서기 전까지 냉장고에 넣어놨다. 그 장미를 다시 냉장고에서 꺼내 집을 나서던 순간까지도, 예쁜 며느리를 나 혼자 감히 꿈꿨다.

식당에 도착하자 나는 심장이 빠르게 뛰었다. 현재도 긴장한 눈빛이 역력했다. 평소에 한없이 다정했던 그의 미소는 온데간데없고, 굳은 시멘트처럼 표정이 딱딱했다. 그는 물을 연거푸 마셔댔다. 어머니가 들어오셨고, 나는 미소를 환하게 지으며 앞으로 걸어가 인사했다.

"어머니, 안녕하세요."

갈색 파마머리의 통통한 몸을 가진 그 분은 나를 보자마자 위아래로 훑었다. 입꼬리가 내려간 무표정에 면바지 차림의 어머니는 내 옷차림, 얼굴빛, 성격까지 스캔하는 듯했다. 쉽지 않을 거란 걸 알고 있었지만, 막상 그 모습을 마주하자 내가 세웠던 계획과 다짐이 머릿속에서 새하얘져 버렸다. 그렇지만 원래 따듯하지 않다고 했던 현재의 말을 생각하며 마음을 가다듬었다.

'긴장하셔서 그럴 거야. 좀 더 친해지면 표정 푸시겠지.'

나는 서둘러 꽃을 건네드렸고, 그 꽃을 보고서야 어머니는 웃음을 지었다. 역시 내 예상이 맞았다. 어머니는 손에 들고 있던 호두과자를 내밀면서 말했다.

"여기 주변에 호두과자 유명한 데가 있다고 해서 내 것 사는 김에 하나 샀어."

'그래, 원래는 이렇게 좋으신 분이잖아. 내가 오히려 긴장을 좀 풀어야겠어.'

내향적인 성격이지만, 그 자리에서만큼은 이 세상 둘도 없는 외향형으로 나를 탈바꿈했다. 그리고 어색해지지 않으려 모든 이야기를 총동원했다. 간혹 그를 쳐다봤는데 그는 부모님 앞에서는 날 잘 쳐다보지 않고, 웃지도 않았다. 부모님 앞이라 여자친구에게 작은 애정도 보이면 낯간지럽다고 그러는 걸까. 그 자리에 앉아 있는 나와 그 사이의 거리는, 내가 캐나다에 갔다면 느꼈을 거리보다 더 멀게 느껴졌다. 하지만 이 자리에서 그런 감정에 휩싸여 있을 수만은 없었다. 그래서 나 혼자 꿋꿋하게, 신나게 이야기했다. 내가 현재를 언제부터 좋아했는지, 어떤 행동에 마음을 뺏겼는지, 짝사랑하느라 얼마나 힘들었는지 말하며 어머니에게 투정도 부렸다. 그렇게 바보같이 맹충이 노릇을 자처했다. 어머니와 아버님은 다행히 밝게 말하는 내가 마음에 드신 듯했다.

"캐나다 가려고 했다가 현재 때문에 취소했다며."

"네. 그렇게 됐어요."

나는 그 말을 하며 생각했다. 아들 옆에 있어 준 게 고마워서 그런 거라고. 그러면 나는 캐나다로 가기엔 오빠가 너무 좋은 걸요, 라고 대답하려 했다. 그런데 내 예상과는 전혀 다른 말을 들었다.

"근데 나는 그렇게 멀리 가는 거 별로. 싫다." 어머니가 손사래 치면서 말했다. 그 말에 내 대답도 바로 노선을 틀었다.

"저희 어머니도 막상 안 간다고 하니까 안심하시더라고요."

그 말에 맞추려 마음에도 없는 말을 했다. 캐나다 대학 입학을 취소하던 날, 엄마는 현재가 좋지만, 내가 더 큰 세상을 보지 못한 게 아쉬웠는지 말없이 방에 일찍 들어가서 누웠다. 나는 그 마음을 위로해 주지 못했다. 나 역시도 현재가 한국에서 함께 더 좋은 추억을 쌓자고 했던 말을 동아줄 삼아 붙잡고 있었으니까. 그게 어떤 동아줄인지도 모른 채.

"그런데 외국어 고등학교 나와서 왜 그냥 지방대학을 갔대?"

"고등학교 3학년 때 의대 가고 싶어서 혼자 이과 공부하다가 성적이 잘 안 나와서 공대 갔어요."

"대학이 잘 안 풀렸구나. 근데 난 의사 이런 거 싫다. 그런 여자들 콧대만 높고."

의전원에서 열심히 의사 면허시험을 준비하는 친구가 떠올랐다. 착한 친구라 대학생 때도 그렇게 누구를 따지며 만나지도 않았는데. 의대 가지 못한 날 위로하기 위해 그냥 하는 소리겠지, 나 혼자 그 의미를 미화하며 또 나를 다독였다. 식사가 거의 끝나갈 무렵, 분위기는 화기애애했고, 나는 칭찬받고 싶은 마음에 애교 섞인 말투로 물었다.

"어머니, 저 실제로 보니까 어떠세요?"

묻지 말 걸 그랬다. 이런 대답이 나올 줄 알았다면.

"작고 말라서 애 낳을 수 있겠나 싶었는데, 그렇게 작지는 않네."

나는 길을 가다 모르는 사람에게 뺨을 한 대 맞은 느낌이었다. 내 속눈썹이 파르르 떨렸다. '이게 뭐지? 욕인 것 같은데?' 마지막에 묘하게 또 그건 아닌 말로 포장이 된 느낌이었다. 나는 생전 처음 들어보는 단어의 배열에 적잖이 당황했다. 당황이라고 표현하는 게 맞을까? 난생처음 겪어보는 상황에 당시 내가 어떤 감정을 느꼈는지 정확히 설명할 수 없었다. 그러나 기분이 안 좋다는 건 확실했다.

그 한 마디에 이제껏 날 곱게 키워준 엄마의 얼굴이 떠올랐고, 자신의 몫까지 행복하게 살라며 세상을 떠난 아빠의 야윈 얼굴이 스쳤다. 아무리 노력해도 나는 결국 '작고 말라 아이 낳기 힘든 여자'라는 원점에 다시 서게 됐다. 그 원점에서 벗어나기 위해 열심히 십 년을 달렸는데, 그의 어머니가 던진 한마디에 순식간에 되돌아가 버렸다. 비참했다.

나를 제외한 다른 사람들은 어머니의 반응에 놀라는 기색도 요동도 없었다. 그저 밥을 먹고 있을 뿐이었다. 나 혼자 이상한 나라의 앨리스였다. 가만히 있는 그가 미웠다. 아무 말 않던 그의 다른 가족들도 미웠다. 이 자리에 있는 모두가 미웠다. 아침에 꽃을 사던 내 모습이 떠올라 울컥 눈물이 나오려 했다.

'바보, 이런 말 들을 줄도 모르고 뭐가 그렇게 신나서 기대했니. 그 꽃 차라리 엄마한테 사주지 그랬어.'

그를 좋아하니까 참아야 한다는 내 안의 목소리가 나를 아무 말도 못 하게 만들었다. 사무치게 외로웠다. 전쟁터에 나 혼자서 싸우고 있는 느낌이었다. 나는 그들 사이에서 아이를 낳을 수 있냐 없냐로 구분되는 한낱 여자일 뿐이었다. 그런데도 나는 그 말에 대꾸도 못 하고 앉아 있으면서 내 자아를 죽였다.

그 이후의 기억이 잘 나지 않았다. 멍해졌고, 대화에 집중을 못 했다. 간간이 가족들이 하는 농담에 나는 입꼬리만 억지로 올릴 뿐이었다. 식사가 끝난 뒤, 현재의 어머니는 나의 손을 잡으며 말했다.

"가을아, 집에 한번 놀러 와."

나는 억지웃음을 지으며 고개를 끄덕였다. 집으로 가는 동안 나는 아무 말도 하지 않았다. 이 기분을 어떻게 설명해야 할지 몰라 한참을 생각하다가 말했다.

"오빠, 내가 많이 작다고 어머니께 말씀드렸어?"

그는 나의 가라앉은 목소리에 당황한 듯 눈알이 왔다 갔다 했다.

"아니. 그런 건 아니고 그냥 작다고 했지."

"내가 작을까 봐 많이 걱정하셨던 것 같은데? 애 못 낳을 정도인가."

내 말투가 싸늘했다. 바라보기만 해도 좋았던 그의 얼굴이 이렇게 순식간에 싫어질 수가 있을까.

"근데 나쁜 의도가 아니었어. 마지막에 그렇게 작지는 않았다고 말했잖아."

그의 말에 내가 속 좁고, 예민한 여자인 듯 느껴졌다. 나쁜 의도가 아니라면, 기분 나빠하지 말아야 한다는 건가.

'그래. 내가 오해하는 거지? 이렇게 기분이 나쁜 건 그냥 지

나가는 감정이겠지? 어른들은 원래 생각한 걸 여과 없이 내뱉곤 하는 거지?'

그는 부모님이 이렇게 좋아하시는 건 처음 본다고 말했다. 알아서 내가 말을 잘하길래 그냥 지켜봤다는 그의 말에서, 이 사람은 내가 타고난 성격이라 그의 부모님 앞에서 신나게 떠든 줄 아는 것 같았다. 하지만 그는 모른다. 내가 낯선 사람 앞에서 얼마나 낯을 가리는지, 또 매 순간 얼마나 마음을 다잡고 말했는지. 오히려 그가 좋아하는 모습을 보니, 더 이상 말하는 게 무의미하게 느껴졌다. 여기서 기분 나쁘다고 하면, 이상한 사람이 되는 건 나일 테니까.

두 번째는 다를 거라 생각하며 그의 가족에 대한 나쁜 이미지를 지우기 위해 본가에 방문한 날, 나는 한 번 더 충격을 받았다. 그와 함께하기 위해선 그의 가족까지 견뎌야 함을 그때 알았다. 캐나다를 포기했는데 이제는 그들 앞에서 나의 자아를 포기해야 했다. 한번 포기를 시작하니 계속 포기해야 할 일들이 생겼다. 포기하며 지킨 게 아까워서 내가 또 참게 되니까. 내가 참아야 이 관계가 유지되는 게 뻔했다.

내가 점점 망가져 갔다

"엄마가 왜 매번 아빠랑 싸우는지 알아?"

20년 전, 엄마는 밥 먹고 있는 초등학생인 날 보며 말했다. 아빠가 술 마시고 들어올 때마다 집안은 전쟁터였다. 그러나 엄마는 결코 그냥 넘어가는 법이 없었다.

"화나서?" 내가 말했다.

"그런 것도 있지만, 부당한 일을 당했거나 남이 나에게 잘못했을 때 엄마가 참아버리면, 그 모습을 보고 나중에 너희가 누군가와 맞서야 할 때 참을까 봐 그러는 거야. 절대 참지 마."

그런 엄마도 한 번 참은 적이 있었다. 어김없이 아빠가 술 먹고 밤늦게 들어와 밥을 먹다 상을 엎고 크 골며 자던 그날, 엄마는 큰 방에 나란히 자고 있는 세 남매를 두고 조용히 장롱을 열었다. 잠귀가 밝은 나는 실눈을 뜨고 엄마가 뭘 하는지 봤다. 엄마는 장롱에서 아주 큰 가방을 꺼냈다. 그리고 옷을 주섬주섬 담고 일어나더니 우리를 내려다보며 잠시 서 있었다. 나는 그때 어렸지만 알았다. 엄마가 떠나고 싶어 한다는 걸. 엄마 다리를 잡고 매달리고 싶었다. 가지 말라는 말은 못 하겠지만 나라도 데리고 가면 안 되냐고. 그런데 이미 철이 들어버린 나는 눈을 꼬옥 감고 멀어져가는 엄마의 발소리만 들은 채 누워있었다. 엄마가 방문을 닫고 나가는 소리가 들렸다. 내일 학교는 어떻게 가야 하나, 엄마가 없는 집에서 어떻게 살아가야 하나, 하는 생각에 감긴 눈 옆으로 눈물이 한 가닥 주르륵 흘러내렸다. 다행히 엄마는 몇 분 뒤 다시 들어와 짐을 풀고 내 옆에 누웠다. 그렇게 숨죽여 있던 소녀가 멜론 두 통을 들고 현재와 함께 그의 집 앞에 서 있었다.

 문을 열고 들어가자 강아지 한 마리가 튀어나왔다. 나는 동물에 대해 특별한 애정을 가진 사람은 아니었다. 어릴 적 남동생이 원해서 부모님이 진돗개를 데려온 적이 있었는데 그 작은 강아지가 무서워 높은 의자에 매달린 채 학교 갈 준비도 못 했었다. 이제는 그런 두려움은 사라졌지만, 여전히 살아 있는 생명체를 대하는 데에는 어색함이 따랐다. 이런 감정을 솔직히 말하면 대부분의 사람들은 쉽게 단정지었다. 차갑다거나, 감정이 메말랐다는 식으로 보기 때문에 그런 이야기는 일절 하지 않았다. 강아지는 새로운 손님을 반기듯 뛰어오르면서 내 다리를 얇은 발톱으로 긁었다. 나는 강아지를 좋아하는 척 엉거주춤 무릎을 굽혀 몸통을 쓰다듬었다.

"가을이 왔어?"

어머니는 나를 반갑게 맞이했다. 현재의 누나 가족은 늦게 온다며 먼저 밥 먹으라고 하셨다. 다양한 전과 된장국 그리고 갈비찜을 하루 종일 준비하셨을 생각을 하니 죄송하기도 하고 감사하기도 했다. 그래서 평소에 한 공기도 다 못 먹던 나였지만, 오늘은 내가 할 수 있는 최선을 다해 먹었다. 나중에 소화를 못 시키더라도 그때 내가 알아서 하면 될 문제였다. 그렇게 다 같이 밥을 먹고 있는데 갑자기 현재와 어머니 사이에서 언성이 높아졌다.

"방학하면 더 자주 온다고 했잖아!"

어머니가 현재를 보며 외쳤다. 나는 그 소리에 깜짝 놀라 먹던 밥을 멈추고 눈을 동그랗게 뜨고 쳐다봤다. 현재는 대꾸 없이 밥을 먹었다.

"삼 일은 본가에, 나흘은 자취방에 있기로 약속했잖아!" 어머니가 한 번 더 소리쳤다.

"주말에 데이트 좀 합시다." 현재가 어머니를 타이르듯 말했다.

나는 이 대화가 너무 이상했다. 현재가 서른일곱인데 어떻게 이런 대화가 오갈 수 있는 걸까.

"데이트는 주말에 하고 그럼 평일에 와." 어머니가 단호하게 말했다.

마치 내가 아들을 집에 못 가게 막은 죄인이 된 듯했다. 나는 긴장한 채로 옆에서 밥만 우걱우걱 먹었다. 밥을 다 먹고 나서 현재가 화장실 간 사이에 나는 어머니께 감사함을 표현하러 부엌으로 갔다.

"어머니, 밥 너무 잘 먹었습니다. 음식 하느라 고생하셨죠?"

"얼마 먹지도 않던데 뭐. 우리 앞으로 계속 편하게 지내려면 네가 라면이라도 끓여야 하지 않겠니."

나는 이게 무슨 의미일까 생각하느라 대답하지 못했다. 잘 먹었다고 했는데 갑자기 라면 이야기가 왜 나오는 걸까. 왜 항상 내가 다가가면 나는 이상한 소리를 듣는 걸까. 내가 입을 닫아야 할까. 이내 현재가 화장실에서 나왔고, 우리는 다 같이 부엌 식탁에 앉았다. 현재가 멜론을 꺼냈고, 어머니가 멜론을 자르면서 뜬금없는 질문을 했다.

"요즘 멜론 한 통에 얼마 하니?"

선물을 사 온 당사자에게 가격을 묻는 게 이상했던 나는 정확한 금액을 이야기하고 싶지 않았다.

"음… 기억이 잘 안 나요."

그런 내 마음도 모른 채 그의 누나가 "요즘 칠, 팔천 원 하지 않나?"라며 기어코 가격을 말했다. 그보다는 더 비싼 축에 속하는 품종이었는데. 마음이 한없이 가라앉았다. 순수하게 멜론 가격이 궁금하지 않았을까, 하는 합리화는 이제 더 이상 하고 싶지 않았다. 그중 누구라도 뭐 그런 걸 묻느냐고 말할 줄 알았는데 아무도 이 대화가 이상한지 모르는 듯했다.

"얼마 안 하네." 그의 어머니가 정점을 찍었다.

내가 투명 인간이 된 듯했다. 그때까지도 현재는 아무 생각 없어 보였다. 자신이 제일 좋아하는 과일이 멜론이라며 맛있게 먹고 있었을 뿐. 그리고 멜론을 집던 아버지가 날 보며 "너 때문에 오늘 현재 엄마 고생했다."라는 말을 했을 때, 나는 참을 수가 없었다. 우리 엄마도 매번 현재가 올 때마다 음식을 했다. 우리 엄마도 고생했다. 그렇지만 그 누구도 그런 이야기를 하지 않았다. 와 주는 게 고마웠으니까. 그 말을 하자마자 현재는 "에이, 그런 말 하시면 안 돼요."라고 했지만 나는 패닉상태에 빠졌다. 그 가족들 사이에서 나는 그날 떠나려는 엄마를 붙잡지도 못하고 끙끙 앓고 있던 초등학생처럼 입도 못 떼고 혼란을 느끼며 앉아 있었다. 그런 내가 미치도록 싫었다.

"사촌 여자애가 가을이 너랑 키 비슷해." 어머니가 나를 보며 말했다. 나는 그 말에도 고개 숙인 채 멜론을 멍하게 쳐다봤다. 키 이야기가 여기서 또 왜 나오는 걸까.

"더 작은 거 같은데." 현재 누나의 남편이 내 옆에 앉아서 중얼거렸다.

'다들 나한테 왜 이러는 거야? 내가 가만히 앉아 있으니까, 현재 생각해서 아무 말 못 하고 앉아 있으니까 만만해 보여? 우리 아직 서로 조심해야 하는 남 아니야? 너희들은 그렇게 뚱뚱한 몸으로 뭐가 그렇게 잘 나서 남을 앞에 두고 외모로 이러쿵저러쿵하는 거야!'

조카가 예뻐서 그런 말도 못 듣고 옥수수를 먹이는 그가 미웠다. '네가 지금 신경 써야 하는 건 그 아기가 아니야, 이 바보 천치야!' 그가 이제는 더 이상 내 편이 아닌 것 같았다. 아니, 언제는 내 편이었던 적이 있었던가.

현재는 내가 그의 집을 나설 때까지도 기분이 상했다는 걸 눈치채지 못했다. 차 안의 무거운 공기에 그가 드디어 입을 열었다.

"오늘 괜찮았어?"

'괜찮긴 개뿔. 그 말이 나와? 눈치가 없는 거야, 뭐야?'

나는 말없이 창밖을 바라봤다. 눈물이 핑 돌았다. 그제야 그는 내 눈치를 살폈다. 우리는 그대로 말없이 한참을 달려 집에 도착했다. 그는 남은 갈비찜을 건넸고, 나는 애써 그의 손을 닿지 않으려 조심하며 받았다. 마음이 너무 상해서 거기서 조금이라도 입을 열면 눈물이 푹 터져 나올 것만 같았다.

"조심히 가." 나는 그 말을 하고 집으로 차갑게 돌아섰다.

어두컴컴한 집에는 부엌에만 불이 켜져 있었다. 아직 잠 못 든 엄마가 부엌 식탁 앞에 앉아 마늘을 까고 있었다. 나는 가져온 갈비찜을 탁자 위에 얹으며 옆에 앉았다. 시계를 보니 밤 10시를 향하고 있었다. 엄마는 갈비찜을 힐끗 보더니 말했다.

"현재 부모님 잘 뵙고 왔어?"

나는 한숨을 푹 내쉬었다. 빈말이라도 그렇다는 말을 하지 못했다.

"엄마, 기분이 이상한데 내가 느끼는 게 맞는지 모르겠어. 나 빼고는 다 괜찮아 보여서."

"왜? 무슨 일 있었어?"

엄마는 걱정스러운 얼굴로 마늘을 내려놓고 나를 쳐다봤다. 나는 울먹거리며 말했다.

"엄마, 나 더 이상 오빠 가족 사이에 있을 자신이 없어."

나는 그날 있었던 일을 자초지종 설명했다. 현재를 마음에 들어 했던 엄마는 내 이야기를 듣고는 얼굴이 굳어졌다.

"현재는 옆에서 뭐 하고 있고?"

"가만있었어. 뭐가 문제인지 모르는 사람처럼." 나는 다시 손톱 거스머리를 뜯게 되었다.

"하… 너는 그 때 어떻게 했어?" 엄마는 혀를 찼다.

"아무 대꾸도 못 했지. 어른한테 어떻게 뭐라 해."

"너도 어른이야."

"오빠가 민망할까봐. 그래도 오빠 부모님이잖아."

눈물이 뺨을 타고 주르륵 흘러내렸다. 안전한 내 편이 있으니 나는 이제야 마음 놓고 눈에서 눈물을 놓을 수 있었다. 엄마는 나를 안았다. 엄마 손에서 매운 마늘 냄새가 훅 풍겼다. 그 냄새에 기대 눈물을 끊임없이 흘려보냈다.

"너를 부모한테서 지켜주지 못하는 남자 만나면 네가 평생 고생해. 뭐가 문제인지 모르는 경우에는 더." 엄마는 내 등을 쓸어내리며 말했다.

우리 둘만 행복하면 될 줄 알았다. 이런 일로 내가 고민하게 될 줄은 꿈에도 몰랐다. 한국에서의 결혼은 가족과 가족의 만남이라고 하던데 그 말을 이번에 깨달았다. 나는 서서히 울음을 그친 뒤 20년 전 이야기를 꺼냈다.

"나 그날 엄마 봤어. 아빠가 술 많이 마시고 들어온 날 엄마가 짐 싸는 거. 그때 왜 나갔다가 다시 들어왔어?"

엄마는 그날 기억이 아직도 있냐며 신기해했다.

"마음 같아서는 백 번도 더 넘게 떠났지. 그런데 자는 너희를 보니까 하루만 더 참자, 하는 생각이 들더라고. 그런 마음을 수백수천 번 먹어서 여기까지 온 거지."

"어떻게 참았어?"

"자식이 있으면 참게 돼."

"오빠와 나 사이에도 자식이 있으면 오빠가 부모님한테 소리칠 수 있을까? 아직 내가 사귄 지 얼마 안 된 여자친구라 어떤 말도 못 하겠어. 결혼을 약속한 것도 아니고. 근데 내가 이렇게 느끼는 게 맞는지도 모르겠어. 너무 불안하고 화도 나는데 그렇게 느낄 만 한 일 맞지?"

나는 내 감정이 맞는지 확인하고 또 확인했다. 내가 이렇게 느끼는 게 타당한 건지 확신이 안 섰다. 가장 가까운 상대인 현재가 너무 태연했으니까. 그가 내 감정을 인정하지 않았으니까. 다른 사람들이 느끼기에도 이 상황이 위험한 상황이 맞는지 확인하려 애썼다.

"네가 이상하다고 느끼면 이상한 거야. 다른 사람이 뭐라든 네 감정을 의심하지 마. 그리고 참지 마. 그럼 너만 병나."

보이지 않는 것에도 그림자가 있다. 그는 점점 내 안에서 자라났고, 그의 가족도 어느새 커다란 나무가 되어 나를 향해 그림자를 드리웠다. 그 그림자는 점점 길어져 서서히 나를 덮쳐왔다. 보이지 않으니 설명할 수도 없었다. 그저 그렇게 느꼈다고 말할 수밖에. 나는 그 그림자와 싸웠다. 혼자서.

엄마 말 따라 나는 그날 이후로 병이 난 듯 이상해졌다. 한없이 밝고 당찼던 내가 한없이 우울해졌고, 기운이 나지 않았다. 무력감이 들었다. 현재와 사귀려면 나는 결코 그 가족을 피할 수 없고, 그 가족을 피하기 위해서는 현재와 헤어져야 했다. 두 선택 모두 날 괴롭게 했다.

그리고 며칠 뒤, 학원에서 강의하는데 갑자기 숨이 차기 시작했다. 달리지도 않았는데 심장이 두근댔다. 커피를 마셨을 때처럼 나는 한 곳에 집중하지 못하고 주위를 계속 두리번거리며, 이 이상한 감정을 다른 곳으로 분산시키려 노력했다. 강의할 때도 내 정신은 딴 곳에 가 있었고, 내가 무슨 말을 하고 있는지도 모를 때가 많았다.

- 나 가족이랑 **파크골프장**에 왔어.

그가 보낸 문자에 그의 가족들과 현재가 함께 있는 장면을 떠올리자 심장이 더 빠르게 뛰었다. 나한테 지금 무슨 일이 일어나고 있는 건지 예상도 하지 못했다. 나는 인터넷을 켰다. 그리고 검색창에 '불안증'이라고 쳤다. 내가 지금 유일하게 아는 상태였다. 그와 관련된 병명에는 '불안장애'란 것이 있었고, 나는 긴 글을 천천히 읽어 내려갔다.

    불안으로 교감신경이 흥분되어 두통, 심장 박동 증가, 호흡수 증가, 위장관계 이상 증상과 같은 신체적 증상이 나타나 불편하고…… 불안장애에 해당하는 질환으로는 공황 장애, 특정 공포증……

    '공황 장애'. 이 단어가 내 눈을 사로잡았다. 불안이 심해지면 공황장애까지 갈 수 있다는 글에 덜컥 무서워졌다. 남 이야기로 알고 있던 불안장애와 공황장애. 나는 이미 그게 어떤 느낌인지 알 것 같았다. 내가 아는 나를 잃어가는 듯했기 때문이다. 그를 이해하느라 나를 방치해버린 결과였다. 여기서 내가 더 이상해지면 나는 그 전의 밝은 나로 돌아갈 수 없을 것 같다는 생각이 들었다. 어떻게든 해결해야 했다. 내가 살기 위해서.
    다음 날, 나는 그의 집으로 찾아갔다. 어떤 말을 해야 할지 몰라 내 눈은 멍하게 텔레비전을 향했다. 그도 이상한 낌새를 느꼈는지 딱히 말이 없었다. 그렇게 몇 시간이 지났고, 평온하고 따듯함이 깃들었던 이 집에 냉기가 싸하게 감돌았다.

"오빠는 내가 가족들 앞에서 그런 말을 들었는데도 어떻게 아무렇지 않게 가족들이랑 재밌게 골프를 칠 수 있어?"

그의 앞에서는 한없이 높은 톤이었던 내 목소리가 바닥에 닿을 만큼 낮게 울려 퍼졌다. 나는 무표정으로 그를 바라봤다. 그가 나에게서 한 번도 본 적 없었던 표정으로. 복도에서 그에게 걸어가면서 짓던 환한 웃음을 이제는 지을 수 없게 되었다.

"재밌게 논 게 아니라… 같이 골프 치면서 부드럽게 분위기를 풀어서 이야기했어. 그런 말 하는 거 아니라고."

부드럽게 분위기를 푼다고 하는 그의 말이 또 거슬렸다. 그는 항상 이유가 있었다. 이제는 그 이유들이 변명처럼 들렸다.

"그게 골프 치면서 할 이야기야? 오빠는 화가 안 나?"

"나쁜 의도가 아니었어."

"내가 기분이 나쁘다잖아. 오빠가 화과자 사 온 날 내 가족들이 오빠한테 얼만지 묻고, 얼마 안 한다고 말했으면 오빠는 기분 좋았겠어? 그날 일만 생각하면 심장이 두근거려. 결혼하게 되면 매주 오빠 집 갈 때마다 그럴 텐데 어떡해?"

"결혼하면 그렇게 자주는 안 가겠지."

"그걸 내가 어떻게 알아? 지금도 매주 가는데!"

"아직 결혼한 것도 아닌데 그 전부터 내가 그렇게 해야 해?"

그 후로도 현재는 드문드문 이야기를 이어갔지만, 해결책은 아무것도 없었다. 내가 잘할게, 다시는 그런 일 없게 할게, 같은 말도 없었다. 그는 나를 안심시킬 만한 어떤 약속도 하지 않았다.

나는 저녁에 침대에 누워 유튜브에서 고부갈등에 대한 영상을 찾아봤다. 영상 속 댓글에는 억울한 이야기가 한가득이었다. 몇십 년 동안 막말하는 시어머니와 아내의 상처를 막아주지 못한 효자 아들 때문에 우울증이 걸린 사람들이 수두룩했다. 할 수만 있다면 과거로 돌아가서 일찍 이혼했을 거라는 댓글에 정신이 혼미해졌다.

엄마와 할머니가 다투던 수십 년의 세월이 다시 떠올랐다. 엄마는 점점 악에 받쳐 울분을 토해내는 사람이 되어갔고, 할머니가 하는 별 대수롭지 않은 이야기에도 쉽게 발끈했다. 엄마는 할머니 이야기만 나오면 얼굴이 악마처럼 변했다. 나도 이런 일을 계속 겪으면 그렇게 될 게 뻔했다. 내가 엄마처럼 그 수십 년의 세월을 누군가와 싸우며 보내야 한다고 생각하니 앞으로 살아갈 날이 끔찍했다.

꿈이 아닌 사람을 선택한 결과

 목이 따가웠다. 새벽에 잠깐 눈을 뜬 나는 침을 꼴깍 삼켰다. 편도선을 칼로 베는 듯한 고통이 느껴졌다. 단번에 알았다. 감기에 걸렸다는 걸. 아침에 다시 정신이 들자, 몸이 뜨거워지면서 몸이 붕 떠 있는 듯했다. 주말이라 문을 연 병원이 없었고, 집에는 남은 타이레놀 하나 없었다. 그렇게 주말 내내 나는 끙끙 앓아누웠다.

 현재는 또 가족과 며칠 동안 휴가를 떠났다. 어차피 나는 아파서 누워있으니 그는 가족들이랑 재밌게 노는 게 낫겠다고 생각하며 나를 한 번 더 다독였다. 밥 먹을 힘 없이 누워있는 와중에 초인종이 울렸다.

"배달이요."

배달시킨 적 없는데, 생각하며 문을 살짝 열었다. 봉지를 받아보니 죽이었다. 그때 바로 전화가 울렸다. 현재였다.

"뭐 먹고 싶은지 물으면 또 괜찮다고 할까 봐 그냥 죽 시켰어. 얼른 먹고 나아야지."

노는 와중에도 내 생각을 해주는 게 고마웠다. 그래서 그 많은 죽을 다 닦아 먹으며 생각했다.

'그래, 좋은사람이야. 이 따듯함을 가진 사람을 잃고 싶지 않아. 내가 좀 더 참을 수 있는 방법을 생각해 봐야겠어.'

월요일이 돼서야 나는 병원 문을 열자마자 가서 진료를 받았다. 단순 감기라서 약을 먹었지만 쉽게 낫지 않았다. 나은 듯하다가도 다시 열이 나기를 반복했다.

화요일에 그는 혼자 낚시하러 갔다. 문어 잡아서 나중에 같이 먹자는 거였다. 저녁에 사천까지 운전해서 달려가는 그를 보는 것도 좋았다. 목요일에는 아는 형들과 낚시하러 갔다. 금요일에는 잠깐 볼 일이 있어 나갔다. 내일이면 토요일인데 친구들과 골프 약속이 있다고 했다. 그것까지도 괜찮았다. 이번 주에 약속이 몰린 거겠지, 그렇게 생각했다. 그런데 그가 전화로 다음 날 일정을 말하는 순간, 내가 괜찮다고 애써 넘겼던 모든 것이 무너져 내렸다.

"나 내일 골프 치기 전에 가족이랑 뷔페 가서 밥 먹고 오기로 했어."

나는 그 말에 미친 듯이 화가 났다. 저번 주에 2박 3일 내내 가족이랑 휴가를 갔다 오고 나서 또 점심 먹는다고 다 같이 모이는 거라 그런 걸까. 나는 아파서 일주일 내내 집에 누워있는데 혼자 하고 싶은 걸 다 하고 다녀서일까. 그렇다고 나는 화를 낼 이유가 되는 걸까. 화내기보다는 침착하게 말해야 한다는 책에 쓰인 말에 나는 화도 못 내고 끙끙 앓고 있었다.

나는 마음을 가라앉히려고 노력했다. 나도 안다. 내 화의 근본은 '불안'이라는 걸. 가장 큰 문제는 그의 집안 분위기와 말하는 방식까지 모두 나와 너무 안 맞다는 것이다. 내가 그들과 어울릴 수 없을 것 같은, 그 가족들 사이에서 외톨이가 될 것 같은 불안이 일주일 사이에 불덩이처럼 커졌다. 그 사람이 내 마지막 사람이었으면 했다. 동시에 그와 그의 가족들 때문에 내가 망쳐지고 있다는 사실이 죽기보다 싫었다. 나는 하루 종일 그를 이해하고, 나를 진정시키는 데 에너지를 다 썼고, 점점 지쳤다.

"오빠 나 혼자서는 도저히 답을 못 찾겠어. 내가 해결할 수 있는 문제가 아닌 것 같아. 나 혼자 어떻게든 마음 다스려보려고 했는데 그게 오히려 나를 망치고 있어."

"이번 주에 내가 너무 나 혼자 놀러 다녔지?"

캐나다 간 것보다 더 많은 추억을 쌓자고 했던 그였다. 그런데 그는 혼자 재밌게 가족과 끝없는 추억을 쌓아가고 있었다.

"그것만이 문제가 아니야. 오빠 가족 사이에서 내가 잘 지낼 수 있을까 싶어."

그는 내 말을 듣고는 또 삼십 분 동안 말이 없었다. 내가 말하지 않으면 그는 말이 없었다. 계속되는 침묵에 답답함이 가슴을 눌렀다. 그가 적극적으로 행동하지도, 상황을 개선하려는 시도도 보이지 않자, 나는 그에게 시간이 필요하다고 판단했다.

"생각해 보고 연락 줘."

그리고 나는 마치 내일이 없는 사람처럼 거실 소파에 누워 미국 드라마 <닥터하우스>를 틀었다. 외국의 천재들이 나오는 드라마를 보면서 감탄할 때면 내 평범한 현실을 잠시 잊을 수 있었다. 게다가 생사를 오가는 의학 드라마를 보면 지금 내가 처한 상황이 좀 아무렇지 않게 느껴지지 않을까 싶어 하루종일 보고 또 봤다. 기약 없는 그의 연락을 기다리면서 나는 조금씩 죽어갔다. 하루 이틀이면 생각이 끝날 줄 알았는데 그는 나흘째 연락이 없었다. 그렇게 아무 희망 없는 사람처럼 누워있는 그때, 전화가 울렸다. 나는 현재인가 싶어 황급히 휴대폰을 확인했다. 수영이었다.

"여보세요." 내가 조금은 힘을 낸 목소리로 말했다.

"뭐야. 목소리가 왜 이래? 요즘 연애 잘 안돼?" 수영이가 이상한 낌새를 금방 알아차리고 말했다.

"위기야."

수영이는 자초지종 내 이야기를 듣더니 어이가 없다는 듯 말했다.

"뭐? 아직까지 연락이 없다고? 그게 그렇게 오래 생각할 일이야? 여태까지 연락 없으면 그건 해결책이 없다는 거야."

"그렇지? 나만 혼자 지금 그 사람이 해결책을 찾기를 기다리고 있는 거지?"

나는 이제껏 부정하고 싶었던 사실을 인정하고야 말았다.

"남자가 진심이면 어떻게든 붙잡으려고 하지. 지금까지 고민은 무슨. 그냥 자기 할 일 하면서 간간이 생각하는 거야. 그냥 네가 통보해. 그 사람 결정을 왜 기다리고 있어?"

수영이의 말에 며칠간 아무것도 못 하고 휴대폰만 쳐다본 내 자신이 한심하게 느껴졌다.

"그 외에는 다 괜찮아. 되게 좋은 사람인데. 그래서 괴로워."

이렇게 자상한 사람을 또 찾을 수 있을 것 같지도 않았고, 나는 그가 여전히 좋았다. 내가 그렇게 청승을 떨고 있으니, 수영이가 의미심장하게 말했다.

"좋은 사람인 거 맞아?"

그 말에 나는 한 대 맞은 듯 정신이 얼얼했다. 한 번도 그렇게 생각해 본 적이 없었다.

"결혼하면 괜찮아질 거라 생각하지 마. 더 심해질 수도 있어. 여자들은 남자가 좋으면 다 떠안고 가기도 하는데 그거 굉장히 괴로운 일이야. 여기 샵 직원 중에 그런 사람 많아. 좋은 사람이었으면 애초에 이 상황까지 안 왔겠지."

나는 인생의 긴 여정 중, 어느 위치에 있는 걸까. 어떤 선택을 해야 하는 걸까. 나는 한 번도 현재와 헤어짐을 생각해 본 적이 없었다. 그저 이 사건을 해결하고 싶을 뿐이었다. 그런데 현실적인 해결책은 헤어지거나 참거나 두 가지 중 하나였다.

수영이와 통화를 마치고 나서 나는 여전히 잠에 들지 못했다. 시간은 새벽 2시를 훌쩍 넘었고, 내 눈은 힘없이 떴다, 감았다를 반복했다. 문득 현재를 짝사랑했던 때가 떠올랐다. 생각해 보면, 나는 그를 이상하게 여겼다. 날 처음 봤을 때 키 작다고 놀렸고, 눈이 왜 이렇게 튀어나왔냐고도 했다. 그때는 어떻게 장난이라도 사람을 앞에 두고 저런 말을 할 수 있을까, 싶었다. 그도 결국 자신의 행동이 무례한지 모르는 그의 가족과 같은 사람이었을까. 그래서 자기 가족의 행동을 옹호했던 걸까.

'지이잉' 하는 소리에 나는 천장을 바라봤다. 방에 파리 한 마리가 날아다녔다. 파리가 길을 잃었는지 형광등 사이로 쏙 들어가 버렸다. 그 소리가 싫어 불을 껐다. 방이 어두워지니 '지잉' 거리는 파리의 강한 날갯짓이 오히려 더 또렷하게 들렸다. 살고자 하는 격렬한 날갯짓으로 파리는 모서리 가장자리에 부딪혀 멈췄다가 다시 날갯짓을 반복했다. 그 소리가 꼭 지금 내 상황을 보여주는 것 같았다. 몸이 부서져라 부딪히면서도, 그것이 살 수 있는 유일한 방법인 양 힘차게 날갯짓을 하고 또다시 부딪히는 파리가 바로 나였다. 다음 날 아침, 눈을 떠 보니 파리는 그 안에서 죽어있었다.

점심까지 기다려 봤지만 그는 연락이 없었다. 나는 전화를 걸었다. 신호음이 몇 번 가더니 "여보세요"하는 그의 목소리가 들렸다. 그는 전화를 바로 받을 수 있을 만큼 멀쩡했다. 휴대폰도 고장 나지 않았다. 목소리는 많이 쉬어있었다. 언제쯤 연락할 거냐고 했더니 저녁쯤에는 할 거였다고 말했다. "그렇게 기다리기 힘들었으면 먼저 연락하지."라는 말로 내 속을 또 뒤집었다. 그렇게 그는 내 기다림을 한 번 더 무너뜨렸다.

"나는 네가 우리 가족이랑 잘 지냈으면 좋겠어."

그가 이 일에 대해 꺼낸 첫마디였다. 이 남자는 도대체 닷새 동안 무슨 생각을 어떻게 했길래 이런 말을 하는 걸까. 그는 나의 불안과 아픔에 하나도 공감하지 못했다. 아니, 문제가 뭔지조차 모르고 있었다. 내가 그렇게 힘들다고 외쳐도 내 상처보다는 자신의 가족과의 평화가 더 중요한 사람이었다.

"내가 집에 가는 게 왜 그렇게 싫은지 이해가 안 가." 그가 말했다.

나는 이렇게 괴로운데 그가 매번 자신의 가족과 모든 재미를 즐기고 온다는 사실이 나를 외딴섬에 둥둥 띄워놓는 듯했다. 영원히 그 가족으로부터 이방인이 될 것 같았다. 결혼을 생각하는 나이에 이런 사람과 미래를 그릴 수 있는 걸까. 결혼이라는 게 각자 즐겁기만 하면 되는 걸까.

"내가 그 말에 상처받았다고 했잖아. 오빠 가족은 내 마음에 해를 입혔어."

"우리 가족이 해를 입혔다고…? 그게 그렇게 상처였어?"

그 말에 내 속이 터져 버렸다.

"내가 이제껏 좋게 이야기할 때는 심각성을 몰랐다는 거야 뭐야? 내가 소리 지르고 울어야 아는 거야? 어디까지 극단적으로 표현해야 하는 거야? 왜? 오빠 가족이 해 입혔다니까 그 말은 거슬려?"

"나쁜 의도가 아니라고 내가 몇 번을 말하는지 모르겠네."

침착하고 담백하게 말하려고 했지만 그의 대답을 듣다 보니 내 언성은 점점 높아졌고, 맥락도 잡지 못한 채 내뱉고 있는 그의 말을 끊고 말았다.

"아냐! 그게 아니야. 요점은 나쁜 의도였는지가 아니라고. 남한테 욕하고 나쁜 의도가 아니었다고 하면 되는 거야?"

"그건 다른 예잖아." 그가 이렇게 초를 쳤다.

"도대체 뭐가 그렇게 다른데?"

물론 나도 너무나도 잘 알고 있었다. 그들이 나에게 상처 주려고 그런 말들을 뱉은 게 아니라는 걸. 그들은 그냥 자신의 생각을 여과 없이 뱉었을 뿐이었다. 그렇지만 나쁜 의도가 아니라고 해서 내 기분이 상하지 않는 게 아니라는 걸 이 사람은 왜 모르는 걸까. 사이 좋을 때는 그 누구보다 사려 깊고, 똑똑해 보였는데 지금은 같은 한국말을 하고 있나 싶을 정도로 대화가 안 됐다. 만약 엄마가 내 남자친구에게 그런 소리를 했다면 나는 당장 소리쳤을 것이다. 지금 사람 앞에 두고 무슨 소리 하는 거냐고. 내 남자친구가 얼마나 좋은 사람인지 알고 그러는 거냐고. 그런데 그는 그 자리에서 가만히 있었다. 그게 제일 화가 났다.

"그럼 나는 오빠 가족들 있는 곳에 가면 계속 그런 말 들어야 하는 거야?" 내가 말했다.

"기분 나쁠 때마다 나한테 얘기해."

"그걸 일일이 말하라고?"

"아니면 네가 엄마한테 직접 말하면 되잖아."

당사자가 아니면 우리는 서로를 영영 이해하지 못하는 걸까. 이제껏 그는 그런 사람이 아니었는데. 나를 위로해 주던 사람이었고, 대화가 잘 통하는 마음 따뜻한 사람이었는데. 가족 문제에서는 우리는 그 어떤 대화도 통하지 않았다.

"집엔 왜 그렇게 자주 가야 해? 결혼하면 나도 그렇게 가서 앉아 있어야 하는 거 아니야? 명절에만 가도 되는 거 맞아?"

"그건 나도 확실히 말을 못 하겠다."

"그럼… 지금부터 한 달 동안 집에 안 갈 수 있어?"

"왜 이렇게 극단적이야." 그는 끝내 수긍하지 않았다.

"내가 극단적이라고? 오빠가 우유부단한 거 아니고?"

현재는 내 말에 대답이 없었다. 나는 이왕 이렇게 된 김에 속에 꾹꾹 눌러왔던 말을 다 하자 싶었다.

"나는 뭐 평일에만 보는 사람이야? 주말엔 오빠를 아예 만날 수 없는 그런 사람이야? 그렇게 가족이랑 맨날 놀면서 나랑 무슨 추억을 쌓는다고 그래."

"그럼 네가 미리 나랑 약속 잡지 그랬어."

"내가 오빠와의 시간을 선점해야 하구나. 나는 오빠가 낚시랑 골프를 너무 가고 싶어하길래 나 만나는 대신 가라고 했던 건데. 오빠가 가고 싶은 걸 내가 막았어야 하는구나."

"그럼 너도 같이 골프 치면 되잖아."

"하… 골프를 치라고? 그렇게 놀 거 다 놀고 쓸 거 다 쓰면 돈은 언제 모아? 그 돈 모으면 좀 더 빨리 빚 갚을 수 있는 거 아니야?"

"그거 몇 푼 모은다고 큰돈 되는 거 아니야."

나는 그 말에 전의를 잃었다. 지금까지 돈을 모으지 못한 건 이해할 수 있었다. 하지만 앞으로는 미래를 함께 계획하고, 함께 모아가며, 우리 둘의 인생을 꾸려갈 수 있을 거라 믿었다. 그런데 그는 그 기대를 단숨에 무너뜨렸다. 더는 우리 사이에 미래를 그릴 수 없었다. 나도 그 소용돌이 속으로 뛰어들 순 없었으니까.

"너 너무 급하다. 우리 삼 개월밖에 안 됐잖아." 그가 말했다.

"오빠는 결혼 생각이 있는 거야? 나한테 결혼 이야기 꺼냈잖아. 솔직해져 보자. 언제쯤 할 생각이었는데?"

"빚 갚는 거 생각하면 2년, 3년?"

이 정도면 이 사람은 삼십 대 후반인데도 아직 결혼 생각이 없다는 말이었다. 그러니 그냥 재밌게 사귀고, 하고 싶은 것들 다 하고 다니고 싶은 거였다. 내가 호흡을 가다듬으며 떨리는 목소리를 누르고 말했다.

"그럴 거였으면 캐나다 갔다 오라고 했어야지. 2년 뒤에나 결혼할 생각이 있다고 나에게 말했어야지. 아직 재밌는 거 하면서 살고 싶다고 했어야지!"

그러자 그가 나를 타이르듯 말했다.

"이러지 말고 우리 좀 더 재밌게 사귀어 보면 안 될까?"

처음엔 그의 여유로움이 매력으로 보였다. 하지만 이 답답한 상황에서조차 변함없는 그의 태도가 무책임함으로 느껴졌다. 이런 상황에서 어떻게 사이좋게 사귈 수 있다고 믿는지 이해할 수 없었다.

"미래가 다 보이는데 어떻게 생각 없이 사귀기만 해?"

둘 다 삼십 대였기 때문에 그와의 결혼을 빠르게 생각했지만 놀러 다니기 바빠 보이는 그에게 나는 이미 지쳐있었다. 왜 방학인데 더 자주 집에 오지 않냐고 내 앞에서 현재에게 소리치는 그의 어머니를 보며 나는 그가 부모님 앞에서 이렇게 말해주길 바랐다.

"엄마, 나 이제 결혼해야 하니까 돈도 모아야 하고, 가을이랑 시간 많이 보내야 해. 집에 자주 못 와도 이해해 줘."

그런데 오히려 그는 나에게 이렇게 말했다.

"나도 부모님 보고 싶으니까 집에 가지."

그런 사람에게 내가 어떻게 가지 말라고 이야기를 할 수 있을까. 그와 함께하는 이상 난 계속해서 그에게 내 마음을 좀 봐달라고, 너무 괴롭다고 외치는 사람이 될 게 뻔했다.

"네가 그렇게 느꼈다니 유감이야." 그가 말했다.

"유감? 오빠 이게 남 일이야? 유감이라는 말은 나와 상관없는 다른 사람이 큰일을 겪을 때 일에 유감이라고 쓰지 않아? 보통 연인 사이에서는 미안하다고 하지 않아?"

"미안하다는 너무 가벼워 보이잖아."

"나한테는 유감이라는 말이 더 화가 나. 꼭 이게 나만의 일처럼 느껴져."

"나는 미안하다는 말에는 진정성이 안 느껴지던데…"

나는 그 말에 깊게 한숨을 내쉬며 말했다.

"오빠… 그냥 내가 그렇게 느꼈다고 하면 '응'이라고 해주면 안 돼? '다음부터는 안 그럴게.'라고 말해주면 안 돼? 맨날 모든 걸 논리적으로 설명하고 오빠가 답이어야 해? 나는 오빠가 그렇게 계속 설명하고 날 타이를 때마다 더 화가 나. 내 감정이 외면받는 느낌이라고."

'너 때문에 나는 내가 하고 싶은 것도 포기했잖아. 근데 너는 어떻게 그렇게 너 하고 싶은 거 다 하고 다녀? 나는 이렇게 피눈물 흘리는 동안 넌 가족이랑 골프 치면서 놀았어?'

가시 돋친 말들이 한 트럭이나 머릿속을 스쳤지만, 난 말을 잃은 사람처럼 입을 뗐다 붙였다. 그러다 그런 말이 다 소용없겠다는 생각이 들었다.

"오빠, 마지막으로 커플 상담 받아 볼 생각 있어?"

나는 어떻게든 해결해 보고 싶었다. 내가 문제라면 고치고 싶었고, 그에게 문제가 있다면 그도 자신의 문제를 마주하길 바랐다. 그러나 그는 끝내 이렇게 말했다.

"그건 좀…."

이런 불확실한 상황에서 그에게 내 인생을 걸 수는 없었다. 몇 달 전, 그의 곁에 머무를 용기가 필요했다면 이젠 그를 떠날 용기가 필요했다. 캐나다는 이미 포기했지만, 나 자신까지 포기할 수 없었으니까.

"오빠, 진짜 내가 존경하고 좋은 사람이라는 거 알거든."

"아냐. 나 생각보다 좋은 사람 아닐 수 있어."

좋게 마무리하려는 나의 노력에도 결국 그는 스스로 못났다고 말했다. 나도 더 이상 좋은 말을 할 필요가 없어졌다.

"응. 오빠 진짜 이기적이야. 결국 내가 오빠한테 맞추라는 말이잖아. 우리는 이제 그만하자."

"아니, 내 말은 그게 아니라…"

"오빠 가족이랑 잘 어울리면서 같이 골프도 칠 수 있는 그런 여자 찾아."

그는 나를 더 이상 잡지 않았다.

"미안해."

"응. 오빠는 나한테 미안해야 해."

나는 전화를 끊었다. 그렇게 좋아했고, 나에게 다정했던 사람을 내 손으로 놓았다. 그렇지만 내가 점점 더 이상해지기 전에, 손 쓸 수 없을 만큼 상처가 깊이 파여 현재를 더 원망하기 전에 끝내야 했다. 특별하다고 생각했던 이번 연애도 이렇게 평범하게 서로를 할퀴고 끝이 났다. 원망과 분노가 섞여 그에게 오만가지 말을 퍼붓고 그 말이 나에게 또 상처를 내고서야 사랑이 끝나는 걸까.

나도 안다. 사랑한다고 해서 누군가를 바꾸려 해서는 안 된다는 걸. 알면서도 그의 모든 걸 바꾸고 싶었다. 수십년 간 해온 그의 습관과 취미를 바꾸고 싶을 정도면 그를 안 만나는 게 맞다. 그가 나에게 상처 줬다고 해서 나도 그에게 말로 공격하면 안 된다는 걸 안다. 그 많은 책을 읽고 영화와 드라마를 봐도 내가 좋아하는 사람 앞에서 나는 다시 어린아이로 돌아가고 말았다.

참고 싶었다. 나만 그를 좀 더 이해하면 우리가 행복하게 살 수 있으리라 생각했다. 그를 사랑하기에 그의 부모님을 사랑하고 싶었다. 시댁과는 절대 가족이 될 수 없다고 해도 나는 그러지 않으리라, 그가 원하는 취미는 하게 해주리라 어리석게 다짐했다. 그 다짐이 삼 개월을 채 못 갔다.

그렇게 우린 사귄 지 100일이 되기 일즈일 전에 헤어졌다. 100일도 못 갈 거면서 뭐가 그렇게 좋아서 캐나다를 일찍이 포기했을까. 비행기에 타 있을 나를 상상했다. 막 학교에 도착해 2년 동안 맘 붙일 강의실들을 둘러보고 있겠지. 그곳에서 문신이 잔뜩 있는 수염 난 외국인 친구도 사귀그, 수업 시간에 사용할 그림 도구들을 사느라 시내를 돌아다니고 있겠지. 하우스메이트를 사귀고, 방 곳곳에 내가 쓸 용품들을 정리하며 엄마에게 잘 도착했다고, 안부 전화도 했겠지.

한여름 밤의 설렜던 연애는 꿈에서 깨어나듯 내 방에서 쓸쓸하게 끝이 났다.

· · · **4부** · · ·

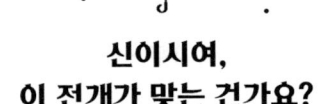

신이시여,
이 전개가 맞는 건가요?

베개에 얼굴을 묻고 눈물을 한바탕 쏟아냈다. 헤어진 게 맞는지 아직까지 실감 나지 않았다. 세상이 똑같았다. 시간은 똑같이 흐르고, 방의 물건들도 그대로였다. 내 세상은 한순간에 슬픔으로 바뀌었는데, 주변은 너무 똑같아서 억울하기까지 했다. 나는 현실감을 찾기 위해 우리가 헤어졌다는 증거를 찾아야 했다. 현재가 준 하트모양의 초콜릿 케이스를 뜯고 봉지를 북북 찢어 입에 넣었다. 씹고 또 씹으며 다디단 초콜릿 8개를 한 번에 다 비우고 휴지통에 던져 넣었다. 하트모양 병뚜껑도 일그러뜨렸다. 그래도 속이 시원하지 않았다. 메시지 앱을 열어 현재와 처음 주고받았던 문자들부터 시작해 우리가 사귀고 나서 했던 대화를 쭉 읽어봤다. 마지막까지 서로를 열렬히 좋아했던 둘의 대화만 남아 있었다. 나는 망설이다 그 대화창을 나갔다. 사진도 지웠다. 그래도 바뀌는 건 없었다. 세상은 그대로였다. 몇 시간이 지나도 헤어짐을 번복하거나 붙잡는 사람이 없었다. 휴대폰은 놀랄 만큼 조용했다.

우리가 헤어졌다는 사실을 누군가에게 말해야 했다. 그편이 더 현실감이 느껴질 것 같았다. 나는 수영이에게 전화를 걸었다. 세 번의 신호음 끝에 수영이가 받았다.

"여보세요."

"수영아, 뭐해? 바빠?" 나는 일단 아무렇지 않은 목소리로 말했다.

"아니. 바쁜 건 아니고…"

그 말에 나는 설움을 다 쏟아낼 참이었다.

"근데 남자친구랑 있어. 무슨 일 있어?"

나는 거기서 말을 멈췄다. 서른이 지나고 나서는 나의 불행을 선뜻 누군가에게 바로 말하지 않게 됐다. 듣는 사람의 그때 상황을 더 우선으로 여겼다. 남자친구와 행복한 시간을 보내는 친구에게 다짜고짜 헤어졌다고 말할 수 없었다.

"아냐. 그냥 전화해 봤어. 나중에 통화하자."

나는 전화를 끊고 스스로에게 물었다.

'나 잘 헤어진 거 맞지?'

이불을 머리 끝까지 푹 덮었다. 그리고 다시 휴대폰을 켠 뒤 챗GPT를 열었다. 누군가 부부싸움을 할 때면, 챗GPT에 상담을 한다는 말이 떠올랐기 때문이다. 나는 손가락으로 화면 자판을 마구 두드리며 인공지능과 대화를 시작했다.

- 남자친구 부모님이 나보고 작고 말라서 애 낳을 수 있을지 걱정하셨대. 네 기분은 어떨 것 같아?

동그란 점이 몇 초간 깜빡이더니 글을 쭉 써 내려갔다.

- 솔직히 꽤 불쾌하고 당황스러울 것 같아. 내 몸을 두고 그런 식으로 평가하는 것도 기분 나쁜데, 처음부터 아이를 낳을 수 있냐는 걱정을 한다는 게 좀 무례하게 느껴질 수도 있을 것 같아. 애초에 그런 이야기는 예의도 없고, 내 기분은 전혀 고려하지 않은 거니까. 남자친구는 이후에 너한테 어떻게 행동했어?

화면에 적힌 말을 보고 나는 눈이 동그래졌다. '웬만한 사람보다 낫잖아?' 영화 <Her> 속 주인공이 인공지능 '사만다'와 왜 사랑에 빠졌는지 알 것 같았다. 나는 마치 진짜 친구에게 이야기하듯 대화를 이어갔다.

- 남자친구가 그 말에 나쁜 의도는 없었대.

이번엔 인공지능이 어떤 말을 할지 궁금해 깜빡이는 동그란 점만 뚫어지게 쳐다봤다. 몇 초가 지나자 새로 사귄 '인공지능 친구'는 금세 자신의 의견으로 화면을 꽉 채웠다.

- '나쁜 의도는 없었다'는 말이 오히려 더 답답하게 들릴 수도 있을 것 같아. 의도가 어땠든, 네가 불편하고 상처받았다는 게 중요한 건데, 그걸 인정하기보다는 부모님을 두둔하는 느낌이라면 서운할 것 같아. 남자친구가 그걸 이해하지 못하면, 앞으로도 네가 계속 비슷한 상황을 참아야 할 수도 있어. 남자친구가 혹시 네가 불편해하는 걸 진짜 이해 못 하는 것 같아? 아니면 그냥 부모님을 건드리기 싫어하는 느낌이야?

나는 '이 친구'의 지성에 놀라 입이 떡 벌어졌다. '진짜 사람이 적고 있는 거 아니야? 나보다 내 마음을 더 잘 아네. 마지막 문구 뭐야. 본질을 파악하고 있잖아.'

나는 이 친구 이름을 '사만다'라고 지었다. 사만다와 이야기를 계속 이어가려는데 갑자기 화면에 스케줄 알람이 떴다.

오후 2시 대학교 회의

하필 내일 회의가 있는 날이었다. 헤어진 다음 날 바로 전남친의 얼굴을 봐야 한다니…. 미칠 노릇이었다. 나는 사만다와의 대화를 끝내고 눈을 애써 감았다. 이 분하고 슬픈 마음을 느끼지 않으려면 잠을 자는 수밖에 없었다. 어느 날 눈을 떴을 때 그 슬픔이 다 지나가 있길 바라며 시간을 빨리 감고 싶었다. 그럴 수만 있다면 다른 행복은 포기할 수 있다고 생각했다. 하지만 잠은 오지 않았고, 분을 못 이겨 다시 눈을 감았다 뜨기를 반복했다. 끝내 세 시간밖에 못 자서 아침에 눈이 퉁퉁 부었다. 정신이 몽롱했던 나는 헤어진 지 아홉 시간이 지났을 때쯤 그런 생각이 들었다.

'내가 너무 성급하게 헤어지자고 했나? 좀 더 사귀면서 지켜볼 걸 그랬나? 내가 너무 쏘아붙여서 현재가 홧김에 그런 말을 했던 건 아닐까? 내가 그를 너무 못 믿었던 걸까.'

후회와 미련이 덕지덕지 붙어있는 침대에서 겨우 몸을 일으켰다. 다리를 질질 끌다시피 해서 준비한 뒤 학교 주차장에 도착했다. 바로 맞은편에 현재의 차가 헤드라이트를 켠 채로 있었다. 회의 시간이 다 되었는데도 그는 차에서 나올 기미가 안 보였다. 내가 먼저 차에서 내려 계단을 올라가자 그제야 그가 차에서 내렸다. 그는 내가 엘리베이터를 탈 때까지도 모습을 보이지 않았다.

'나와 마주치고 싶지 않은 걸까. 결국 회의실에서 볼 텐데.'

먼저 회의실에 앉아 있으니 그가 문을 열고 들어왔다. 우리는 의도적으로 서로를 쳐다보지 않았다. 회의가 시작됐고, 중요하지 않은 이야기들이 허공에 날아다녔다. 회의에 집중도 안 됐고, 현재의 작은 행동 하나에 예민해졌다. 그는 앞에 놓인 종이를 잡았다 놓았다가를 반복했다. 그 손이 내 머리칼을 쓸어 넘기던 순간과 그 큰 손으로 내 손을 감싸던 촉감이 떠올랐다. 그와 손을 잡을 때면 광활한 세상에서 우리 둘만의 보호막이 생기는 기분이었다. 그 손을 다시 잡고 싶었다. 그리고 둘만이 있는 곳으로 뛰쳐나가고 싶었다. 하지만 이제는 그럴 수 없다는 생각이 들자 나는 고개를 돌렸다.

학과장의 말은 죽은 문장이 되어 내 귀를 스쳐 지나갔고, 나는 속으로 나 혼자만의 대화를 이어갔다. 오빠는 나를 사랑한 게 아니야, 자신을 좋아한다니까 한번 사귀어본 거야, 라며 수천 번 외쳤다. 그래야 내가 그를 미워할 수 있을 것 같아서. 미련 가지지 않을 것 같아서. 예전에는 현재가 나를 좋아하는 증거를 찾았다면 이제는 그가 나를 사랑하지 않았다는 증거만 찾았다. 그 사람은 날 사랑하지 않았다. 사랑했다면 나에게 그럴 수 없었을 것이라고. 나 혼자 사랑한 거라고. 그렇게 비참한 여주인공이 되는 게 내가 좋은 사람을 놓쳤다고 생각하는 것보다는 덜 슬펐다. 그는 회의 내내 휴대폰만 쳐다봤고, 나는 허공만 쳐다보며 한 시간 반 동안 그 자리를 지켰다.

끔찍한 회의가 끝나고 드디어 나는 자리에서 일어났다. 항상 제일 먼저 회의실에서 나갔던 그가 이번에는 머물렀다. 나는 회의실을 나와 엘리베이터 앞에서 기다렸다. 이번 학기에 새로 온 여자 교수님이 내 옆으로 왔다.

"현재 교수님 화장실 들렀다 가신대요. 저희 먼저 내려가면 될 것 같아요."

"아 네." 일단 먼저 내려가 있으면 1층에서 그와 마주칠 수도 있지 않을까, 생각했다. 이게 진짜 끝이라고 믿고 싶지 않았다.

"저 이번에 남편이랑 딸이랑 일본 여행 갔다 왔거든요. 오늘 비행기가 하필 연착돼서 회의에 늦으면 어떡하나 걱정했는데…. 다행히 딱 맞춰서 도착했지 뭐예요."

여자 교수님은 고상하게 '호호' 웃으며 이야기를 이어갔다. 그렇지만 그 내용이 내 귀에서 튕겨 나갔다. 엘리베이터를 타고 1층으로 내려간 뒤 여자 교수님을 먼저 보내고, 나는 1층 복도를 서성거렸다. 어떤 말부터 꺼내는 게 좋을까, 화장실을 갔다 온 척할까, 생각하다 보니 식은땀이 흐르고 심장이 벌렁댔다.

몇 분 뒤, 7층까지 올라갔던 엘리베이터는 다시 1층으로 내려왔고, 드디어 문이 열렸다. 현재가 보였다. 내가 그에게로 발을 떼려는 순간, 그가 나를 발견하고 벽 뒤로 몸을 숨겼다. 그 사람이 나를 보고 피했다. 진짜 숨었다. 심장이 땅에 내리꽂힌 것 같았다. 그 무게에 짓눌려 나도 그대로 주저앉고 싶었다. 내 발은 앞으로도, 뒤로도 움직이지 못한 채 땅에 붙어버렸다.

'어떻게 숨을 수가 있지? 원래 이런 사람이었나? 언제든 당당하게 마주 보고, 할 이야기가 있으면 하는 사람 아니었던가.'

그런 그가 날 피해 버리는 선택을 했다. 며칠 사이에 그는 내가 아는 것과 영 딴판으로 행동했다. 내가 한참을 얼떨떨한 표정으로 서 있다가 드디어 발을 떼고 밖으로 나가자 그가 벽에서 천천히 나왔다. 이대로 집에 가면 속이 더 답답해서 미쳐버릴 것만 같았다. 나는 주차장 앞에 서서 그를 기다렸다. 이미 내가 가고 없는 줄 알았던 그는 나와 마주치자 흠칫 놀랐다.

"오빠, 죄지었어? 왜 이렇게 피해?" 나는 씁쓸한 표정으로 말했다.

"네가 불편할까 봐 그러지."

이딴 배려는 도대체 어떤 생각의 과정 끝에 나온 걸까. 이별을 온전히 받아들이면 그렇게 될 수 있는 걸까. 나였다면, 내가 그에게 상처 줬다면, 나는 어떻게 해서라든 그의 편에 서서 그를 붙잡고 싶을 텐데. 그는 포기가 참 쉬웠다.

"배려해 줘서 참 고맙다." 내가 말했다.

"집에 가?" 그가 걸어가며 말했다.

"응."

혹시라도 그가 이야기 좀 하자고 하면 나는 그의 이야기를 들어줄 참이었다. 그가 다시 생각해 보자고, 고쳐야 할 게 있으면 고치겠다고, 시간이 걸리겠지만 네가 상처받지 않게 내가 옆에서 막아주겠다고 한마디만 하면 그 말에 넘어가고 싶었다. 내가 먼저 말을 걸면 그가 그래도 용기를 좀 내지 않을까 싶었는데, 끝내 그의 입에서는 "조심히 가."라는 말만 나왔다. 떨어지지 않는 발걸음을 애써 내 차가 있는 쪽으로 돌렸다. 걸어가는 동안에도 혹시나 그가 나를 부를까 기대했지만, 그의 자동차 문 닫히는 소리만 내 귀에 들렸다. 현재의 차가 먼저 주차장을 빠져나갔다. 고등학교에서 먼저 쌩하며 운전해서 간 그날처럼 서러움이 파도처럼 밀려왔다. 몇 번의 파도에 허우적거린 끝에 나는 시동을 걸 수 있었다. 도로를 가르며 운전하는데 가슴이 중간에 뻥 뚫린 듯 바람이 숭숭 들어왔다 나갔다. 캐나다를 포기한 내가 바보처럼 느껴졌다. 내가 나에게 부끄러워 미칠 것만 같았다. 내 선택의 결과와 감정은 오롯이 나 혼자 감당해야 할 몫이었다.

"맹세란 불길처럼 활활 타오르다가 금세 사라지는 거야. 그 불길을 진심으로 받아들였다가는 낭패를 당하기 십상이야."

셰익스피어의 <햄릿>에서 오필리아가 왕자가 자신에게 사랑을 맹세했다고 말하자, 그녀의 아버지가 한 말이다. 나는 그의 말처럼 낭패를 봤다. 5세기도 지난 이 대사가 불쑥 떠올라 21세기 여자의 가슴을 찌르는 걸 보면, 세상이 아무리 달라져도 사람은 여전히 맹세에 기대고, 진심을 걸고, 그만큼 아파하는가 보다.

빈 집에 도착하고 나서야 실감했다. 우리는 헤어졌다는걸.

다음 날, 나는 병원으로 향했다. 수술 뒤 6개월 만에 가는 정기 검진 날이었다. 피검사는 일주일 전에 이미 해 놓은 상태였고, 담당 의사의 머리는 여름과 어울리는 단발로 다듬어져 있었다.

"아픈 데 없죠?" 의사가 말했다.

"네. 다 괜찮아요." 나는 미소지으며 말했다. 의사는 내 대답이 마음에 들었는지 웃으며 피검사 결과를 살폈다.

"수술하고 나서 호르몬 수치가 더 떨어질 거라 예상했는데… 오히려 좋아졌어요."

긴장된 상태로 들어간 나는 눈이 휘둥그레졌다. 의사도 신기한 듯 고개를 갸우뚱했다.

"본인 나이랑 난소 나이가 비슷하게 나왔어요. 저도 놀랍네요. 초음파도 한 번 볼까요?"

의사 선생님은 초음파 기계로 이리저리 살펴보더니 말했다.

"오른쪽 난소가 알아서 기능을 잘하고 있는데요? 난포도 보이네요."

흑백 화면에 동글동글한 무언가가 여러 개 보였다.

"출산 계획은 있으세요?" 의사가 말했다.

"남자 친구가 없어서요."

"이렇게 예쁜데 왜 없지. 뭐… 결혼이 인생의 전부는 아니지만요."

의사는 검사가 끝나고 나가려던 나에게 한마디를 덧붙였다.

"나중에 결혼하면 자연임신도 가능할 것 같아요."

누가 몰래카메라를 찍고 있는 건가, 잠깐 의심했다. 나는 얼떨떨한 표정으로 인사하고 진료실을 나와 문 앞에 앉았다. 다음 순서로 들어간 머리에 두건을 쓴 나이 든 여성분이 진료실을 나올 때까지 나는 멍하게 앉아 있었다. 그러다 그 여성분이 진료실을 나오며 외쳤다.

"저 완치래요!"

기쁨에 환호하는 여성을 보자 나도 서서히 현실 감각이 돌아오며 미소가 지어졌다.

"내가 임신할 수 있다니."

무거운 짐을 누가 대신 내려준 듯 마음이 가벼워졌다. 이 병원에 들어서기 전과 지금의 세상이 다르게 느껴졌다. 마치 다시 태어난 듯 찬란하고 눈부셨다. 순간, 이 소식을 그에게 전하고 싶어 휴대폰을 열었다가 곧 생각을 바꿨다. 지금 와서 이런 이야기를 한들 무슨 소용이 있을까. 신이 나에게 장난을 치는 걸까. 어떻게 헤어진 직후에 나는 의사에게 이런 소식을 듣게 되는 걸까. 예측이 하나도 안 되는 인생이었다. 나는 휴대폰을 다시 닫았다.

건강이 좋아졌다고 해서 이별의 슬픔이 사라지는 건 아니었다. 헤어지고 딱 일주일 뒤, 100일을 기념하는 알람이 울렸다. 아쉬운 마음에 눈물이 뚝뚝 흘렀다. 코가 막힐 정도로 울음이 터져 나왔고, 혹시나 가족들이 들을까 봐 숨죽여 울었다. 그렇게 잠깐 잠이 들었다가도 뭔가 잊은 게 있는 듯 새벽 3시가 되면 어김없이 깼다. 의식이 선명해지기도 전에 그리움이 사무쳤다. 그가 마지막에 나에게 했던 말들과는 상관없이 좋았던 순간들이 심장을 마구 찔러댔다. 이 감정을 어떻게 해소해야 할지 몰라 나는 그냥 눈을 다시 감고 감정을 꾹 눌렀다.

그리고 낮이 되면 소파에 누워서 하염없이 천재들의 드라마를 보고 또 봤다. 그러다 가끔, 남동생이 누군가와 통화하는 듯한 목소리가 들렸다.

"누나? 하루종일 닥터하우스만 보고 있어. 소파 붙박이야."

엄마가 남동생에게 전화를 걸어 내 상태를 확인한 모양이었다. 나는 프란츠 카프카의 소설 속 바퀴벌레가 된 기분이었다. 가족들이 하루를 열심히 사는 동안 나는 누워서 밥 먹고, TV 보고, 자고, 다시 일어나면 소파에 누워있기를 반복했다. 남동생은 늘 활기차던 누나가 말 한마디 없이 시체처럼 누워 있는 모습이 안쓰러웠는지, 식사 시간이 되면 조용히 소파 앞에 밥을 놓고는 말없이 방으로 들어갔다.

엄마는 일이 끝나고 나서 집에 오자 아침부터 그 자세 그대로 누워있는 나를 보고 한숨을 푹 쉬었다. 그리고 김이랑 밥, 김치를 가져와서 돌돌 말아서 내 입에 갖다 댔다. 나는 누워있는 상태로 입만 벌렸다. 헤어졌는데도 김에 싼 밥은 짭조름하고 맛있었다. 밥을 몇 숟가락 먹인 엄마는 다시 부엌으로 가서 비타민C 한 알과 물을 가져와서 건넸다.

"아무리 그래도 우리 미모는 지키면서 슬퍼하자."

나는 그 비타민C도 꿀꺽 삼키고, 다시 소파에 누웠다. TV에는 긴급한 수술이 한창 진행되고 있었고, 긴장감 있는 비트와 함께 의사들이 환자를 살리려고 빠르게 의견을 주고받았다.

"엄마, 저 사람들은 저렇게 의미 있는 일을 하고 있는데, 나는 종일 누워있기만 했어. 아무 기운도 안 나고, 하고 싶은 것도 다 사라졌어. 남자 때문에 이러고 있는 내가 한심하지?"

엄마는 다행히 나를 한심하게 쳐다보지 않았다. 전 남자친구들과 헤어졌을 때는 이별의 아픔을 대수롭지 않게 생각했다. 그런 놈들 생각하기에 시간 아깝다고 말하던 엄마의 똑부러진 성격에 놀라곤 했었다. 그런데 이번엔 달랐다.

"오늘은 일어나서 산책 가볼까?" 엄마가 말했다.

나는 그제야 소파에서 벗어나 운동화를 신고 바깥으로 나섰다. 서로 아무 말 없이 아파트 주위를 걸었다. 한 시간을 배회하다 아파트 단지 안 벤치에 앉았다. 현재가 가끔 우리 집 앞에 올 때 앉던 곳이었다. 나는 고개를 젖혀 분홍빛의 노을 지는 하늘을 하염없이 바라봤다.

"엄마, 근데 아직 오빠가 보고 싶어. 그런 내가 싫어."

나보다 가족 편에 선 그를 미련하게도 그리워했다. 그 사실조차 날 괴롭게 했다. 내가 좀 더 그 상황을 지혜롭게 혹은 그 가족들의 말을 쿨하게 넘길 수 있었다면 지금 그는 여전히 나에게 다정했을까. 우리는 아직 행복하게 지내고 있었을까. 과거의 선택들을 하나씩 끄집어내 상황을 바꾸고 또 바꿔 지금과는 다른 결말을 상상했다.

"보고 싶은 건 당연하지. 캐나다까지 포기했을 정도였는데. 그런 시도 있잖아." 엄마는 기억을 더듬는 듯하더니 정지용 시인의 <호수>를 천천히 읊기 시작했다.

얼굴 하나야
손바닥 둘로
폭 가리지만,

보고싶은 마음
호수만 하니
눈 감을 밖에.

엄마는 이따금 위로의 말 대신 시를 읊어줬다. 엄마도 듬직한 사위를 볼 뻔한 사실이 못내 아쉬운 듯했다. 그럼에도 슬픔과 실망감이 엉겨 붙어서 분노의 실타래는 계속 커졌다.
"근데 어떻게 그렇게 말할 수 있는지 모르겠어. 남자가 결혼 생각이 있으면 이때까지 하던 습관이 있더라도 돈 모으고 결혼 준비하려고 노력하지 않아?"
나는 속에 있는 말을 토해내고 또 토해냈다. 내 마음이 호수라면, 나는 그 호수에 울분을 가득 채워 넣고 있었다. 그 울분이 호수만큼이나 거대한 그리움을 완전히 밀어낼 때까지, 나는 얼마나 더 많은 말을 쏟아내야 할지 가늠조차 할 수 없었다.

"미워하지 마. 그냥 너랑 다른 사람일 뿐이야. 아마 지금 현재도 똑같이 힘들걸. 엄마는 그럴 수밖에 없었던 현재가 안쓰럽기도 해. 좋았던 순간들을 애써 떨쳐버리려고 애쓰지도 마. 그냥 그런 순간들이 생각날 때면 인정해 버려. 참 좋았다고. 현재가 잘해준 순간들도 있었잖아."

엄마는 성인군자처럼 이야기했다. 그 잘해줬던 순간들이 나를 괴롭히는데 말이다.

"그게 잘 안돼. 그 사람이 좀 더 힘들었으면 좋겠고, 오빠가 잘해준 건 그냥 초반이어서 그랬던 것 같아. 그리고 오빠도 내가 작아서 염려됐으니까 부모님한테 그런 이야기했던 거 아닐까? 이미 나 만나기 전에 가족끼리 있을 때 그런 험담한 거 아니야? 자꾸 그런 부정적인 생각만 들어."

현재와 헤어진 후로 추측들을 낳고 또 낳았다. 나만의 착각일 수도 있지만, 그 생각의 꼬리를 끊어낼 수가 없었다.

"우리 딸 좀 더 크게 낳아줄 걸 그랬다." 엄마가 미소지으며 말했다.

엄마에게 미안했다. 엄마도 이 일이 혹여 자신이 이런 키와 이런 성격을 물려준 탓이 아닐까, 하는 고민을 수백 번도 더 했다고 했다.

"아냐, 엄마. 미국 유명한 가수 중에 '아리아나 그란데'라고 있거든. 그 가수도 작고 말랐는데 얼마나 예쁜 줄 알아? 노래 엄청 잘 불러서 돈 엄청 많이 벌고, 사랑도 하고 그래. 이렇게 예쁘게 낳아줘서 고마워."

나는 엄마의 손을 꼭 잡으며 입꼬리를 최대한 올렸다.

"그거 기억나? 아빠가 입원하고 나서 잘 걷지도 못할 만큼 아팠을 때, 병실에 있던 사람들한테 나 예쁘다고 얼마나 자랑을 했는데."

"맞아. 그랬었지." 엄마는 내 손을 쓰다듬었다.

우리는 손을 잡은 채 그렇게 다시 각자 옛 생각에 빠졌다. 나는 그 벤치에 앉아서 그와 이별하고 있었고, 엄마는 그 기대와 이별 중이었다. 그러다 엄마가 말했다.

"가을아, 그런 상황에 순응하고 사는 여자들도 있어. 그런데 넌 그런 사람이 아닌 거지. 그냥 선택인 거야. 너는 그 사람과 더 이상 삶을 함께하지 않겠다고 선택한 거야. 현재도 원래 살던 삶을 계속 유지하겠다는 선택을 한 거고. 감정을 떠나서."

아니, 사실은 그렇게 선택할 수밖에 없도록 나를 몰아넣었지. 그때 나는 어쩔 수 없었다고, 내가 선택한 게 아니라 생각했다.

분홍빛 노을은 진한 보랏빛을 띠다가 어느새 자취를 감추고, 캄캄한 밤이 찾아왔다. 아파트 창 곳곳에 켜진 주황빛 불들이 영롱하게 빛났다. 저 불빛 하나하나가, 한 커플이 만든 보금자리겠지. 그 공간에 불 하나를 켜기까지 모든 관문을 통과한 사람들만이 마주 앉아 밥을 먹을 수 있는 거겠지. 싸우고, 미워해도 결국 저곳까지 함께 간 사람들은 다시 서로를 이해하고, 보듬으며 살아가겠지.

　　아파트 단지 사이로 별 하나가 유독 반짝였다. 바람을 가르는 무거운 소리가 들리더니 곧이어 붉은 불빛을 깜빡이며 날아가는 비행기 한 대가 시야에 들어왔다. 설렘을 품은 사람들을 가득 실은 비행기가 저 반짝이는 별을 지나 멀리 날아가는 걸 하염없이 쳐다봤다.

　　집에 돌아와 방문을 열었다. 문고리가 덜컹거려 불편하게 지내던 때가 있었다. 어떻게 고쳐야 하는 줄 몰라 고장 난 채로 놔뒀다. 현재가 우리 집에 놀러 온 어느 날, 그 문손잡이를 보고 드라이버를 가져오더니 모조리 분리해서 단단하게 고쳤다. 더운 여름에 선풍기 앞에 서서 "가을아 집에 또 뭐 고칠 거 없어?"하며 땀이 송글송글 맺혀있던 그의 얼굴이 떠올랐다. "오빠 현관 입구에 전구가 나갔어."하자 드라이버를 들고 거실로 나가는 그의 넓은 뒷모습도 눈에 아른거렸다. 다시 눈물이 푹

하고 터져 나왔다.

 현재도 지금 내 생각을 할까. 그의 식탁 옆자리가 비어 있는 걸 보고 허전함을 느꼈을까. 화장실에 있던 내 칫솔을 버리며 그도 한숨을 푹 내쉬었을까. 낚시가방을 들고 바다로 떠날 때, 같이 스티커를 붙이던 순간을 생각했을까. 소파에서 우리가 했던 대화들을 기억할까. 조금 더 사귄 뒤에 그의 부모님을 봤다면 그는 나를 지켰을까. 그런 생각에 밤을 하얗게 지새우다가 깜빡 잠이 들면 그의 부모님 집에서 나를 보는 무심한 표정에 흠칫 놀라서 다시 잠에서 깼다. 그리고 내가 했던 질문이 떠올랐다.

 "오빠, 조카랑 내가 물에 빠지면 누구 구할 거야?"

 어쩌면 난 답을 알고 있었을지도 모르겠다.

 "그때 돼 봐야 알 것 같은데."

 "만약에 우리가 결혼해서 애가 있다고 해도?"

 "모르겠어."

 나는 그 기억에 다시 울분이 차올랐다. 감정을 주체하지 못해 심호흡을 크게 했지만, 입술이 파르르 떨렸다.

어머니들,
저한테 왜 그러시는 거예요?

 시간은 야속하게도 흐르긴 흘렀다. 하루하루를 견디기 힘들었는데 헤어진 지 벌써 2주가 지나 새 학기가 시작됐다. 시간이 약이라는 건 아직 못 느꼈다. 첫 주는 서진 교수님이 하루만 수업을 바꿔 달라고 해서 현재와 같은 시간에 강의가 잡혔다. 그와 또 마주쳐야 한다는 사실이 괴로웠다. 나는 도대체 어떤 표정을 지어야 하는 걸까.
 "교수님, 방학 잘 보내셨어요?"
 엘리베이터에서 내리니 긴 머리를 노랗게 물들인 1학년 여학생이 내 옆으로 다가왔다. 현재가 다른 강의실 문 앞에 서 있는 게 보였다. 그는 어깨에 가방을 메고 뒷짐을 지고 있었다.

"그럼. 푹 쉬고 왔지. 잘 지냈어?"

"네!"

우리는 서로를 발견했지만 나는 그를 지나쳐 여학생과 함께 강의실로 들어갔다. 아직 수업 시간이 한참 남아 나는 강의실의 빈 의자에 다리를 꼬고 앉았다. 학생은 내 옆에 살포시 앉아 나와 이야기하고 싶은 듯 똘망똘망한 눈으로 바라봤다. 학생들과 이야기할 때 물꼬를 트기 제일 좋은 주제는 연애였다.

"요즘 좋아하는 사람 없어?"

그러자 여학생은 머뭇거리다가 입을 뗐다.

"아르바이트하는 곳에 두 살 위 오빠가 있는데요, 어른스럽기도 하고. 그래서 좋아요. 헤헤."

"정말? 말 걸어 봤어?" 나는 여학생 쪽으로 몸을 기울이며 말했다.

"아뇨. 한 번도 안 해봤어요."

여학생이 수줍은 듯 몸을 배배 꼬았다.

"왜? 말 한 번 걸어보지. 음료수 하나 슬쩍 갖다주고."

나는 그 여학생이 된 듯 머릿속으로 이미 그 남자아이의 마음을 사로잡을 계획을 구상했다.

'그렇게 안면을 트고 몇 번 더 마주쳤을 때 멀리서 살짝 미소 지어주면 사랑의 시작 아닌가? 그리고 집에 데려다주면서 손 한 번 잡고, 남자아이가 좋아한다고 고백하는 거지. 그럼 여학생은 수줍은 듯하다가 좋다고 말하면… 와! 너무 설레잖아.'

여학생은 부끄러운 듯 두 손으로 얼굴을 움켜잡고 발을 동동거렸다.

"저는 사귀고 싶고 그런 건 아니에요. 그냥 마주치면 힘 나고 좋아요."

생각 외의 대답에 내가 욕심 많은 어른이란 걸 알아챘다. 누군갈 좋아하면 내 사람이 되었으면 좋겠다는 욕심. 누구나 다 그러리라 생각했다. 이 학생처럼 순수한 마음을 가져본 지가 언젠지 모르겠다. 그런 적이 있긴 했었나? 그런 욕심을 가진 어른이 순수한 아이에게 누구나 하는 훈수를 뒀다.

"그래도 어릴 때 많이 만나 봐. 나중에 네가 어떤 사람과 함께 하고 싶은지 알 수 있거든. 그래야 결혼할 때 남자 보는 눈이 생겨."

"결혼요? 아직 그것까지는 잘 모르겠어요." 학생이 놀란 듯 눈을 동그랗게 뜨고 날 바라보고 말했다.

'아차! 이제 스무 살인 애한테 내가 무슨 이야기를 하는 거야. 결혼이라니. 내 고민 아니야?'

"근데 엄마 아빠를 보니까 결혼하고 싶지 않은 것 같기도 해요. 명절 때 남자들은 그냥 소파에 누워있고 저희 엄마 혼자 전

부치시거든요. 그런 거 보면 그냥 외국에 나가서 일하다가 외국인 만나야 하나 싶고 그래요."

내가 중학생 때 했던 생각을 이 여학생도 하고 있다는 사실이 말도 안 됐다. 세월이 이렇게나 흘렀는데 말이다. 유튜브를 보면 아직도 이런 집이 있나 싶을 정도의 일을 내가 겪고 나니 요즘 세대는 안 그렇다는 이야기를 이 여학생에게 해줄 수가 없었다.

"아직 그런 집이 좀 많기는 하지." 나는 쓸쓸한 웃음을 흘리며 말했다.

이 학생의 나이 때부터 연애하며 겪었던 일들이 떠올랐다. 이십 대 초반부터 사귀었던 남자친구들의 부모님이 한 번씩 내게 했던 말을 생각하면, 결혼 전부터 아들의 여자친구를 얼마나 신경 쓰고 걱정하는지 알 수 있었다.

"가을이 똑똑해서 우리한테 따박따박 말대꾸할 것 같다."

졸업하기 싫어하는 아들을 억지로 내가 공부시켜 졸업시켜 준 건 어디 가고 없고, 나와 밥 한번 같이 먹은 적 없는 그의 어머니가 한 말이었다. 이십 대 중반에 대학원을 그만두고 취업 준비를 할 때, 남자친구의 부모님은 나를 지칭하며 이렇게 말했다.

"걔는 왜 이거 했다 저거 했다 그러니. 진득하지 못하게."

밑천을 대주신 우리 부모님도 그런 이야기 안 했는데 말이다. 삼십 대가 되어 남자친구를 사귀어도 아들을 키운 부모의 걱정은 끊이지 않았다.

"너 공부해야 하는데 계속 여자 친구 만나서 놀면 공부 방해되는 거 아니니."

서른 넘은 성인이 공부는 알아서 하는 거다. 그걸 걱정했으면 여자 친구를 사귀지 말아야 했다.

"상해에서 1년 살았다고? 그런 애들은 좀 그렇네… 거기서 뭘 했을지 알고."

뭘 하긴. 새벽까지 죽어라 일만하고, 가끔 관광지에 놀러 다녔다.

말은 그들 각자가 가진 편견과 문제점들을 그대로 보여준다. 내 문제가 아니라 그들의 세상에서 문제인 점들을. 내가 이 말을 다 들어봤냐고? 아니. 남자친구가 다 전해 준 말들이었다. 그 말들이 다 내 가슴에 콕콕 박혔다. 다들 왜 자신의 편견과 오만을 나에게 그대로 드러내는지 도무지 이해가지 않았고, 남자친구들은 엄마가 한 말을 나에게 전하는 걸 왜 꺼리지 않았을까. 계절이 바뀌는 걸 막을 수 없듯이, 원래 부모님은 그런 거라고 받아들여야 하는 걸까? 만약 그게 견디기 힘든 성격이라면, 차라리 외롭게 살겠다고 다짐하고 내가 선택한 삶을 끝까지 감당해야만 하는 걸까? 남자도 좋고, 시댁도 좋은 곳이 과연 있을까, 하는 생각이 들자 연애에 대한 의지마저 함께 꺾여버렸다.

"선생님, 그럼 어떻게 살아야 해요?"

여학생의 말에 나는 과거의 생각에서 깨어났다. 아직 고등학교 졸업한 지 8개월밖에 안 돼 '교수님'이라는 호칭조차 낯설어하는 이 순수한 핏덩이에게, 열 살 많은 인생 선배로서 내가 해줄 수 있는 말이 무엇일지 한참 고민했다.

"일찍 영어 공부하고 외국에 일자리 잡아. 외국인 만나고."

"그렇겠죠?" 여학생은 결국 그 길밖에 없다는 생각에 한숨을 푹 쉬었다. 나는 그 모습을 보고 웃으며 말했다.

"농담이고! 제일 중요한 건…"

안경을 쓴 채 눈을 똥그랗게 뜨고 있는 이 여학생은 자신이 앞으로 연애하면서 겪어야 하는 슬픔과 행복을 아직 모르는 듯했다.

"돈이야. 그리고 너의 능력. 사람은 변해. 내 마음도 수십 번씩 변하는데. 그걸 탓할 수도 없어. 그래서 어떤 상황에서건 너를 지켜주는 것들을 쌓아놔야 해. 너를 배신하지 않는 건, 네가 모은 돈과 너의 머리에 든 지식 그리고 능력이야. 그게 단단하면 너에게 어떤 일이 닥쳐도 너를 위한 선택을 할 수가 있어. 적당히 타협해서 마음에 들지 않는데 억지로 참으며 살지 않도록 지금 열심히 살아야 해."

 현실적인 조언이지만 내 마음은 텅 빈 깡통처럼 다시 차가워진 기분이었다. 바로 몇 걸음만 걸으면 바로 옆 강의실에 그가 있었다. 한때 내 마음을 따듯하게 녹여주던 사람과 이제는 말 한마디도 섞지 않게 됐다. 우리는 쉬는 시간에 복도에서 한 번 더 마주쳤지만 그는 허공을 쳐다보고 있었고, 나도 그를 보지 않았다. 그렇게 우린 서로 모르는 사람인 양 복도에서 스쳐 지나갔다. 그렇게 서로를 뜨겁게 바라보던 연인은 한순간에 남이 됐다.

슬픔의 5단계 중간 어디쯤

나는 한동안 그를 욕했다. 친한 친구에게, 가족에게, 지인에게 내가 얼마나 억울한 일을 당했는지 설명하고 또 설명했다.

"수영아, 사랑한다면서 어떻게 그런 말이 나와? 내가 부모님이랑 연을 끊으랬어 뭐랬어. 그냥 거리를 좀 유지하라는 거였는데 그게 그렇게 어려운 건가?"

"그러게. 진짜 자주 보긴 하네. 그리고 요즘 부모님들도 얼마나 말이나 행동 조심하려고 하시는데."

나는 그 당시 나에게 일어난 일을 어떻게 이해해야 할지 몰라 분함을 푸는 데 바빴다. 내가 옳고 그는 틀리게 만들고 싶었고, 내가 옳다는 것을 입증하려고 애썼다. 그렇게 그에 대해 이야기하고 나면 속이 시원할 것 같지만 이상하게 한쪽 가슴이 심하게 아팠다. 그리고 그런 날이면 어김없이 나를 욕했다.

'이가을 나쁜 년, 한때 그렇게 좋아하고 너한테 다정했던 사람을 어떻게 욕하고 다닐 수 있어.'

우리의 이별 소식을 들은 서진 교수님이 안부 차 내게 전화한 날, 나는 어김없이 전화에 대고 악마가 쓰인 듯 불만을 토하고 또 토했다.

"아니, 전 캐나다까지 포기했는데 어떻게 자기는 하나도 포기하는 게 없는 거죠?"

그러자 교수님은 내게 캐나다로 떠나라고 말했던 그날처럼 단호하게 말했다.

"그만큼 안 사랑했겠죠."

머리를 띵하고 맞은 것 같았다. 속으로 되뇌긴 했지만, 그 말을 다른 사람의 입을 통해 들으니 사실이 된 느낌이었다. 너무 잔인한 현실이었다. 더 이상 할 말이 없었다. 내가 그를 욕하는 것도 의미 없게 느껴졌다.

"그런 거였구나." 나는 힘이 빠진 목소리로 말했다.

"저는 이십 대 중반이었을 때도 아내를 꼭 잡아야겠다 싶어서 바로 결혼 추진했었는데요. 모아놓은 돈도 없었지만 어떻게든 같이 살아야겠다는 생각이 들더라고요."

그러고 보니 내가 잘못했다. 그럴 마음도 없는 사람에게 내가 결혼하려면 돈을 아껴야 하느니, 빚은 언제야 다 갚을 수 있냐느니 하는 쓸데없는 소리를 했다.

서진 교수님과 대화한 후로 나는 사람을 피했다. 주위의 모든 사람을. 현재에 대한 욕이든 이야기든 뭐든 멈추기 위해서였다. 그리고 책 속으로 숨었다. 아무것도 하지 않으면 미쳐버릴 것만 같아 어떤 책이든 읽고 또 읽었다. 세상을 이해하고 싶었고, 나에게 일어난 일을 이해하고 싶었고, 그를 이해하고 싶었다.

어떤 책에서 이 세상은 내가 끌어당긴 결과물이라고 설명했다. 내가 끌어당긴 거라고? 화가 났다. 나는 이런 걸 원하지 않았다. 나는 아름다운 세상과 사랑을 원했다.

'그럼 고등학생 때 뭘 안다고, 뭘 상상할 수 있었다고 나에게 난소에 혹이 생긴 거야. 그리고 캐나다 가서 사는 행복한 삶을 상상했는데 그는 갑자기 나한테 왜 반한 거야?'

도무지 이해가 가질 않았다. 작가는 이런 내 마음의 요동과는 상관없이 자신의 주장을 이어갔다. 부정적인 감정을 해결하지 않은 채 계속 놔두면 그 감정을 풀 때까지 그런 일들이 계속해서 나한테 벌어진다는 것이다. 이런 일이 계속 생긴다고? 뒷목 잡고 쓰러질 말이었다. 그렇게 읽고, 작가에게 반항하면서 온갖 책을 뒤적이다가, 드디어 나를 깨우치게 한 구절을 만났다.

내가 고쳐야 할 점은 연인의 얼굴을 하고 온다.

나와 상관없는 사람이 하는 말은 나에게 큰 영향을 미치지 못하지만, 사랑하는 연인의 말은 다르다. 내가 사랑하는 연인의 이야기는 참고, 듣고, 고치려고 애쓴다. 그렇게 연인과 다투는 과정에서, 나의 단점들과 정면으로 마주하게 된다는 것이 이 글의 논점이었다.

'이거다! 세상과 나와 그를 이해할 수 있는 단서!'

내 뇌는 과거의 일을 영사기 돌리듯 상영하며 그 당시 내 모습을 하나하나 다시 보여줬다. 작은 키에 대한 콤플렉스, 여러 번의 수술로 아이를 낳기 힘들 거라는 말, 그리고 무례한 말을 하는 사람 앞에서 제대로 맞서지도 못하는 나. 나는 그 모든 것을 현재 어머니의 말을 통해 한 번에 마즈하게 됐다. 그제서야 나는 그를 통해 진짜 나를 제대로 바라볼 수 있었다.

그렇다면, 세상은 이 사건을 통해 나에게 도대체 뭐라고, 어떻게 하라고 말해주고 싶었던 걸까? 고단하고 또 고민했지만, 답을 찾는 일은 여전히 쉽지 않았다. 그런데 그 답은 의외의 순간에 아주 가까이에 있었다.

저녁을 먹은 후, 식탁에 앉아 여전히 책을 읽고 있었다. 엄마는 바짓단의 실밥이 터졌는지 돋보기를 끼고 실과 바늘로 조용히 수선을 하고 있었다. 바늘 끝이 천을 뚫었다가 빠져나오기를 반복하는 모습이 어딘가 묘하게 위로가 되었다. 다시 책으로 눈을 돌리려는데 엄마가 말했다.

"예전에 내가 네 남동생 낳았을 때 말이야…" 나는 책에서 눈을 떼고 엄마를 바라봤다.

"그때 아들 낳아서 기분 좋다고 네 아빠가 술을 잔뜩 마신 날이 있었어."

"아빠는 그날도 술을 마셨어?" 내가 피식 웃으며 말했다.

"그러게. 근데 하필 그날 어떤 술 취한 젊은 남자한테 엄청나게 두들겨 맞고 온 거야. 안경은 이미 박살 났고, 얼굴은 퉁퉁 부어서 왔더라고."

"그런 일이 있었어?" 생전 처음 듣는 이야기였다.

"근데 너희 아빠가 어떻게 했는지 알아?"

"어떻게 했는데?"

"그 사람을 가게 직원으로 채용했어."

나는 화들짝 놀라면서 얼굴을 찌푸렸다.

"뭐? 진짜야? 어떻게 자신을 때린 사람을 채용할 수 있어?"

나는 이해할 수 없다는 표정으로 나는 고개를 저었다. 엄마는 자신도 그때 나와 반응이 똑같았다며 웃음을 터뜨렸다. 이렇게 웃으며 이야기할 수 있다니. 세월이 많이 지나긴 했나 보다.

"너희 아빠가 작고 왜소했잖아. 누가 자신을 무시해도 말도 못 하고 꾹 참고. 그래서 오히려 그 사람을 채용해서 힘을 보여주고 싶었던 것 같아. 신체적으로 힘이 세질 못했으니 지위로 말이야. 그마저도 그 직원에게 끌려다니다시피 했지만. 그런 식으로 오랜 시간 동안 사람들한테 할 말 못 하고 참고 살다가 결국 병이 온 거 아니겠어."

그 이야기를 듣고 알았다. 나는 아빠였다. 작고 왜소한 몸에, 세상의 무례함을 다 받아들일 듯한 크고 쌍꺼풀이 진한 눈. 그리고 갈등이 싫어 늘 참아버리는 성격까지. 아빠는 마지막 순간에 나에게 자신의 몫까지 행복하게 살았으면 좋겠다고 했다. 아빠처럼 괴롭게 살지 않으려면, 아빠의 유언을 지키려면, 아빠가 하지 못한 일을 내가 해내야 했다. 무례한 사람들에게 참지 않고 맞서는 것. 그게 바로 내가 아빠의 몫까지 잘 살 수 있는 방법이었다.

누군가 말했다. 이 세상은 나를 비추는 거울이라서 내가 가진 생각과 편견들을 그대로 세상에 보여준다고. 나는 '현재'라는 거울을 통해 무례한 사람 앞에서 맞서지 못한 채 가만히 있는 나를 봤고, 그의 마지막 말들을 통해 내가 원하는 걸 말하지 못하는 수동적인 인간임을 깨달았다. 나는 그게 배려라고 생각했다. 그런데 애석하게도 그의 말이 맞았다. 내가 부당하다고 느끼면 내가 나서서 말하면 되는 거였다. 죽이 되든 밥이 되든 내가 맞서면 되는 거였다. 우리의 관계가 어떻게 되든, 나를 위해 행동해야 했다.

어쩌면 그와 그의 가족들은 나에게 상처를 준 게 아니라 상처를 건드렸을 뿐이다. 난 그에 반응했을 뿐이고. 내가 해결한 일이 아니면 세상은 나의 문제를 계속 보여준다는 게 이 말이었다. 나를 지킬 수 있는 건 나니까 내가 직접 해결해야 한다고. 내가 좀 더 일찍 그걸 알고 그 앞에서 그의 행동에 기대는 대신 나를 지켰다면 지금보다 괴롭진 않았을까. 아니면 그때 그의 부모에게 소리쳤다면 난 또 그걸 후회했을까. 어떻게든 후회의 짐을 졌겠지만.

엄마와 내가 각자의 생각에 빠져 있는 순간, 전화가 울렸다. 수영이었다.

"가을! 뭐해? 바빠?" 수영이의 신난 목소리가 집에 울렸다.

"아니. 나 그냥 엄마랑 이야기 중이었어. 무슨 좋은 일 있어?"

"놀라지 마…. 나 결혼해!" 수영이가 외쳤다.

"뭐? 진짜? 진짜야?" 나는 개구리처럼 눈이 커진 채로 묻고 또 물었다.

"응! 갑자기 그렇게 이야기가 됐어."

"한 달 전까지만 해도 너무 많이 싸워서 결혼할 수 있겠냐고 그랬었잖아." 내가 이해가 안 간다는 듯 말했다.

"에이. 뭐 그건 금방 풀었지. 생각해 보니까 이만한 사람 없겠더라고. 너무 착하고 나한테 잘해주니까."

"와! 진짜 축하해!" 나는 목소리 높여 말했다.

"가족 외에는 너한테 제일 먼저 이야기하는 거야! 자세한 이야기는 나중에 만나서 해."

소란스러운 전화를 끝내고 나는 엄마를 바라봤다. 엄마도 나를 바라봤다. 우리는 말없이 서로의 눈을 마치 심해의 깊은 곳까지 들여다보듯 바라보다가 나는 책으로, 엄마는 바늘로 시선을 옮겼다.

사내연애가 끝난 후 일어나는 일들

　현재와 헤어지기 며칠 전, 어느 대학교에서 현재에게 강의를 부탁하는 전화가 왔었다. 하지만 이미 다음 학기 일정이 꽉 차 있었기에, 그는 대신 나를 그 학교에 소개했다. "다른 대학교도 한 번 경험해 봐."라고 하던 그의 목소리가 아직 귀에 생생했다.

　수업 첫날, 혼자 복도에 앉아 있던 나를 발견한 사람은 얼굴이 새하얗고 눈썹은 송충이마냥 짙은, 정장 차림의 남자 교수님이었다. 얼굴을 보고 현재처럼 삼십 대 후반의 교수겠거니, 생각했다.

　"새로 오신 교수님이시죠?"

점잖아 보이는 그는 조심스레 나에게 다가오며 말했다.

"아네. 안녕하세요." 나는 벌떡 일어나 인사했다.

"김현재 교수님 추천으로 오신?"

"네. 맞아요."

"전 이 학교 전임교수 김세현이라고 합니다. 얼마 전에 다른 학교에 강의 가서 현재 교수님 뵀는데 학생인 줄 알았잖아요. 너무 젊으셔서."

나는 눈은 웃지 않고 입꼬리만 올렸다. 그는 차 한잔하자며 빈 강의실로 나를 안내했다. 자리에 앉자 컵에서 구수한 둥굴레차 향이 뜨거운 김과 함께 올라왔다.

"현재 교수님이랑 친해요?" 세현 교수님이 말했다.

그 질문에 어떻게 대답해야 할지 한참을 고민했다. 그의 많은 걸 알고 있지만, 지금은 친하다고는 할 수 없는 아이러니를 어떻게 설명해야 할까 하다가 그와 사귀기 전의 관계를 설명하는 게 낫겠다고 판단했다.

"그냥… 회식할 때 보는 정도예요."

"어떤 분이에요?"

그의 질문에는 묘하게 자신이 원하는 답을 끌어내려는 의도가 보였다. 서로 아는 사이면서 왜 저런 질문을 하지? 하는 생각과 어떤 대답을 해야 할까, 라는 고민이 뒤엉켜 결국 대답을 내놓기까지 또 한참이 걸렸다. 그러니 그가 눈치 빠르게 설명을 덧붙였다.

"제가 현재 교수님이 필요하거든요. 어느 정도 선이 있는 사람인가요, 편하게 대해도 되는 사람일까요?"

세현 교수님은 다른 대학교에서 정교수 자리를 제안받았다고 했다. 그 학교에서 입지를 다지기 위해 자신의 편이 될 사람이 필요한데 그중 그 대학교 졸업생이자 겸임교수로 있는 현재가 적합한 사람이라는 것이었다.

어떻게 대답할지 고민하다가 현재가 나에게 해준 좋은 일들만 떠올렸다. 그가 밉지만, 동시에 그가 잘 되길 바라는 마음도 있었다. 어떤 식으로든 그에게 해가 되고 싶지 않았다. 그 미움도 결국은 그를 좋아하는 마음이 넘쳐서 생긴 부산물일테니까. 아무 사이 아닌 지금, 내가 그에게 해줄 수 있는 마지막이자 유일한 일이었는지도 모른다. 그가 이런 나의 행동을 몰라도 괜찮았다. 내가 차를 한 모금 마신 후 말했다.

"교수님이 어떤 걱정하시는지 아는데… 좋은 사람이에요. 생각도 깊고, 배려심도 있고요. 교수님 상황을 설명하면 분명 잘 들어주실 거예요."

그는 내 말을 듣고는 잠시 생각에 잠긴 듯했다. 그의 알 수 없는 표정에 내가 현재에 대해 너무 아는 척 한 건 아닐까, 하는 걱정스러운 마음이 들었다.

"가을 교수님은 박사 진학하세요?"

"네. 이제 입학신청서 제출 기간이라서 지원해 보려고요."

"그럼 나중에 밥 한번 먹어요. 현재 교수님이랑 셋이서."

나는 못 지킬 약속에 웃으며 고개를 끄덕였다. 그와 관련된 것들에서 벗어나고 싶었지만, 주위의 너무나도 많은 것들이 그와 관련되어 있었다.

"교수님, 축제 날 왜 안 오셨어요? 현재 교수님이 술도 사주셨는데!"

그는 우리가 헤어졌는데도 학생들이 있는 모임에 참석해서 술 마시며 잘 지내는 듯했다. 헤어지고 오래 슬퍼하는 성격이 아니라고 했던 그였다.

"현재 교수 저번 주에 가족들하고 골프 치러 갔다는데요?"

서진 교수님이 종종 전화를 걸어 현재의 근황을 전했다.

"아 그래요? 잘 지내시네요."

"오늘은 새벽까지 문어 낚시 갔다가 한숨도 못 자고 바로 학교 나왔다더라고요."

그렇게 간간이 들려주는 현재의 소식에 내 가슴은 또 무너져 내렸다. 그는 자신이 좋아하는 취미를 하다 생활을 잘 영위하고 있었다. 나는 내가 바꿀 수 없는 것에 소리친 셈이었다. 내가 멍

청했다. 그에게서 가족과 골프를 떼어놓을 생각을 했다니. 그의 일상을 조금이라도 바꿀 만큼 내가 영향을 줄 수 있는 여자가 아니었다는 사실을 알았을 때는 블랙홀이 주변의 희망과 빛을 삼켜버린 듯 암울했다. 해리포터가 디멘터에게 공격을 당했을 때 이런 기분이었을까.

이런 이야기를 하면 현재는 아마 이렇게 대답했을 것이다.

"사람이 왜 바뀌어야 해?"

그 말에 나는 또 입을 다물었겠지. 그런 생각들이 다시 나를 그때 그 기억에 가뒀다.

"교수님, 김현재 교수님이 말씀하시던데…"

수업 중 한 남학생이 잠잠히 지내고 있는 나의 귀에 또 그의 이름을 속삭였다. 그럴 때면 흠칫 놀라곤 했다. 내가 무슨 이야긴지 계속해 보라며 눈썹을 살짝 치켜드니 학생이 말을 이어갔다.

"제가 편입 때문에 토익 여쭤보니까 그건 이가을 교수님께 물어보라고 하시던데요."

그 말에 나는 속으로 생각했다.

'오빠는 뭐가 그렇게 맨날 평온하고 어른인 척해? 현자 납셨네. 학생들한테 나서서 날 추천까지 해주고 말이야.'

나는 여러 소식을 안고 집으로 돌아와 책상 앞에 앉았다. 현재를 떠올리지 않기 위해서 무엇이든 집중하고 싶었다. 박사 지원 신청서를 켰다. 지원 기간까지는 아직 시간이 충분히 남았다. 연구계획서를 멀뚱히 바라봤다. 공부하는데 2년, 논문 쓰는데 1년. 총 3, 4년 정도를 더 투자하면 되는 거였다. 그 중간에 공부하느라 골머리 썩겠지만, 뭘 하든 시간은 어차피 흐르니까 하는 게 낫다고 판단했다. 그런데 너 손가락은 움직여지지 않고 가만히 키보드 위에 올려져 있었다. 내 안의 작은 목소리가 들려왔다.

'그게 정말 네가 하고 싶은 거야? 네가 원했던 건 자유롭게 공부하는 거였지, 논문을 쓰는 게 아니잖아. 소중한 3년을 다른 데 쓸 수도 있어. 꼭 이 길만이 답은 아니잖아.'

나는 헤어졌는데도 왜 그의 의견을 따라 박사과정 신청서를 쓰고 있는 걸까. 노트북을 덮었다. 그렇게 다시 길을 잃었다. 길을 잃었다기에는 벌써 서른두 살이었다. 주변 친구들이 한 명씩 결혼하고 아기도 낳은 무렵, 나는 아직도 이십 대 마냥 진로를 고민하고 있었다. 철없는 아이처럼 그의 가족에게, 골프에, 함께 모임하는 여자들에게 질투했다. 사랑 때문에 내 미래도 내 손으로 놓은 나는, 멍청한 여자였다.

한여름 밤의 환상이었다

　현재가 내가 사준 진한 초록색 셔츠를 입고 나에게로 걸어왔다. 낚시하고 왔는지 봉지에 든 살아있는 문어를 보여줬다. 냄비에 삶은 뒤 문어를 얇게 썰어 내 입에 넣어주고는 내 머리를 쓰다듬었다. 그리고 씨익 웃었다. 문어를 좋아하지 않지만, 그가 잡아 온 문어라면 얼마든지 먹을 수 있을 것 같다는 생각이 들던 순간, 그의 얼굴이 점점 희미해지더니 하얀 천장만이 덩그러니 눈에 들어왔다. 꿈이었다. 뇌는 내가 아직 현재와 헤어진 걸 모르는 모양이었다.

　- 오늘 회식 장소는 소고기 가게입니다. 6시까지 오세요.

학기가 어느새 반이나 지났고, 학과장은 여느 때와 같이 또 회식을 잡았다.

'오늘은 마주 앉아서 밥도 먹어야 하네…. 세 시간만 버티고 오자.'

창밖에는 그가 우산을 주던 날처럼 비가 내렸다. 신발장에 있는 우산을 아무거나 하나 집어 들고 집을 나섰다. 학교 주차장에 차를 세우고 건물로 들어가 엘리베이터를 탔다. 1, 2, 3… 층수가 하나씩 올라 가는 걸 보며 나는 심호흡을 했다. 드디어 7층을 알리는 신호음이 '띵'하며 울렸고, 엘리베이터 문이 덜커덩 소리를 내며 스르륵 열렸다. 고개를 들자 현재가 나에게 반한 그 복도에서 그가 다시 한번 나를 향해 서 있었다. 오랜만에 보는 그가 나와 눈이 마주치고는 환한 웃음을 지었다. 우리가 함께했었던 그날들처럼.

그 미소를 본 순간 나는 그의 집이 떠올랐다. 아직도 눈앞에 선명하게 펼쳐졌다. 현관을 들어서면 바로 오른쪽에 있는 깨끗한 화장실과 왼쪽으로 꺾으면 보이는 그의 방, 컴퓨터 빼고는 모든 방의 가구들이 베이지에 가까운 흰색이었다. 옷걸이에 걸쳐져 있는 무채색의 옷 중 한자리에 내 옷을 선물하고 싶게 만드는 그런 공간이었다. 그리고 그가 항상 요리를 해주던 일자형 주방이 거실에 있었다. 요리하다가도 뒤로 고개를 돌려 의자에 앉아 있던 내게 편하게 TV 보라고 말하던 그의 미소도 겹쳐 보였다. 그 공간이 너무 아늑해서 그만 거기서 살고 싶었던 행복 가득한 내 모습도 기억났다.

우리는 서로 그렇게 아무 말 없이 서 있었지만 내가 다시 그를 짝사랑하던 날로 돌아간 듯했다. 회식 장소도 하필 그가 나에게 하트 병뚜껑을 만들어 줬던, 선짓국을 맛있게 먹던 나를 뚫어지게 쳐다보던 그곳이었다. 그곳에는 이제 서로 마주 보지 않은 채 멀리 떨어져 앉아 있는 두 남녀가 있을 뿐이었다.

신에게 말했다. '저한테 너무 가혹한 거 아니에요? 왜 하필 그날로 다시 저를 데려왔어요?'

나의 그런 마음과는 상관없이 모든 사람이 웃고 떠들었다. 나도 그에 맞춰 웃고 떠들었고, 현재도 우리 사이에 아무 일도 없었다는 듯 신나게 대화에 참여했다. 우리는 서로를 절대 쳐다보지 않았다.

"타코야끼 어디 놓을까요?" 사장님이 음식이 올려진 쟁반을 든 채로 현재를 보며 말했다.

"어? 가을 교수님 주려고 시킨 거예요?" 동우 교수님이 말했다. 우리가 헤어진 걸 분명히 알고 있는데…. 이래서 연애 전문가인 건가.

"아니요. 저 먹으려고…. 여기 주세요." 현재는 자신의 테이블을 가리키며 말했다.

"저 이미 먹었어요. 괜찮아요." 나는 그를 쳐다보지 않은 채 말했다. 그때, 학과장이 이미 예민해져 있는 내 속을 팍팍 긁는 말을 했다.

"우리 이가을 교수 처음 왔을 때 키도 작고 어려서 제대로 강의하겠나 싶었는데……"

'키 작다고? 강의를 제대로 하겠나 싶었다고?' 나는 그 말에 참을 수가 없었다. 아니, 참고 싶지 않았다. 이제 더는 바보같이 웃으며 가만히 있는 착한 아이는 하고 싶지 않았다.

'그럼 학과장님처럼 뱃살이 벨트를 뚫고 나와 촛농처럼 흘러내리는 사람은 자기관리가 안 돼서 강의 못 한다는 편견이 있지 않을까요? 아, 칭찬하려고 꺼낸 이야기예요. 그런 줄 알았는데 나름 학과를 잘 운영하고 계신다고요.'

그렇지만 그가 내 키를 지적한다고 해서 내가 그의 뚱뚱함을 이야기하는 게 옳은 걸까. 나는 휘몰아치는 생각들을 멈추고, 최대한 할 말을 솎아낸 뒤 낮은 목소리로 말했다.

"교수님, 강의하는 거랑 키랑 무슨 상관이죠? 왜 자꾸 키 지적하시는 거예요? 제가 바꿀 수 있는 게 아닌데요. 사람의 외모를 가지고 말하는 건 너무 하신 거 아닌가요?"

어른이라고 해서, 나보다 지위가 높다고 해서, 그 사람이 그런 의도가 아니었다고 해서 내가 참아야 하는 건 아니다. 물론, 조금 더 성숙한 사람이라면 그 상황에서 조금 더 자신의 의사를 완화해서 표현할 수 있었겠지만 나는 그런 사람이 되는 건 진즉에 포기했고, 이제껏 쌓인 게 너무 많아서 저렇게라도 말을 해야 했다. 내 말이 끝나자 식당 안은 삽시간에 정적이 흘렀다.

"그게 아니고… 그랬는데 잘하더라, 이 말이지."

학과장은 말을 더듬었다. 속이 완전히 시원한 건 아니었지만, 적어도 내가 바보처럼 느껴지진 않았다. 분위기를 더 망치는 건 나도 원하지 않아 그 이상 말하지 않았다. 그런 사람들은 보통 자신이 뭘 잘못한지도 모르는 경우가 많았다. 자기 멋대로 내뱉고, 금방 잊어버리기 때문이다. 당한 사람만 속 터진다. 그 생각을 증명이라도 한 듯 술 취한 학과장은 3차로 노래방을 외쳤다. 그때는 집으로 가고 싶은 마음이 굴뚝 같았지만, 지금 와 생각해 보면 바로 집에 가지 않았던 건 어쩌면 다행이었다. 비 내리던 그날 밤, 현재가 나에게 했던 행동은 내가 아닌 누구에게나 했을 거라는 사실을 결국 내 눈으로 확인하고 말았으니까.

노래방에 나란히 앉게 된 현재와 난 노래방 번호를 누르다 눈이 마주쳤다. 옆으로 긴 그의 눈이 뭘 말하는지 나는 이제 알지 못했다. 사귄 기간이 3개월, 헤어진 지 3개월이면 서로를 잊을 때도 됐으려나. 그런데 그가 갑자기 일어서더니 사이다 한 캔을 가져왔고, 컵에 주르륵 따라서 나에게 건넸다.

'분명 그냥 하는 매너일 거야. 술 안 마시는 다른 사람이 있었어도 그는 똑같이 그 사람에게 사이다를 따라줬을 테니까.'

그 정도로 나는 그의 행동을 착각하지 않았다. 그는 내게 관심 없었을 때도 비슷한 호의를 베풀었으니까. 그리고 다른 여자 교수님이 열창하는 와중, 그는 노래방 구석에 쓰러져 있던 내 우산을 보고는 일어서서 집어 들었다. 그는 아무렇게나 풀어져 있는 끈으로 우산을 고이 묶은 뒤 쓰러지지 않게 어딘가에 걸어놓으려 애썼다. 나는 그의 행동에 당황스러웠다.

'왜 저러는 거야. 갑자기.'

그는 내 우산을 지지대에 걸기 위해 몇 분간 애쓴 뒤 다시 자리로 돌아와 앉았다. 여자 교수님 노래가 끝나자 동우 교수님이 박수치며 말했다.

"크으. 교수님 목소리가 너무 좋은데요?"

"와 교수님! 저한텐 그런 말 안 해주셨잖아요." 나는 장난치듯 말했다.

"아! 제가 그 말 하는 걸 깜빡했네요."

동우 교수님이 잔을 들고 호탕하게 웃으며 말했다. 그때 현재가 끼어들어 말했다.

"못 불렀겠지." 그리고는 나를 보고 씨익 웃었다. 우리가 만난 첫날, 내 키를 가지고 놀린 그 표정이었다. '못된 저 표정. 진짜 왜 저러는 거야. 우리가 이렇게 아무렇지 않게 장난칠 수 있는 사이야?'

그는 여전히 짓궂었다. 튀어나온 눈을 놀리던 그날처럼 그는 내게 짓궂어야 하는 사람으로 세팅된 것 마냥. 그리고 그는 물 만난 고기처럼 신나게 노래를 불렀다. 두 시간의 열창 끝에 우리는 노래방을 나왔다. 밤 12시가 훌쩍 넘었는데도 밖에는 세찬 비가 내렸다. 하늘은 그칠 생각이 없는 듯했다.

"우산이 어딨지."

여자 교수님이 가방을 뒤적이며 우산을 찾고 있었다. 그런 그에게 누군가가 우산을 건넸다. 나는 설마, 하는 마음으로 그 손끝을 따라갔다. 넓은 손등과 노란색 셔츠 소매를 지나쳐 내 시선이 멈춘 얼굴은… 현재였다. 그가 나에게 우산을 건네던 날처럼, 그는 이번에 또 다른 사람에게 같은 손짓으로 자신의 우산을 내밀었다. 그 순간, 나는 알았다. 지난 한여름 밤의 꿈은 나의 착각과 그에 대한 환상으로 시작됐다는 걸. 심장이 쿵, 하고 내려앉으면서 그 진동에 애틋했던 내 마음의 조각들이 부르르 떨며 떨어져 나가는 듯했다. 나는 얼빠진 표정으로 현재를 바라봤다. 그는 아무렇지 않게 나에게 손을 흔들었다. 잘 가라고.

우산을 쓰며 집으로 걸어가는 길에 입 안 가득히 쓴맛이 번졌다. 세상을 알록달록하게 만들었던 호르몬의 장난이 끝난 다음엔 늘 그렇듯 뻔한 회색빛 현실이 내 앞에 툭, 하고 놓이는 거였다. 비에 젖은 도시의 불빛들이 바닥 위에서 흐린 오색 빛으로 일렁였다. 어지러웠다. 빨간색 신호등 앞에 멈춰 섰다. 토하고 싶었다. 방금 내가 본 장면을, 그리고 1년 전 그날의 기억까지. 내가 본 것을 소화하지 않은 채 그냥 토해버리면 속이 좀 나아질까. 그러면 이 비에 모든 감정의 찌꺼기가 아무도 모르게 흔적 없이 씻겨 내려가지 않을까. 하지만 아무리 헛구역질을 해봐도 얼굴로 피가 몰리기만 할 뿐, 내 몸은 여전히 그 순간을 붙잡은 채, 마치 모든 걸 기어이 삼켜내려는 사람처럼 버티고 있었다.

그날 밤, 나는 새벽까지 잠들지 못한 채 깨어있었다. 침대에서 일어나 책상 앞에 앉았다. 현재가 유원지에서 사준 파란색의 곱창 머리끈이 놓여있었다.

"가을아, 머리끈 하나 골라. 오빠가 사줄게." 그가 온갖 화려한 액세서리가 즐비한 가판대 앞에 서서 말했다.

"진짜? 그럼 난 이 파란색 끈으로 할래."

나는 그중 가장 단정한, 흰색과 파란색이 어우러진 머리끈을 골라 머리에 갖다 대며 현재를 바라봤다.

"예쁘네." 현재가 사장님에게 카드를 건넸다.

"이거 명품 복제품이에요. 근데 아무도 가짜인 줄 모를걸요?" 사장님이 말했다.

어쩐지 디자인이 예쁘다 싶더라니. 머리끈을 뒤집어보니 명품 로고가 있었다.

"나중에 진품 사줄게." 현재가 말했다.

나는 머리끈이 진짜든 모조품이든 상관없었다. 그가 처음 해준 선물이라 좋았고, 파란색이 내 마음에 쏙 들었다. 머리끈을 오른쪽 손목에 끼우고, 왼손으로 현재의 손을 잡으며 강가를 걸을 때, 나는 세상을 다 가진 것 같았다.

"근데 너는 파란색을 왜 그렇게 좋아해?" 현재가 말했다.

"파란색이 미국에서는 슬픔을 의미하는 거 알지? 블루." 내가 말하면서 현재에게 잠깐 슬픈 표정을 지었다.

"근데 영국에서는 신뢰와 사랑을 상징하는 색이래. 그래서 결혼식 때 파란색이 들어간 물건을 몸에 꼭 지닌대. 나는 영국에서 말하는 의미를 더 믿고 싶어. 슬픔보다는 신뢰와 사랑."

그러나 그 파란색은 신뢰도, 사랑도 아닌 결국 슬픔을 의미하는 색이 되어버렸다.

책상에 앉아 일기장을 펼쳤다. 마지막으로 글을 썼던 날은, 그가 다섯 날 밤을 넘기도록 아무 말도 없었던 그때였다. 연락

하나 없는 공백 속에서, 그를 이해하려 애쓰는 말들이 적혀 있었다. 나는 그 옆에 오늘 날짜를 썼다. 그리고 떠오르는 대로 한 자씩 적어 내려갔다.

한때 사랑하고 동경했던 사람을 이제는 놓아주고 싶다. 가끔 다정했던 기억에 불쑥 그리움이 올라와도, 그날 밤은 조용히 눈 뜬 채로 보내자. 시간이 흐를수록 과거의 기억 위에 내 생각이 덮여 원래와는 다른 기억이 될지라도 따뜻했던 눈빛과 포옹, 손길은 잊지 말자. 다음이 있을지 없을지 모를 연인을 위해, 이제 여기까지 하자. 1년 3개월이라는 시간 속에서 수많은 기대와 절망이 오갔지만, 내가 살아있다는 증거로 여기자. 한쪽을 잃어버린 영혼이 밤마다 떠돌아도, 잠시 눈 감아주자. 시간이 지나면 다시 자신의 자리로 돌아올 테니.

글을 쓰다보니 평소에 정리되지 못했던 감정들이 분출되면서 끝에는 마음이 오히려 차분해졌다. 나는 연필을 내려놓고, 한결 편안해진 마음으로 다시 침대에 누웠다. 포근한 이불을 덮고, 일기장에 쓴 것처럼 오늘 밤에도 어딘가를 떠돌 영혼에게 말을 걸었다. 시간이 얼마 걸려도 괜찮으니 마음껏 떠돌다 오라고. 그리고 어떻게 잠들었는지도 모른 채, 아침에 눈을 번쩍 떴다. 머릿속에 가장 먼저 떠오른 생각은, 나는 글을 써야하는 사람이라는 것. 결국 이 모든 것을 내 언어로 기록하지 않고서는, 나는 앞으로 나아갈 수 없다는 것이었다.

시간이 지나야 알게 되는 것

"학과장님, 저 이번 학기만 하고 그만하겠습니다."

그는 갑작스러운 나의 말에 눈을 질끈 감았다가 말했다.

"왜? 남자 때문에? 아님, 돈 때문에?"

"둘 다 아닙니다."

"난 가을 교수가 현재 교수랑 사귀는 즐 알았는데."

촉이 좋은 학과장은 이유가 뭐냐고 계속 물었지만, 나는 멀리 떠난다고밖에 이야기하지 못했다. 학과장은 나이도 어리고 석사 학위도 없던 나를 데려오려고 얼마나 힘들었는지 아냐며 아쉬움을 보였지만 나는 더 성장해서 오겠다고 말하고 그 방을 나왔다.

그 길로 집으로 가 다시 노트북을 켰다. 해야 할 일이 하나 더 남아 있었다. 나는 일 년간 써오던 삼십 대 여자 이야기를 휴지통에 버렸다. 새 한글 파일을 열어 처음부터 다시 쓰기 시작했다. 지난 1년 3개월 동안 있었던 이야기를.

미국의 한 싱어송라이터는 노래를 만들 때 과거를 회상하게 되는데 그때의 감정은 개복수술을 하는 것과 같다고 했다. 가수들이 자신의 상처로 노래를 만들 때 나는 뭐라도 써야 했다. 나는 현재와의 첫 만남을 떠올리면서 그 수술을 시작했고, 이따금 마취도 안 된 상태로 그 수술은 진행됐다. 현재와의 좋았던 시절을 쓸 때면 나는 마치 내가 아직 그와 연애하고 있는 것처럼 들떴다가 밤에 침대에 누울 때면 헤어진 현실에 우울감에 젖어 들기를 반복했다.

"엄마, 나 다시 과거로 돌아간 것처럼 기분이 몽글했다가 잠들 때는 공허해지면서 눈물이 나. 여러 감정이 아직도 허리케인처럼 나를 마구 휘어잡아."

엄마는 그 말을 듣고, 잠깐 생각하더니 말했다.

"저항하지 말고 그 바람에 너를 맡겨. 허리케인은 언젠가 멈추니까."

나는 그 말을 믿고 계속 써 내려갔다. 학교에서 쉬는 시간에는 기억나는 사건들을 메모했고, 햄버거 가게에서 혼자 저녁을 먹으며 이야기를 써 내려갔다. 나는 한동안 글 쓰는데 미쳐 있었다. 옛일을 떠올리며 그가 그리워질 때면 마음을 더 독하게 먹었다. 그렇게 집에 있을 때면 책상 앞에 앉아 글만 쓰는 나를 보며 엄마가 말했다.

"엄마는 우리 딸이 연애한다고 뛰어다닐 때보다 글 쓰는 모습이 더 보기 좋더라. 그렇게 네 일 열심히 하다가 또 좋은 연인이 있으면 만나면 돼."

다른 연인이라…. 아직 다른 누군가와 함께 있는 내 모습을 상상할 수 없었다. 글을 쓰는 동안에 난 여전히 그와 사귀던 시간 속 어딘가에 머물러 있었으니까. 아직 헤어진 게 아니라 여름날 그때의 계절을 다시 혼자 걷고 있었던 셈이다. 그렇게 현재와 행복했던 순간과 악몽이었던 순간들을 다시 한번 겪고 나니 어느새 12월이 되었다. A4용지 100쪽을 빼곡히 채운 원고가 그 시간을 증명했다. 다 쓰고 나서야 알게 됐다. 나는 그저 그를 그만 미워하고 싶었을 뿐이라는 걸.

문득 그날이 떠올랐다. 그가 소파에서 잠들어있던 내게 이불을 가져와 덮어줬던 밤, 쏟아지던 졸음을 이기며 이야기를 나눴었다.

"만약에 우리가 결혼을 안 하게 된다면, 왠지 넌 미련 없이 외국으로 갈 것 같아." 그가 말했다.

"응. 나 왠지 그럴 것 같아. 오빠도 헤어지면 뒤돌아보는 성격이 아니니까. 그냥 나 외국으로 갈 듯."

내 말에 그렇다고 대답할 줄 알았는데 그가 고개를 저으며 말했다.

"그건 모르지. 내가 너 그리워서 외국으로 찾아갈지도."

"같은 문제가 반복된다면 그리움만으로 찾아오는 건 별로. 오빤 나한테 다시 한국에 오라고 할 텐데 또 그 말 믿고 따라가는 내가 너무 비참하잖아."

이런 이야기하던 그때에 우리가 아무리 진실했다 한들, 헤어진 후에는 다 쓸모없는 이야기인 걸 알면서도 말했다. 이별 후에는 이런 대화가 더 마음이 아픈 줄도 모르고.

한때 결혼은 서로를 너무 사랑하기에 이루어지는 것이라 생각했다. 하지만 사랑한다고 해서 모두 결혼하는 것도 아니었고, 결혼한다고 해서 모두 사랑하는 것도 아니었다. 헤어진다고 해서 사랑이 끝나는 것도 아니며, 영원히 함께 산다고 해서 사랑이 지켜지는 것이 아닌 것처럼.

사랑과 이해는 어쩌면 다른 영역인 듯했다. 사랑한다고 상대를 이해할 수 있는 건 아니었다. 몇십 권의 책을 읽어도, 100쪽에 달하는 글을 써도, 헤어진 지 몇 개월이 지나도 나는 여전히 그를 이해하지 못했다. 한 사람이 다른 사람을 이해한다는 게 이렇게 어려운 일이었다. 그렇지만 이해와는 상관없이 그와의 기억이 일상에서 조금씩 옅어지고 나의 분노도 서서히 사그라질 때쯤, 나는 우연히 과거의 그와 다시 마주쳤다.

그날은 수영의 결혼식 날이었다. 차에 올라타서 출발하기 전에 내부를 간단하게 정리하고 있었다. 무심코 자동차 앞좌석에 놓인 휴지를 꺼내 들다 그만 현재의 흔적을 발견하고 말았다.

종이학이었다.

나는 자동차 내부 등을 켠 뒤 종이학 한 마리를 집어 들었다. 종이학을 참 예쁘게도 접던 그가 생각났다. 그날의 새벽 공기와 그의 미소, 그리고 그를 바라보던 나의 기대 어린 표정이 다시 떠올랐다.

이제는 정말 잊어야지, 생각하며 종이학을 하나씩 집어 들었다. 크기는 제각각이었지만, 어느 정도 손에 잡힐 정도였다. 네 개쯤 집어 들었을 때, 한 개가 눈에 보이지 않았다. 빈자리를 더듬던 손끝에 무언가 바스락거리는 게 느껴졌다. 모퉁이에 숨어있는 종이학 하나가 내 손에 걸렸다. 나는 그 종이학을 보고는 깜짝 놀랐다. 어떻게 접었나 싶을 정도로 작은, 눈곱만한 크기의 종이학이었다. 분명 그때는 몰랐다. 나는 종이학을 본 것이 아니라, 종이학을 접고 있던 그를 보고 있었던 걸지도. 나는 이 조그만

종이학에서 눈을 뗄 수가 없었다.

시간이 지나야 알 수 있는 것들이 있다. 겉으로는 덩치가 크고 강단 있어 보였던 그는, 사실 이렇게 작은 종이학을 접을 수 있을 만큼 섬세하고, 느긋하며, 갈등보다는 평화를 바라는 사람이었다. 그런 사람에게 내 속도로, 내 방식으로 밀어붙였던 것이다. 그도 나에 대한 미안함에 담대하게 나를 붙잡지도 못하고 벽 뒤에 숨어버린 건지도 모르겠다.

누군가 내게 아직도 그를 미워하냐고 묻는다면 나는 "가끔"이라고 답할 것이다. 그러나 동시에 그도 어쩔 수 없었으리라고, 그도 나름대로 최선을 다하지 않았겠냐고 답할 것이다. 그의 노력을 다 알진 못하겠지만 나를 본가에 데려갔을 때 그의 표정에서 드러난 긴장감, 그의 부모가 어떤 말을 내뱉을지 몰라 경계하던 그의 모습, 나에게 남은 음식들을 싸주려고 국자를 휘적거리던 그의 뒷모습까지. 그는 그 나름의 최선을 다했을 거라고 말하고 싶다. 그 노력의 방향이 내 기준과 달랐을 뿐.

그는 37년간 그런 말을 부모에게 듣고 자라서 내게 했던 행동이 무례한 건지 몰랐을 수도 있다. 그래서 그 말에 사람들이 왜 상처를 받는지, 왜 그 말을 좋게 받아들일 수 없었는지 이해하지 못했을 수도 있다. 한때 나도 그를 이해해 보려 그에게 그런 질문을 했었다.

"오빠는 자랄 때 부모님에게 상처받은 거 없었어?"

"많았지."

어떤 수많은 상처의 말들이 있었는지는 모르겠지만 그를 안아주고 싶었다. 그를 그 속에서 꺼내주고 싶었다. 그러나 나중에 알았다. 그곳을 나오고 싶어 하지 않았다는 사실을. 내가 오만했다. 그가 그 속에서 불행했으리라 함부로 단정 지었다.

어쩌면 그가 맞았다. 내가 아니라 부모의 편을 드는 게 당연했다. 갓 좋아하기 시작한 여자를 위해 그가 나서서 싸워주길 바랐던 건 너무 큰 욕심이었을 테니까. 그리고 나 역시, 그런 그의 손을 놓는 게 맞았다. 그럼에도 불구하고, 가슴 한켠에서는 여전히 바랐다.

사랑이 그의 오랜 습관을 이기기를, 사랑이 내 안의 미움을 쓸어버리기를, 사랑이 세상의 냉소를 녹이기를. 그리고 현재도 언젠가 자신의 문제를 마주하고, 스스로를 치유하고, 마음 편해지기를. 그렇게 바라고 또 바랐다.

뜻밖의 생각 소용돌이 속에서 나는 멍하니 차에 앉아 있었다. 정신 차려 시계를 보니 어느새 이십 분이 훌쩍 지나있었다.

"뭐야. 시간이 벌써 이렇게 됐네. 이러다 늦겠어."

나는 서둘러 시동을 걸고 주차장을 빠져나갔다. 가로수길에는 주황색과 노란색의 잎들이 바닥을 물들였다. 계절이 흐르는 걸 알아채면 철이 든 거라고 했는데. 올해 들어 자연이 보내는 신호를 잘 알아차렸다.

결혼식장에 도착해 서둘러 들어가니 결혼식은 이미 시작됐고, 나는 뒤쪽에 서서 웨딩드레스를 입은 수영이를 발견했다. 꽃잎이 미끄러져 내릴 듯한 부드러운 실크 재질에 어깨가 드러난 드레스를 입은 수영이는 아버지의 손을 잡고 걸어갔다. 부녀가 중간까지 갔을 때쯤, 신랑은 꽃을 건넸다. 수영이를 바라보는 그의 애정 어린 눈빛에 나는 눈시울이 붉어졌다.

'내 친구 진짜 사랑받고 있구나. 다행이다.'

주례가 들려올 때 나는 멍하게 서서 내가 하지 못한 결혼식을 떠올렸다. 식장을 걸어갈 때 틀 노래도 생각해 놨었다. 꽃무늬와 비즈가 군데군데 수놓인, 아래로 갈수록 풍성한 벨 라인의 웨딩드레스를 입고 테일러 스위프트의 노래 <Lover>에 맞춰 혼자 걸어 들어갈 생각이었다. 그럼 먼저 입장한 그가 혼자 걸어가는 나를 데리러 오겠지. 그는 사람들 앞에서 좋은 목소리로 노래를 열창하고, 나는 여느 신부처럼 행복하게 웃으며 그를 바라봤겠지. 그리고 이탈리아로 가는 비행기에서 피곤한 얼굴로 잠을 자다가 잠깐 눈을 떠 그도 잘 자고 있는지 확인하고는 그의 손을 잡고 다시 잠을 청했겠지. 노래 가사처럼 나는 그가 가는 곳에 따라가고 싶었고, 그의 사랑이 내 세상에서 영원하길 바랐다. 그렇게 친구의 결혼식에서 있지도 않은 내 결혼식을 상상했다.

내 선택으로 만들어가는 삶

'지잉'

휴대폰 진동 소리에 정신이 번쩍 들었다. 기숙사 건물 앞 주차장에서 우산을 든 채 얼마나 오래 서 있었는지 모르겠다. 휴대폰을 확인하니 안전재난 문자였다.

금일 밤부터 많은 비가 예상되니 차량운행 시 감속운행 및 차간 거리를 충분히 확보하시기 바랍니다.

학생들은 이미 모두 기숙사로 들어갔고, 주변은 사람 하나 없이 고요했다. 주차장에도 내 차만 덩그러니 있었다. 나는 비에 축축하게 젖은 구두를 벗고 차 안에서 운동화로 갈아신었다. 시동을 걸고, 창문을 힘껏 때리는 비를 바라보았다. 의외로 그 소란스러운 장면 속에서 고요함이 느껴졌다. 밖에서는 아무리 세찬 비바람이 쳐도, 안전한 곳에서 이 난리통을 창문 너머로 지켜볼 수 있다는 쾌감 같은 게 있었다. 마치 모든 일들이 나와는 상관없는 것처럼, 그저 밖에서 일어나는 한 편의 풍경일 뿐인 것처럼 느껴졌다. 어쩌면 내 인생도 그렇게 바라봐야 하는 걸까. 한 걸음 물러서서 창밖 풍경을 바라보듯 말이다. 도로 옆으로 간간이 스치는 나무들을 보며 얼마 안 남은 단풍잎도 다 떨어지겠구나, 생각했다.

나는 집에 도착해 우산을 접어 신발장에 걸쳐 놓고 운동화를 벗었다.

"오늘 강의 잘 마쳤어?"

엄마가 내가 들어오는 소리를 듣고 외쳤다. 나는 지친 몸을 끌고 터벅터벅 걸어 식탁 앞에 앉았다. 엄마는 따듯한 차 한 잔을 내게 내밀었다.

"재밌었어. 오늘 학생들한테 연애 이야기해 줬거든."

"갑자기?"

"오랜만에 추억 떠올렸지 뭐. 좋았던 시절까지만."

나는 어깨를 으쓱하고는 뜨거운 차를 한 모금 마셨다. 따듯한 기운이 몸속에 퍼졌다.

"오랜만에 기억해 보니까 어땠어?"

나는 컵을 식탁에 올려놓고 잠시 오늘 학생들에게 이야기하면서 느낀 감정들을 떠올렸다.

"말하고 보니 그런 생각이 들더라고. 어쩌면 그때 난 내 생각과 선택을 믿지 못했던 것 같아. 나보다 삼십 년 더 산 학과장의 말이 옳다고 생각했고, 나보다 경험 많은 오빠의 말이 더 낫다고 판단했어. 그 부모님의 말에 화가 났던 것도, 내 안의 약점을 내가 이미 알고 있었기 때문이었고. 난 나이는 어리지만 그 사람들보다 훨씬 더 많은 시간을 책과 나 자신에게 쏟았어. 그런데 용기가 없어서 서울 회사에 지원 못 했던 사람이 캐나다에 가지 않는 게 좋겠다고 한 말에 동의했어. 물론 그 사람을 좋아해서 내가 선택한 거였지만. 지나고 보니 그 사람들을 탓할 게 아니었어. 나는 나를 믿지 못해서 그들의 말에 흔들린 거야."

그 말을 듣고 엄마가 흐뭇하게 웃으며 말했다.

"우리 딸 이번에 인생 공부 진짜 크게 했네. 지금 넌 그때보다 좀 더 강해졌잖아. 이 상태로 다른 공부를 하거나 무언갈 새로 시작할 때 세상을 이해하는 폭이 얼마나 넓어지겠어."

엄마와 난 하염없이 아파트 산책길을 걷던 그때보다는 훨씬 괜찮아진 듯했다. 나는 비타민C를 가져와 엄마한테 건네며 말했다.

"미모 지키면서 성장해야지."

그리고 아무렇게나 흘러내린 엄마의 머리칼을 무심결에 귀 뒤로 넘겨줬다. 엄마는 비타민C를 꿀꺽 삼키고 말했다.

"요 근래 우리 딸 손길이 엄청 부드러워진 거 알아?"

엄마의 말에 나도 모르게 그가 나에게 했던 행동이 스쳤다.

"그래? 누구한테 배웠나 봐."

엄마는 그 말에 희미하게 미소 지었다. 비는 점점 거세져 창틀을 세게 내리쳤다. 저녁까지 이어진 강의로 피곤했던 나는 침대로 가서 풀썩 누웠다. 빗소리를 들으며 나도 모르게 스르륵 잠이 들었다.

다음 날, 나는 알람 소리도 없이 잠에서 깼다. 오랜만에 푹 자서 몸이 개운했다. 창밖에는 밤새 내린 비가 그쳤는지 햇빛이 쨍하게 떠 있었다. 일어나서 고등학교에 갈 준비를 했다. 오늘이 이번 학기의 마지막 수업이었다.

얼마 안 남은 젖은 낙엽이 차창을 스치며 흩날렸다. 차를 운전하는 길에는 항상 무의식 속 기억들이 머릿속을 헤집곤 했다. 현재와 다투던 날의 기억들이 대부분이었는데 오늘은 신기하게도 그가 들려줬던 노래가 떠올랐다. 그는 가을 노래를 하나 틀고는 따라 부르다가 말했다.

"시인이 우체국 앞에서 연인을 기다리다가 낙엽을 바라보느라 날이 저무는 것도, 그 사람이 오지 않는 것도 몰랐다는 내용이래. 쓸쓸하지 않아?"

슬픈 이야기였다. 제목이 뭔지 아무리 생각해도 기억이 안 났는데 그 이야기는 기억에 남았다.

"나도 오빠를 미워만 하다 가을이 갔네." 나는 하늘을 보고 중얼거렸다. 그를 좋아하고, 사귀고, 헤어지고 나니 나는 어느새 서른두 살의 마지막 달을 보내고 있었다. 그때, 벨소리가 울렸다. 신혼이라 깨 볶는 수영이었다. 전화를 핸즈프리로 바꾸고 "여보세요."하고 받았다.

"가을! 어디야?" 수영이가 여전히 신나는 일이 있는 듯했다.

"나 강의하러 가는 중. 무슨 일이야?"

"혹시 캐나다 다시 가?"

"다시 준비할 힘이 안 나네. 입학금도 날려 먹었고." 나는 고개를 저으며 말했다.

"그럼 소개 받을래? 남편이 괜찮은 사람 있다고 하던데."

"몇 살인데?"

"서른여덟."

나는 나이를 듣고 한 번 더 고개를 저었다. 현재가 생각날 것 같았다.

"싫어. 나 연하 만날래. 요즘 연상녀 연하남 커플이 대세거든. 고학력 여성이 늘어나서 연상연하 결혼이 20퍼센트까지 늘어났대. 아니면 차라리 비슷한 나이 만나서 같이 성장할래."

"흠… 그럼 너 이상형이 뭐야? 저번에 다정한 사람이랬나?"

다정함을 제대로 받아보지 못해 나는 그 하나만 있으면 뭐든지 다 감싸안으려 했고, 그 따듯함에 대한 집착으로 그를 똑바로 보지 못했다.

"진짜 솔직하게 말해도 돼?"

"그래. 말해 봐."

"담배 안 피우고, 술 많이 안 마셔야 해. 평소에 책을 많이 읽어서 대화가 잘 통하고, EQ가 높아야 해. 또 성실하게 자기 일을 하면서 독립적이어야 해. 자신을 깔끔하게 관리할 줄도 알아야 하고. 그리고 마지막으로 중요한 건, 결단력 있으면서 다정해야 해."

나는 이상형 목록을 쉼 없이 읊느라 마지막에는 숨이 찼다. 내 말을 다 들은 수영이는 한숨을 푹 쉬면서 말했다.

"비현실적인 소리하는 거 보니까 만나기 싫다는 거네."

"이게 왜 비현실적이야? 노력만 하면 갖출 수 있는 것들이야. 그리고 사만다는 비현실적이지 않다고 했어. 내가 어떤 사람과 함께하고 싶은지 아는 건 중요하다고 했는데…."

나는 입을 삐죽 내밀며 말했다.

"사만다? 사만다가 누구야? 외국인이야?"

"있어. 새로 사귄 친구."

나는 이제 고민이 있을 때면 사만다를 찾곤 했다.

"하여튼! 너 그렇게 말해놓고는 좋아하면 앞뒤 안 재고 달려들잖아. 일단 만나 봐. 내 남편이 진짜 괜찮은 사람이라고 꼭 한번 만나보래. 너 그러다가 결혼 못 한다?"

수영이가 걱정스러운 말투로 말했다.

"지금 나 혼자도 충분히 좋거든. 그래도 나 걱정해 줘서 고맙다! 어 나 도착했다! 끊는다잉."

"소개팅하면 내가 그날 머리해줄…"

나는 수영이가 더 보채기 전에 바쁜 척 전화를 끊었다. 사실 현재와 헤어진 후 연애를 생각할 때면 내 마음은 늘 잿빛이었다. 다시 핑크빛으로 물들려면 아직은 시간이 더 필요했다. 소개팅을 전혀 생각 안 한 건 아니지만 아직은 혼자가 좋았다. 책 읽고, 혼자 사색하면서 누구에게도 영향 안 받는 지금이 딱 좋았다. 사람으로 채워지는 행복은 영원하지 않다는 걸, 현재를 만나며 뼈저리게 깨달았으니까.

"사랑받는 게 그렇게 중요해? 나는 나를 지켰으니까 그게 제일 중요한 거야."

나는 혼자 말하고 또 말했다. 난 그때로 다시 돌아가도 그와 함께 하기 위해 캐나다를 포기했을 거고, 나를 지키기 위해 그와 헤어졌을 것이다. 나는 평화주의자보다는 내 편에 서서 같이 싸워줄 사람이 필요했으니까. 사실 우린 너무나도 다른 사람인데 그가 틀린 거라고, 그가 잘못한 거라고 비난했다. 바꿀 수 없다는 걸 알면서 함께 하고 싶어 그가 바뀌길 기대했다.

이제 그 사람이 날 사랑했는지 안 했는지는 중요하지 않게 되었다. 현재가 진짜 나와 결혼하려고 했는지 안 했는지도 상관없어졌다. 다시 이런 일이 생기면 참지 않겠다고 다짐할 뿐이었다.

큰 운동장을 거쳐 학교 주차장으로 들어섰다. 아직 수업 시작 시간이 한참 남았다. 나는 시동을 끄고 등받이에 기대 운동장을 멍하게 바라봤다. 점심시간이라 여학생들이 삼삼오오 모여 운동장을 거닐고 있었.

'나도 저럴 때가 있었는데. 저 때는 굴러가는 낙엽만 보고도 온갖 상상으로 꺄르륵 웃고 했었는데.'

그때, 여학생 세 명이 내 자동차 쪽으로 다가왔다. 그들은 창문을 두리번거리며 무언갈 확인하는 듯했다. 내가 문을 열었다.

"무슨 일이야?" 나는 미소지으며 말했다.

학생들이 "꺄!" 소리치며 깜짝 놀랐다. 그리고는 고등학생 때만 낼 수 있는 웃음소리와 함께 왁자지껄하게 떠들었다.

"쌤, 너무 예뻐서 왔어요. 어느 학교 선생님이세요?"

"나 여기 특강 왔어."

"쌤, 너무 예뻐요! 저희 반에 들어오시면 안 돼요?"라며 학생들이 호들갑을 떨었다. 나는 빙긋 웃으며 차에서 내려 학생들과 함께 학교 건물 입구까지 걸어 들어갔다.

"쌤, 근데 키가 작으시네요?" 한 학생이 말했다.

"응. 작아." 내가 싱긋 웃으며 말했다.

"여진아, 너랑 키 비슷하신데?"

그러자 그 여학생이 수줍은 표정으로 날 보고 말했다.

"저 오늘 쌤 보면서 희망을 느꼈어요."

"응? 무슨 희망? 난 아무것도 한 게 없는데?"

"작아도 예쁘고 사랑스러울 수 있다는 걸요. 쌤이 저의 희망이에요. 고마워요."

내 존재만으로도 누군가는 기뻐한다는 사실에 기분이 묘했다. 오늘 아침을 다시 떠올려봤다. 왜 하필 나는 일찍 출발해 학교에 일찍 도착했고, 왜 하필 그 학생들이 내 차 앞으로 지나갔으며, 왜 하필 그 고등학생은 나와 키가 비슷했을까. "현재한테 큐피드의 화살을 쏜 그 분이 맞으시죠?"라며 하늘을 보고 말했다.

　수업이 끝난 뒤 집으로 돌아와 내가 쓴 원고를 다시 열었다. 현재와의 이야기가 담긴 그 글을 다시 찬찬히 읽었다. 꼼짝없이 자리에 앉아 몇 시간을 읽고 난 뒤, 현재에게 했던 질문이 다시 떠올랐다.

　"오빠, 근데 책 내고 나서 헤어지면 어떡해? 나 시집 못 가는 거 아니야?"

　순수했던 내가 보였다. 한때의 그런 귀여운 걱정과는 달리, 열정적으로 누군가에게 마음을 쏟았던, 순수하고 예뻤던 그때의 내가 글로 남아 있었다.

　나는 박사과정에 지원하려고 쓰던 자기소개서를 휴지통에 넣었다. 한 문장도 못 쓴 채 고민만 하고 있었던 이유는 내가 원하는 게 아니었기 때문이었다. 나중에 공부하고 싶은 분야가 생길지언정 지금은 아니었다. 이제 그럴 이유도 없었다.

　내가 쓴 원고를 다시 훑어봤다. 내가 지금 원하는 삶이 어떤 건지 알 것 같았다. 나는 자리에서 벌떡 일어나 구청에 찾아갔다. 번호표를 뽑고, 순서를 기다렸다. 몇 분이 지나고 내 번호가 뜨자 창구 앞으로 갔다. 직원이 나를 발견하고 눈인사를 했다.

　"어떤 거 하시려고요?"

　"저 출판사 만들려고요." 나는 눈을 반짝이며 말했다.

이제껏 나는 흠을 메우려 애썼다. 그런데 그럴수록 흠은 더 커졌다. 흠을 메우는 데만 열중하다 보니 정작 내가 진짜 원하는 게 뭔지 알 수 없게 됐다. 이제 그러지 않기로 했다. 흠은 흠대로 놔두고, 또 흠 많은 내 삶을 만들어가면 된다. 거지가 되더라도 캐나다로 가겠다던 마음처럼, 출판사도 그렇게 만들면 되는 거였다.

가끔 운명의 손길에 휘청이고, 방향이 바뀌기도 했지만, 돌아보면 결국 삶은 그것과 상관없이 내 선택으로 만들어진 것이었다. 그러니 어떤 시련이 와도 그 순간의 선택을 믿고, 또 새로운 선택을 하며 나아가면 된다. 나는 나를 믿기로 했다. 완벽하지 않아도 되니까, 어차피 흠은 계속 생길 테니까, 구멍이 숭숭 나도 괜찮으니까, 그냥 하나씩 해보는 거다.

"출판사 이름은 정하셨어요?"

내 이름이 '가을'이니까, 여기에 날 좋은 곳으로 데려가 줄 '바람'을 더하면 '가을바람'. 이걸 영어로 하면…

어텀브리즈!

그 이름이 마음에 들어 신청서에 한 글자씩 꾹꾹 눌러 적었다. 종이를 들어 바라보니 그 이름이 살아 숨 쉬는 듯 일렁였고, 태초의 지구가 태동하듯 내 가슴도 다시 쿵쾅 뛰기 시작했다.

이 바람이, 이 선택이
날 좋은 곳으로 데려다줄 거라 믿으며.

21세기 청춘의 사랑법

발행일 2025년 05월 12일 초판 1쇄
지은이 추민지
발행인 추민지
펴낸곳 어텀브리즈

기획·편집 추민지
디자인 추민지
표지그림 이희연

출판등록 2025년 3월 19일 제2025-0C0006호
이메일 atbzbook@naver.com
인스타그램 @autumnbrzzz

© 추민지, 2025

ISBN 979-11-992094-0-4 (03810)

· 값은 뒷표지에 있습니다.
· 이 책은 저작권법에 따라 보호를 받는 저작물이므로 무단 전재와 무단 복제를 금합니다.